河出文庫

文豪たちの妙な旅

ミステリーアンソロジー

山前譲 編

河出書房新社

文豪たちの妙な旅　ミステリーアンソロジー／目次

文豪たちの妙な旅

ミステリーアンソロジー

夜航船

徳田秋聲

上

つい此夏《この》の事である。

霊岸島《れいがんじま》の汽船発着所に着いたのは、八時少し廻った頃。夜航が出るには未だ一時間から間があると云うので、自分は窓際の成るたけ涼しそうな所を撰《えら》み、籐編の提籠《さげかご》をベンチの上に置いた。家内を連れて館山《たてやま》に避暑に行って居る中、食料品や何かを切《きら》したので、其を購求《かいもと》める旁《かたわら》、些《ち》と他に用もあったので、私だけ東京に中帰をした帰である。缶詰、ココア、牛脂《ヘッド》、ジャム、煙草も土耳古《トルコ》巻の箱入、これ丈《だけ》は家内の注文品であるが、外《ほか》に金獅印のウイスキイが三本、これは内所《ないしょ》で自用に青木堂から求めて来たもの。

誰も然《そ》うだろうが、此の発着所へ来ると、最《も》う房州に来たような気がする。其も其筈《そのはず》、聞く話は総《すべ》て房州の事、話す人は皆房州の訛《なまり》である。中には、最う此辺から派手なリボンの海水帽なぞ被《かぶ》ってる書生連中や、漁場廻りの川岸商人らしい雪駄穿きの若衆やも、混って見えないではないが、七分は先《ま》ず土地の連中で、仕切の金を受取りに上《のぼ》った浜々の漁士達や、奉公帰りの派手造りな——と云っても、其は田舎好《いなかごのみ》の——女達やが七分である。中には娘の奉公先の大暮しを親類か何かのように自慢して「色々厄介になった上に恁麼《こんな》ものまでお土産に貰って来たわで。」と安物の駒下駄を光《ひか》らかして居る老人などもある。

私の居た直《す》ぐ傍は駄菓子や果物を売る、型の通りの中売場。唯外《ほか》の停車場などと違うのは、安物の玩弄具《がんろうぐ》をドッサリ置並べてある事で、大方宿帰りの娘達や無頓着な漁士連が、此所《ここ》まで来て初めて気が付いて、児童《こども》や兄弟のお土産に買って行く為《た》めであろう。

耳の遠い年寄った亭主が、片肌抜《かたはだぬき》で氷水を売って居た。其又売れる事と云ったら、爺さんは汗水をたらして一生懸命である。自分も一杯とは思ったが、悪く濁った砂糖水や鏽《さび》の付いた薄片《うすっぺら》なブリッキの匙《さじ》を見ると、義理にも口に入れられそうも無いので舎《よ》した。

「氷水一杯幾らだかね。」袂《たもと》で顔の汗を拭き拭き、一人の老婆が立寄った。

「一銭五厘。」と目の廻る程の急《いそが》しさに、亭主は無愛相《ぶあいそ》に声丈で答える。

「一銭五厘。」と老婆は繰返して、「では二杯で三銭だの、其《それ》を三つに分けて下《く》らせいよ、三人居るだから。」

「二杯を三杯にしろ？　那様事《そんな》が出来るもんか、恁麼《こんな》に急しいんだ。」

「何《あ》んでさ？、何《あん》も六《むっ》ケ敷《し》い事あるめえに、コップは減りもしなかっぺえ。」

亭主は返事もしない。せっせと氷を削って居る。

周囲の人は吹き出した。そして、小声で何か囁きながら皆其の方を見遣るので、老婆は落窪んだ小さな眼を閃《ひらめ》かして人々を睨《ねめ》廻わした。私は何となく其反抗するような目付を不快に見た。

汗と潮風に湿って、気味悪く肌に粘り付く紺絞《こんしぼり》の浴衣を着た瘦削《やせこ》けた背の低い老婆で、人を見る目の中にキョトキョトして沈着《おちつ》かぬ所がある。

老婆はブツブツ口小言を言いながら、不精不精に巾着から銭を払って、氷水を二杯受取り、自分から筋違の隅ッこの方に行く。其所《そこ》には中形の浴衣を着た娘が二人居た。一人は二十一二の背のズングリ低い横肥《よこぶとり》の女で、厭味《いやみ》らしく真白に塗立って居る。頭髪《あたま》は今風の何巻とか云う大前髪。今一人は十三四の病身らしく顔の黄色な海驢《あしか》のように眼の飛離れた小娘である。年から云うと、老婆の娘とよりは孫と云うに好い位《くらい》。で、老婆は一つのコップを姉娘に。も一つは自分も飲みながら、小娘にも匙で食《くわ》さしてやる。小娘は大急ぎで其を飲込み、臆病らしい目付で、周囲をキョロキョロ見ながら、母の膝に凭《もた》れ掛って、次の匙を待構えて居るのだ。

姉娘は氷を飲乾《のみほ》して了《しま》って、「お母さんラムネ」とねだる。其調子が如何《いか》にも甘ったるく、全《まる》で十二三の小娘のよう。

「ラムネだ！　ラムネって何《あ》んだか。」と例の高調子。

「何でも好いよ、私大好なんだから、早く買って来れば其れで好いんだよ。」と全で召使にでも命ずると云う風《ふう》。

其時丁度切符を売出したので、自分は其を買って靷《トクランド》を会社に預けて来て見ると、最う切符を切り初めて居る。

改札場の混雑と云うものはなかった、何しろ外見《みえ》も遠慮もない、百近くの荒々しい手合が我先と他を押退《おしの》け狭い狭柵《ボックス》に頽《なだ》れ掛るのだから、臨検の巡査や霜降り小倉服のボオイ共が如何に制しても聞くものでない。面白ずくに故《わざ》と後から御輿でも担ぐようにワイワイ揉立てて、女小児《こども》をキャッキャッ云わせて居る若者連もある。中にも浅い台湾パナマを被った、職人風の白地の男なぞは、故と改札所の横に邪々張《じゃじゃば》って居て、人々を困らせて喜んで居た。

やっとの事で艀《はしけ》に乗った。夜の艀、此は又何と云う快い感じだろう。其は汗臭い人《ひと》蒸熱《いきり》と倉庫の方から洩れて来る魚臭やらで、ムッとするほど蒸暑い待合室を逃れ来て、外洋から吹いて来る爽かな潮風に肌をさらす為《た》めもあろうが、相互に名も所も知らぬ人々を乗せた小舟、其又小舟の運命を預るのが苦労のなさそうな船頭二人、舷《ふなばた》を渡って、「ほうほう!」と懸声《かけごえ》しながら、巨人の影を見るように黒く静まり返って碇泊《ていはく》して居る巨船の中を縫って、闇の海面を静かに軽く流して行くのは、我ながら画中の人になったような気もする。

向河岸には赤筋の入った提灯が二つ、其が自分等の乗込む第七観音丸と云う小蒸気船である。

蒸気船《ふね》に乗移る時の混雑は、改札所の比では無い。一体夜船は船体が小さい上に、夏時は一番客の混雑する時だから、早く居席を占めないと、寝所はおろか屋根覆《おおい》もない所に夜を明さなければならぬ恐《おそれ》があるので、みな我先と極端な我《エゴオ》を顕《あら》わして、狭い舷門に頽れ掛り、其押合い犇合《へしあ》う態《さま》は宛《さなが》ら一幅の修羅場——中世紀の市街戦の壁画を縮めた如き——を見るようである。他を衝退《つきの》ける位は未だ軽い内で、先の人を引戻して自分が代る無法者もある。

「痛いわよ！　お母さん、——殺されるわよう、お母さん。」

突然、甲走《かんばし》った若い女の声がする。続いて怒を帯びた声で、「何《あん》すっだが、此人《このひと》は。他《ふと》を殺す気だか。」と叫ぶのは、疑も無く先の老婆である。

「何を云ってやがるんでえ、年寄の僻《くせ》に横合から悪《わ》るく出しゃ張るから其態だ。」

「乗りたきあ順に来い、手前が横から押すんだ、皺紙《しわがみ》婆め。」と割込うとする老婆を押退けでもする様子。

「何《あ》んだ？　何所《どこ》から乗っても、奴《うぬ》の指揮は要らねえぞ。」と老婆は負けぬ気になり争って居る。

「へん、其後は切符代を払ったぞだろう、お婆さん。」と老婆を衝除《つきの》けてヒラリと船に乗った白地の男、先程改札の所で騒いで居た台湾パナマのようであった。

船の人達はドッと笑った。娘は嗜《たしなみ》も無く又叫ぶ、「お母さん、殺される、——殺されるよう。」

続いて小娘のワッと泣く声。

母親は最う狂人のよう、例の甲走った声で、「殺せ！　殺せ！　お万泣くでねえよ、親子三人殺して了え、畜生！　殺せ………。」と叫びながら、遮二無二《しゃにむに》傍の人にでも喰って掛って居るらしい。

下

デッキの上にも一騒ぎあった。誰にしても狭苦しく蒸暑い全《まる》で穴蔵のような船室に蹈《かごま》って居るよりは、月の好い静な夜をデッキに明かそうと欲するのが常だから、露除《つゆよけ》に張った帆木綿《ほもめん》のテントの下は、足の蹈所《ふみどころ》もない程の狼藉《ろうぜき》。先に席を取った者は一寸でも一分でも領分を犯されまいと横着に構えて、足を蹈延《ふみのば》して空寝入《そらねいり》をして居る。後《おく》れて来た者は又巧に其間に割込うとして言葉を低く居席を探すと云う風。

自分が行った頃は最《も》う空いた所はなく、狭いデッキの上は鮨《すし》を圧《お》したようにギッシリ詰って膝を入れる処《ところ》もない。其ばかりか皆警戒の目付をして、底意地悪くジロジロ後から来る自分を、異邦人《ストレンジア》か何ぞのように見るので、自分は白毛布のあったを幸い其に纏《くるま》って、テントの外の帆箱に凭掛《よりかか》って陣を取った。然《しか》し後から後から来る人で、仕舞には自分の居周囲《いまわり》までも一杯になって了った。

殆《ほと》んど最後であったろう、例の老婆が上って来た。娘二人に急立てられて、嵩高《かさだか》な風呂敷背負で、喧擾《とどめ》きながら入って来たが、さて座る所がない。其所此所と探廻って見たが、野犬《のらいぬ》でも叱付けるように、何所でも皆厳しく撥付《はねつ》ける。

「俺《おつだ》あ何《あ》しょうすべえ、坐《すわ》っ所《とこ》も無《ね》えだわで。」

「だから私然《そ》う云ってるのに、お母さんてば、那麼《あんな》手拭一本惜しがって居るんだもの、本当に為《し》ようがない」と姉娘。

「馬鹿な事言いわしゃる、手拭一筋とて唯で買《かわ》れるだかよ。」

「だって、那麼《あんな》汚ない手拭位、海に流したって惜しかあないわ………。」

老婆は押覆せるように、「何《あん》の汚ない事があるもので、毎日俺《おつだ》あ使ってるだもの。」と態《わざ》と高く言って、例の目で注意深く周囲を見廻わす。

「汚ないわよ、全体お母さんは吝嗇《しわんぼう》だもの、私外見《きまり》が悪いわ。」と娘は何の遠慮もない。

老婆は其には聞えぬ真似して、丁度通り懸ったボオイに「ボオイさあ、何《あ》じょうすっだ俺《おつだ》あ坐っ所無いだわでよ。」

すると隅の方に夏帽を顔に当てて寝て居た書生が小声で
「見給え、王顧《かえり》みて他を言う。」

対手《あいて》の書生はクスリと笑う、其に誘われて人々はドット笑った。

小娘は今にも泣出しそうな顔をして、皆の顔を見較《みくら》べて居た。

ボオイは馴れたもので「為《し》ようが無《ね》えよ、婆さん、お前一人じゃないから、那麼《あんな》旦那方でせい那《あ》して我慢して居なさる。何所か其辺に頼んで小さく入れて貰うさ。」

「駄目だわでよ、誰も場所貸して下れ《く》ねえだもの。」

「頼みようが悪いんだ、お前じゃ駄目だから、其方《そちら》に居る娘御が頼んで見さっせい、誰でも喜んで入れて下れるから。」と笑いながらボオイは降りて行く。

「まあ那麼《あんな》事、体裁《きまり》が悪いわ。」と姉娘は妙に嬌態《しな》して、袖を口に当てて、然《さ》も恥《はずか》しいと云うように大業に差仰向く。

其時にも噴出した者がある。老婆はギロリと目を閃して娘を見た。丁度罪あるものが其罪を他に知られ恐れるような目遣《めづかい》である。

娘も其に気が付いたものと見える、「だって那人《あのひと》が、厭な事ばかり云うんですもの。」

「誰がさ、何《あん》を云うもんで、黙って居さっせいよ。其が主《ぬし》の僻《くせ》だから。」

「だって私——。」

「何《あん》も黙って居さっせい。」と老婆は前と別人のような厳しい調子でキッパリ云う。

余り気の毒になったので、私は坐勢《いずまい》を直して、「お婆さん、此方にお出《いで》なさい、三人には些《ちっ》と窮詰《きゅうきつ》だろうが、然《そ》うしてるよりは勝《まし》でしょうから。」と声を掛けた。

礼を述べて喜んで来る事と思いの外、老婆は其不快の目付で不審そうに自分を沈《じっ》と見詰めながら、其所を動かぬ、返辞《へんじ》もしない。自分は可厭《いや》な気がした。

すると娘が、「お母さん、那方《あのかた》の傍へ行《い》こうよ、さあお母さん。」と引張らないばかり。

「厭《や》だあよ、俺《おつだ》あ。」

「行こうよ、お母さん。」

「其が主の僻だわでよ、又僻を初めただか。」と老婆は窘《たしな》める。

「だって私、立って居るのが辛いもの」と矯態をする。

「お母さん、早く行っぺえさ、旦那が来いって云うから。」と傍から妹娘も責立《せがみた》てる。

老婆は不精不精に自分の側に来た。で、姉娘は行成《いきなり》自分と隣《とな》って坐ろうとするのを、老婆は妹娘と共に遮って無理に其間に割込んだので、娘は不平らしい顔付して居た。

然《そ》う愢《こ》うする中《うち》に船は動き初めた。

自分は提籠の中から空気枕を出して、窮詰な中に横になったが、何分昨夜も夜船に乗って一睡せぬ上、暑い中を終日の奔走した疲《つかれ》が出て、何時《いつ》の間《ま》にか睡《ねむ》ってしまったものと見える。

偶《ふ》と気が付いて目を醒《さま》すと、姉娘が小さな声で自分を揺起して居るのであった。見ると老婆は風呂敷包に辷《のめ》って、妹娘は其膝に。重り合って眠って居る。

船は丁度横須賀の沖合を通って居たから、午前の三時頃でもあったろう。

「好くお寝《よ》るのね、貴方那様《そんな》にお眠くって。」と娘は馴々しく話懸ける。

「何か御用ですか。」

「用って事も無いけれど。」と又厭味らしい様子をして、甘えるように、「だって、私一人で寂しくって為《し》ようが無いんですもの。」

「其で僕を起したんですか」と余り無礼な言草に自分もムッとした。

「貴方お国は房州？　然《そ》うじゃないでしょう、東京の方でしょう。東京は何方《どちら》？」

「山の手です。」

「山の手っても、牛込？　本郷？　其れとも――。」

「僕は其牛込です。」

「あら牛込で被在るの《あらせられ》？　まあ。お懐しいわ、私も牛込に居た事があってよ、矢来《やらい》でしたの。そら酒井様と云うお邸《やしき》がありましょう、あのお邸から――。」

「御用から伺いましょう、僕眠いですから。」

「まあ貴方も随分ね、最う直ぐ夜が明ける事よ。」

自分は返辞するも可厭《いや》になった。其話振《はなしぶり》と云い、様子と云い、如何にも厭味たらしく、見ただけでも気持が悪くなる。噂に聞く白首とは或《あるい》は恁麼《こんな》ものではあるまいかと思った。

女は急に声を潜めて、「貴方あの……奥様がお有《あ》んなさる事？。」

「僕、あります。」

女は幾らか失望したように、「まあ然うなの？　東京にお置きなさるの。」

「房州に来てます。」

「お避暑にでしょう、まあお羨しい事ね、貴方のように御優しい方だから、嘸《さぞ》奥様に御親切になさるでしょうね、いいえ、解りますわ、お隠しなすっても、ほほほほほほほ。」と娘は流眄《ながしめ》に自分を見ながら、さも肉感的な卑しい笑いようをする。

其笑声で覚めたか、老婆はムックと起上って、「お徳《とく》!」と凄い目を見せる。

娘は鷹に睨《にらま》れた小雀のよう、小さく竦《すく》んで了った。

「お徳、主は又毎《いつ》もの僻出すだな。」と凝《じ》っと娘の顔を見据えて居たが、今度は自分に、「旦那も旦那だ、病人を係《かま》って何《あん》が面白いだか。」

「僕が娘さんを係う? 飛んでもない事だ、僕は今起されて持余して居る所だ。」

「何んでも好いだから、口利いて下《く》らっしゃるな。」と老婆は重々の不機嫌。

自分は黙って横になった。そしてソット様子を覗って居ると、老婆は暫く娘を見詰めたが、「お徳、主は未だ自分の病気に気が付かねえな。」と云う声は涙に顫《ふる》えて居る。

「知ってるよ、煩《うる》さいね。」

「知ってってだら、何故直さねえだか、俺《おつだ》あの身にもなって下《くら》っせいよさ、俺《おつだ》あ其が心配で、帰って行くのも村の人や源吉さあにも面目無えだわでよ。」

「だから私東京に居ると然《そ》う云ったのに、無理に引張って来るんだもの、東京の方は何《ど》の位面白いか分らないわ。」

「東京なぞに居たら、何時迄《いつまで》も病気癒《なお》る時が無《なか》っぺえ。」

「病気病気って、私那様《そんな》に何も――。」と娘は不足らしく唇を返す。

「馬鹿！　大きな声するでねえだ、誰《だあ》が聞いてっかも知れねえだ〳〵。」

二人の話声は旋《やが》て少《ちい》さくなって、自分は何時の間にか又眠って了った。

枕元を掻探《かきさぐ》られるような気がして起きて見ると、傍に居た老婆が、然も慌てた様子、

「お前様、薄荷《はつか》か何か零《あん》さっしたでねえか、甚《ひど》く匂うだよ。」と云う。

「薄荷は持って居ない筈だが。」と気が付いて提籠を見ると、確かに蓋をしてあった筈の口が明《あ》いて居て、ポケット瓶のウイスキイが仆《たお》れて居る。臭《におい》の源因《もと》は此で分ったが、不審なのは籠の蓋である、加之《おまけ》に中の品物も掻廻されたらしい。

老婆は益々慌てて、「臭いのは其所でねえだよ、何《あん》でもお前様の寝てる下あたりだわでよ。」と自分が薄縁《うすべり》なぞを引捲《ひきめ》くって検《あらた》めてくれる。

固《もと》より那様《そんな》筈のあろう道理がないから、自分は籠に蓋して、怪しみながらも又横になった。

若《も》し其時好く注意して見たら、老婆の膝か袖の下に、音羽の叔母から従妹にと云って、送ってくれたピン留の箱が隠されてあったに相違ない、――無論其は後で気の付いた事であるけれど。

汽笛の響で又目を醒した、ウトウトして睡らない積りで居たけれど、船が最う勝山に

着いて居る所を以《も》って見ると、可成《かなり》長く眠ったらしい。

　夜はスッカリ明けて居た。

　老婆は此所で上《あが》るのと見えて、手荷物など片付けて居たが、自分の顔を見ると、妙に度拍子を失って、「んではお前様何所迄《どうまで》行かっしゃるだか知れねえが、ゆっくり御座らっしゃいよ。俺あ此所で上るだから。」と珍らしくも丁寧過ぎる挨拶である。

　下から《おつだ》ボオイの声で、「勝山上りの方はありませんか、最う艀《はしけ》が来るだから、あるなら早く下りてくらっせいよ。早くだよう。」と叫ぶ。

「あるよ、今行くだから、待って下らっせいよ。」と老婆は倉皇《あたふた》下りて行こうとする。

　娘は遮《さえ》ぎって、「お母さん、那《あれ》は好いの。」

「那《あれ》？」と険しい目を自分に寄来《よこ》して、「好《え》えだよ、分っただよ、それ艀が来るだあから早く、早く。」と風呂敷包を背負って立掛《たちか》ける。

「其れなら私、挿して行きたいわ、村の人に見せるように。」

「馬鹿！　何《あん》だ主《ぬし》は。」と怒鳴って、いやと云う程娘の耳朶《みみたぶ》を引張った。

「痛いわよ私、何をするのさ。」

「馬鹿！　来い、来い、来い。」と真赤になって怒りながら娘を連れて下りて行った。

　すると、自分の後の方に居た商人体の老人が、「貴方、若しや何か紛失したものがありませんか、検《しら》べて御覧なさい。」と注意してくれる。

「紛失物と云って、別に――。」

探って見ると、時計もある財布もある、外には紛失すべきような品はない筈。

「若し紛失品があるとすると……先ず其籠の中でしょう。艀が出ない中《うち》に早くお探しなさい。」

提籠の内を検べて見た、成程無い、従妹へ土産のピンの箱が無い。

「何か不足した品がありますか。」

「何有《なあに》、詰《つま》らないものですが、ピンの箱が一つありません。」

「然うでがしょう。」と老人は頷首《うなず》いて、「何んでも然うだと思いましたよ、何《ど》うして出したか分りませんが、娘が――其ピンでしょう、是非其が欲しい貰ってくれと、切《しき》りに婆さんに請《せが》むのですよ。婆さん初《はじめ》の内は何んとか云うて居りましたが、到々《とうとう》其れでは遣《や》ったものと見えますね。」と話終って気が付いて、「然う然う、艀が出るんだっけ、今の内なら取返せます、早く行ってお出なさい。」

自分はピン位で人を騒がすものでないと思ったので、「何有《なあに》好いですよ、高《たか》がピン一本ですもの、打棄《うっちゃ》って置きましょう。」

台湾パナマの職工は傍から此話を聞いて、何か云いたそうにムズムズして居たが、舷索の所から下を見て、「あれあれ、畜生ピンを出して見て居やがる、旦那見て居ますぜ、太い婆あだな、些《ちっ》と来て御覧なさい。」

老人も自分も顔を出して見た。今艀が出る所で、老婆は荷返しの魚の明籠を堆《うずたか》く積んだ中に、紺の風呂敷包を背負って、汚ない洋傘を杖に胴の間に突立って居た。娘は嬉しそうにピンを箱から出して、頭に挿したり抜いたりして見て居る。

「泥棒！」と台湾パナマは上から叫んだ。

「何《あ》んだ？」と屹《きっ》として老婆は反抗的に見上げたが、自分の顔を見付けると、「あっ、」と叫んで慌てて娘の手に持って居たピンを、洋傘でしたたかに撲下《うちおろ》した。

ピンは胴の間に落ちた。

汽笛は二度鳴って、船は徐々《そろそろ》動き出した。艀は朝霧の低く迷う海の上を、静かに静かに漕いで行く。

後の噂では、老婆が娘に僻の病気のと云って居たのは、盗み僻だとも色情狂なのだとも、何方《どちら》とも決しなかった。中には又那姉妹《あのきょうだい》は同じ父の子ではない、後添《のちぞえ》の亭主は邪慳《じゃけん》な男で、家内の折合が付かぬ為めに、東京に奉公に出して置いた姉娘が、男に振棄《ふりすて》られて気違になったのを引取って行く所だなど云う者もある。

何《いず》れも憶測だから当《あて》にはならない。

天鵞絨

石川啄木

一

理髪師《とこや》の源助さんが四年振で来たという噂が、何か重大な事件でも起った様に、口から口に伝えられて、其午後のうちに村中に響き渡った。

村といっても狭いもの。盛岡から青森へ、北上川に縺《もつ》れて透迤《うねうね》と北に走った、坦々たる其一等道路（と村人が呼ぶ）の、五六町並木の松が断絶《とだ》えて、両側から傾き合った茅葺勝の家並の数が、唯九十何戸しか無いのである。村役場と駐在所が中央《なか》程に向合っていて、役場の隣が作右衛門店、万荒物から酢醤油石油莨《タバコ》、罎詰の酒もあれば、前掛半襟にする布帛《きれ》もある。箸で断《ちぎ》れぬ程堅い豆腐も売る。其隣の郵便局には、此村に唯一つの軒灯がついてるけれども、毎晩点火《とも》る訳ではない。

お定がまだ少《わか》かった頃は、此村に理髪店というものが無かった。村の人達が其頃、頭の始末を奈何《どう》していたものか、今になって考えると、随分不便な思をしたものであろう。それが、九歳か十歳の時、大地主の白井様が盛岡から理髪師《とこや》を一人お呼びなさるという噂が恰《あたか》も今度源助さんが四年振で来たという噂の如く、異様な驚愕《おどろき》を以て村中に伝った。

間もなく、とある空地に梨箱の様な小さい家が一軒建てられて、其家が漸々《よりよう》壁塗を済ませた許り《ばか》の処へ、三十恰好の、背の低い、色の黒い理髪師が遣って来た。頗る《すこぶ》の淡白者《きさくもの》で、上方弁の滑《なめら》かな話巧者《じょうず》の、何日《いつ》見てもお愛想が好いところから、間もなく村中の人の気に入って了った。それが即ち源助さんであった。

源助さんには、お内儀《かみ》さんもあれば息子《むすこ》もあるという事であったが、来たのは自分一人。愈々《いよいよ》開業となってからは、其店《そこ》の大きい姿見が、村中の子供等の好奇心を刺戟したもので、お定もよく同年輩の遊び仲間と一緒に行って、見た事もない白い瀬戸の把手《ハンドル》を上に捻《ひね》り下に捻り、辛《やっ》と少許《すこし》入口の扉を開けては、種々《いろいろ》な道具の整然と列べられた室の中を覗いたものだ。少し開けた扉が、誰の力ともなく何時《いつ》の間にか身体の通るだけ開くと、田舎の子供というものは因循なもので、盗みでもする様に怖《おっか》な怯《びっく》り、二寸三寸と物も言わず中に入って行って、交代《かわりがわり》に其姿見を覗く。訝《おかし》な事には、少し離れて写すと、顔が長くなったり、扁《ひらた》くなったり、目も鼻も歪《ゆが》んで見えるのであったが、お定は幼心《おさな》に、これは鏡が余り大き過ぎるからだと考えていたものだ。

月に三度の一の日を除いては、(此日には源助さんが白井様へ上って、お家中の人の髪を刈ったり顔を剃ったりするので、) 大抵村の人が三人四人、源助さんの許《とこ》で莨を喫《ふか》しながら世間話をしていぬ事はなかった。一年程経《た》ってから、白井様の番頭を勤めていた人の息子で、薄野呂なところからノロ勘と綽名《あだな》された、十六の勘之助というのが、源助さんに弟子入をした。それからというものは、今迄近づき兼ねていた子供等まで、理髪店の店を遊場にして、暇な時にはよく太閤記や義経や、蒸汽船や加藤清正の譚を聞かして貰ったものだ。源助さんが居ない時には、ノロ勘が銭函から銅貨を盗み出して、子供等に餡麵麭《アンパン》を振舞う事もあった。振舞うといっても、其実半分以上はノロ勘自身の口に入るので。

源助さんは村中での面白い人として、衆人《みんな》に調法がられたものである。春秋《はるあき》の彼岸《ひがん》にはお寺よりも此人の家の方が、餅を沢山貰うという事で、其代り又、何処の婚礼にも葬式にも、此人の招《よ》ばれて行かぬ事はなかった。源助さんは、啻《ただ》に話巧者で愛想が好い許りでなく、葬式に行けば青や赤や金の紙で花を拵《こしら》えて呉れるし、婚礼の時は村の人の誰も知らぬ「高砂」の謡をやる。加之《のみならず》何事にも器用な人で、割烹の心得もあれば、植木弄《いじ》りも好き、義太夫と接木が巧者で、或時は白井様の子供衆のために大奉八枚張の大紙鳶《だこ》を拵えた事もあった。其処此処の夫婦喧嘩や親子喧嘩に仲裁を怠らなかったは無論の事。

左《そ》う右《こ》うしてるうちに、お定は小学校も尋常科だけ卒《お》えて、子守をしてる間に赤い袖口が好になり、髪の油に汚れた手拭を独自《ひとりで》に洗って冠《かぶ》る様になった。土土《つち》用が過ぎて、肥料《こやし》つけの馬の手綱を執る様になると、もう自ずと男羞しい少女心が萌《きざ》して来て、盆の踊に夜を明すのが何よりも楽しい。随って、ノロ勘の朋輩の若衆が、無駄口を戦わしている理髪師の店にも、おのずと見舞う事が稀になったが、其頃の事、源助さんの息子さんだという親に似ぬ色白の、背のすらりとした若い男が、三月許りも来ていた事があった。

お定が十五（?）の年、も少しで盆が来るという暑気盛りの、踊に着る浴衣やら何やらの心構えで、娘共にとっては一時も気の落着く暇がない頃であった。源助さんは、郷里（と言っても、唯上方と許りしか知らなかったが、）にいる父親が死んだとかで、俄かに荷造をして、それでも暇乞だけは家毎にして、家毎から御餞別を貰って、飼馴《かいなら》した籠の鳥でも逃げるかの様に村中から惜まれて、自分でも甚《ひど》く残惜《のこりお》しそうにして、二三日の中にフイと立って了った。立つ時は、お定も人々と共に、一里許りのステーションまで見送ったのであったが、其帰途、とある路傍の田に、稲の穂が五六本出初めていたのを見て、せめて初米の餅でも搗くまで居れば可いのにと、誰やらが呟《つぶや》いた事を、今でも夢の様に記憶《おぼ》えて居る。

何しろ極く狭い田舎なので、それに足下から鳥が飛立つ様な別れ方であったから、源助一人の立った後は、祭礼の翌日か、男許りの田植の様で、何としても物足らぬ。閑人の誰彼は、所在無げな顔をして呆然と門口に立っていた。一月許りは、寄ると障ると行った人の話で、立つ時は白井様で二十円呉れたそうだし、村中からの御餞別を合せると、五十円位集ったろうと、羨ましそうに計算する者もあった。それ許りじゃない、源助さんは此五六年に、百八十両もおッ貯《た》めたげなと、知ったか振をする爺もあった。が、此源助が、白井様の分家の、四六時中《しょっちゅう》リウマチで寝ている奥様に、或る特別の慇懃《いんぎん》を通じて居た事は、誰一人知る者がなかった。

二十日《はつか》許りも過ぎてからだったろうか、源助の礼状の葉書が、三十枚も一度に此村に舞込んだ。それが又、それ相応に一々文句が違ってると云うので、人々は今更の様に事々しく、渠《かれ》の万事に才が廻って、器用であった事を語り合った。其後も、月に一度、三月に二度と、一年半程の間は、誰へとも限らず、源助の音信があったものだ。

理髪店《とこや》の店は、其頃兎や角一人前になったノロ勘が譲られたので、唯一軒しか無い僥《しあ》倖《わせ》には、其間が抜けた無駄口に華客《おきやく》を減らす事もなく、かの凸凹の大きな姿見が、今猶《なお》人の顔を長く見せたり、扁《ひら》く見せたりしている。

其源助さんが四年振で、突然遣《や》って来たというのだから、もう殆ど忘れて了っていた村の人達が、男といわず女といわず、腰の曲った老人や子供等まで、異様に驚いて目を瞠《みは》ったのも無理はない。

二

それは盆が過ぎて二十日と経《た》たぬ頃の事であった。午中《ひるなか》三時間許りの間は、夏の最中にも劣らぬ暑気で、澄みきった空からは習《そよ》との風も吹いて来ず、素足の娘共は、日に焼けた礫の熱いのを避けて、軒下の土の湿りを歩くのであるが、裏畑の梨の樹の下に落ちて死ぬ蟬の数と共に、秋の香が段々深くなって行く。日出前の水汲に素袷の襟元寒く、夜は村を埋めて了う程の虫の声。田という田には稲の穂が琥珀《こはく》色に寄せつ返しつ波打っていたが、然し、今年は例年よりも作が遥《ずっ》と劣っていると人々が呟《こけ》しあっていた。

春から、夏から、待ちに待った陰暦の盂蘭盆《うらぼん》が来ると、村は若い男と若い女の村になる。三晩続けて徹夜《よどおし》に踊っても、猶踊り足らなくて、雨でも降れば格別、大抵二十日盆が過ぎるまでは、太鼓の音に村中の老人達が寝つかれぬと口説《くど》く。それが済めば、苟《いやし》くも病人不具者でない限り、男という男は一同泊掛《とまりがけ》で東嶽《ひがしだけ》に萩刈に行くので、娘共の心が訳もなくがっかりして、一年中の無聊《ぶりよう》を感ずるのは此時である。それも例年ならば、収穫後の嫁取婿取の噂に、嫉妬交りの話の種は尽きぬのであるけれども、今年の様に作が悪くては、田畑が生命の百姓村の悲さに、これぞと気の立つ話もない。其処へ源助さんが来た。

突然四年振で来たという噂に驚いた人達は、更に其源助さんの服装の立派なのに二度驚かされて了った。万《よろず》の知識の単純な人達には何色とも呼びかねる、茶がかった灰色の中折帽は、此村で村長様とお医者様と、白井の若旦那の外冠る人がない。絵甲斐絹の裏をつけた羽織も、袷も、縞ではあるが絹布物《やわらかもの》で、角帯も立派、時計も立派。中にもお定の目を聳《そばだ》たしめたのは、ずっしりと重い総革の旅行鞄であった。

宿にしたのは、以前一番懇意にした大工の兼さんの家であったが、其夜は誰彼の区別なく其者を見舞ったので、奥の六畳間に三分心の洋灯は暗かったが、入交り立交りする人の数は少くなく、潮の様な虫の音も聞えぬ程、賑かな話声が、十一時過ぐるまでも戸外に洩れた。娘共は流石に、中には入りかねて、三四人店先に腰掛けていたが、其家の総領娘のお八重というのが、座敷から時々出て来て、源助さんの話を低声《こごえ》に取次した。

源助さんは、もう四十位になっているし、それに服装の立派なのが一際品格を上げて、挙動《ものごし》から話振から、昔より遥かに容体づいていた。随って、其昔「お前《めえ》」とか「其方《そご》」とか呼び慣していた村の人達も、期せずして皆「お前様《めえさま》」と呼んだ。其夜の話では、源助は今度函館にいる伯父が死んだのへ行って来たので、汽車の帰途《かえり》の路すがら、奈何《どう》しても通抜《とおりぬけ》が出来なかったから、突然ではあったが、なつかしい此村を訪問したと云う事、今では東京に理髪店を開いていて、熟練な職人を四人も使ってるが、それでも手が足りぬ程忙がしいという事であった。

此話が又、響を打って直ぐに村中に伝わった。

理髪師といえば、余り上等な職業でない事は村の人達も知っている。然し東京の理髪師と云えば、怎《どう》やら少し意味が別なので、銀座通の写真でも見た事のある人は、早速源助さんの家の立派な事を想像した。

翌日は、各々《めいめい》自分の家に訪ねて来るものと思って、気早の老人などは、花茣蓙《はなござ》を押入から出して炉辺《ろばた》に布いて、渋茶を一摑み隣家から貰って来た。が、源助さんは其日朝から白井様へ上って、夕方まで出て来なかった。

其晩から、かの立派な鞄から出した、手拭やら半襟やらを持って、源助さんは殆んど家毎に訪ねて歩いた。

お定の家へ来たのは、三日目の晩で、昼には野良に出て皆留守だろうと思ったから、態々《わざわざ》後廻しにして夜に訪ねたとの事であった。そして、二時間許りも麦煎餅を噛りながら、東京の繁華な話を聞かせて行った。銀座通りの賑い、浅草の水族館、日比谷の公園、西郷の銅像、電車、自動車、宮様のお葬式、話は皆想像もつかぬ事許りなので、聞く人は唯もう目を睜《みは》って、夜も昼もなく渦巻く火炎に包まれた様な、凄じい程な華やかさを漠然と頭脳《あたま》に描いて見るに過ぎなかったが、浅草の観音様に鳩がいると聞いた時、お定は其麼所《そんな》にも鳥なぞがいるか知らと、異様に感じた。そして、其麼所から此人はまあ、怎《どう》して此処まで来たのだろうと、源助さんの得意気な顔を打瞶《うちまも》ったのだ。それから源助さんは、東京は男にゃ職業が一寸見附り悪いけれど、女なら幾何《いくら》でも口がある。女中奉公しても月に賄附で四円貰えるから、お定さんも一二年行って見ないかと言ったが、お定は唯俯いて微笑んだのであった。怎《どう》して私などが東京へ行かれよう、と胸の中で呟《つぶ》いたのである。そして、今日隣家の松太郎という若者が、源助さんと一緒に東京に行きたいと言った事を思出して、男ならばだけれども、と考えていた。

三

翌日は、例の様に水を汲んで来てから、朝草刈に行こうとしてると、秋の雨がしとしと降り出して来た。廐《うまや》には未だ二日分許り秣《まぐさ》があったので、隣家の松太郎の姉に誘われたけれども、父爺《おやじ》が行かなくても可《い》いと言った。仕様事なさに、一日門口へ立って見たり、中へ入って見たりしていたが、蛇の目傘をさした源助さんの姿が、時々彼方此方《あちこち》に見えた。禿頭の忠太爺と共に、お定の家の前を通った事もあった。其時、お定は何故という事もなく家の中へ隠れた。

一日降った粛《しめ》やかな雨が、夕方近くなって霽《あが》った。と、穢《きたな》らしい子供等が家々から出て来て、馬糞交りの泥濘を、素足で捏《こ》ね返して、学校で習った唱歌やら流行歌やらを歌い乍ら、他愛もなく騒いでいる。

お定は呆然《ぼんやり》と門口に立って、見るともなく其を見ていると、大工の家のお八重の小さな妹が駆けて来て、一寸来て呉れという姉の伝言《ことづて》を伝えた。

また曩日《いつか》の様に、今夜何処かに酒宴《さかもり》でもあるのかと考えて、お定は慎《つつま》しやかに水潦《みずたまり》を避けながら、大工の家へ行った。お八重は欣々《いそいそ》と迎えたが、何か四辺《あたり》を憚《はばか》る様子で、密《そっ》と裏口へ伴《つ》れて出た。

『何処さ行げや？』と大工の妻は炉辺から声をかけたが、お八重は後も振向かずに、

『裏さ。』と答えた儘。戸を開けると、雞が三羽、コッコッといいながら入った。

二人は、裏畑の中の材木小屋に入って、積み重ねた角材に凭《もた》れ乍ら、雨に湿《しめ》った新しい木の香を嗅いで、小一時間許りも密々《ひそひそ》語っていた。

お八重の話は、お定にとって少しも思設《おもいもう》けぬ事であった。

『お定さん。お前も聞いたべす、源助さんから昨晩《ゆべな》、東京の話を。』

『聞いたす。』と穏かに言って、お八重の顔を打瞶ったが、何故か「東京」の語一つだけで、胸が遽《にわ》かに動悸がして来る様な気がした。

稍《やや》あって、お八重は、源助さんと一緒に東京に行かぬかと言い出した。お定にとっては、無論思設けぬ相談ではあったが、然し、盆過《すぎ》のがっかりした心に源助を見た娘には、必ずしも全然縁のない話でもない。切《しき》りなしに騒ぎ出す胸に、両手を重ねながら、お定は大きい目を瞶《みは》って、言葉少なにお八重の言う所を聞いた。

お八重は、もう自分一人は確然《ちゃん》と決心してる様な口吻《くちぶり》で、声は低いが、眼が若々しくも輝く。親に言えば無論容易に許さるべき事でないから、黙って行くと言う事で、請売《うけうり》の東京の話を長々として後怎《どう》せ生れたからには恁麼《こんな》田舎に許り居た所で詰らぬから、一度は東京も見ようじゃないか。「若い時ァ二度無い」という流行唄《はやりうた》の文句まで引いて、熱心にお定の決心を促すのであった。

で、其方法も別に面倒な事は無い。立つ前に密《こっそ》り衣服《きもの》などを取纏《とりまと》めて、幸い此村《ここ》から盛岡の停車場に行って駅夫をしてる千太郎という人があるから、馬車追の権作老爺《おやじ》に頼んで、予じめ其千太郎の宅まで届けて置く。そして、源助さんの立つ前日に、一晩泊で盛岡に行って来ると言って出て行って、源助さんと盛岡から一緒に乗って行く。汽車賃は三円五十銭許りなそうだが、自分は郵便局へ十八円許りも貯金してるから、それを引出せば何も心配がない。若し都合が悪いなら、お定の汽車賃も出すと言う。然しお定も、二三年前から田の畔《くろ》に植える豆を自分の私得《ほまち》に貰ってるので、それを売ったのやら何やらで、矢張九円近くも貯めていた。

東京に行けば、言うまでもなく女中奉公をする考えなので、それが奈何《どんな》に辛くとも野良稼ぎに比べたら、朝飯前の事じゃないかとお八重が言った。日本一の東京を見て、食わして貰った上に月四円。此村あたりの娘には、これ程好《うま》い話はない。二人は、白粉やら油やら元結やら、月々の入費を勘定《かか》して見たが、それは奈何に諸式の高い所にしても、月に一円とは要らなかった。毎月三円宛残して年に三十六円、三年辛抱すれば百円の余にもなる、帰りに半分だけ衣服や土産を買って来ても、五十円の正金が持って帰られる。『末蔵が家でや、確《たしか》四十円で家屋敷白井様に取上げられだでねえすか。』とお八重が言った。

『雖然《だども》なす、お八重さん、源助さん真《ほんと》に伴《つ》れてって呉《け》えべすか？』とお定は心配相に訊く。

『伴れて行くともす。今朝誰も居ねえ時聞いて見たば、伴れてっても可《え》えって居《え》たもの。』

『雖然《だども》、あの人《しと》だって、お前達の親達さ、申訳なくなるべす。』

『それでなす、先方《あっち》ァ着いてから、一緒に行った様でなく、後から追駆けて来たで、当分東京さ置ぐからって手紙寄越す筈にしたものす。』

『あの人《しと》だばさ、真《ほんと》に世話して呉《け》える人《しと》にゃ人《しと》だども。』

此時、懐手してぶらりと裏口から出て来た源助の姿が、小屋の入口から見えたので、お八重は手招ぎしてそれを呼び入れた。源助はニタリ相好を崩して笑い乍ら、入口に立ち塞《はだか》ったが、

『まだ、日が暮れねえのに情夫《おとこ》の話じゃ、天井の鼠が笑いますぜ。』

お八重は手を挙げて其高声を制した。『あの源助さん、今朝の話ァ真実《ほんと》でごあんすよ。』

源助は一寸真面目な顔をしたが、また直ぐに笑いを含んで、『呍《うん》、好《よ》し好《よ》し、此老爺《おやじ》さんが引受けたら間違ッこはねえが、何だな、お定さんも謀叛《むほん》の一味に加ったな？』

『謀叛《むほん》だど、まあ！』とお定は目を大きくした。

『だがねお八重さん、お定さんもだ、まあ熟《よ》く考えて見る事《こっ》たね。俺は奈何でも構わねえが、彼方へ行ってから後悔《あとくやみ》でもする様じゃ、貴女方《あんたがた》自分の事《こっ》たからね。汽車の中で乳

飲みたくなったと言って、泣出されでもしちゃ、大変な事になるから喃《なあ》。』

『誰《だれ》ァ其麽《そんな》に……。』とお八重は肩を聳《そびや》かした。

『まあさ。然《そ》う直ぐ怒《おこ》らねえでも可いさ。』

と源助さんはまたしても笑って、『一度東京へ行きゃ、もう恁麽《こんな》所にゃ一生帰って来る気になりませんぜ。』

お八重は「帰って来なくっても可い。」と思った。お定は「帰って来られぬ事があるものか。」と思った。

程なく四辺《あたり》がもう薄暗くなって行くのに気が附いて、二人は其処を出た。此時までお定は、まだ行くとも行かぬとも言わなかったが、兎も角も明日決然《きっかり》した返事をすると言って置いて、も一人お末という娘にも勧めようかと言うお八重の言葉には、お末の家が寡人《ひとすくな》だから勧めぬ方が可いと言い、此話は二人限《きり》の事にすると堅く約束して別れた。そして、表道を歩くのが怎《どう》やら気が咎《とが》める様で、裏路伝いに家へ帰った。明日返事するとは言ったものの、お定はもう心の底では確然《ちゃん》と行く事に決っていたので。

家に帰ると、母は勝手に手ランプを点けて、夕餉の準備《したく》に忙わしく立働いていた。お定は馬に乾秣《やた》を刻《き》って塩水に掻廻《かきまわ》して与《や》って、一擔《かつ》ぎ水を汲んで来てから夕餉の膳に坐ったが、無暗に気がそわそわしていて、麦八分の飯を二膳とは喰べなかった。

お定の家は、村でも兎に角食うに困らぬ程の農家で、借財と云っては一文もなく、多くはないが田も畑も自分の所有《もの》、馬も青と栗毛と二頭飼っていた。両親はまだ四十前の働者、母は真の好人物で、吾児にさえも強い語一つ掛けぬという性、父は又父で、村には珍らしく酒も左程嗜《たしな》まず、定次郎の実直といえば白井様でも大事の用には特に選り上げて使う位で、力自慢に若者を怒らせるだけが悪い癖だと、老人達が言っていた。祖父も祖母も四五年前に死んで、お定を頭に男児二人、家族といっては其丈で、長男の定吉は、年こそまだ十七であるけれども、身体から働振から、もう立派に一人前の若者である。

お定は今年十九であった。七八年も前までは、十九にもなって独身でいると、余《あま》され者だと言って人に笑われたものであるが、此頃では此村でも十五六の嫁というものは滅多になく、大抵は十八十九、隣家の松太郎の姉などは二十一になって未だ何処にも縁づかずにいる。お定は、打見には一歳《ひとつ》も二歳《ふたつ》も若く見える方で、背恰好の婷乎《すらり》としたさまは、農家の娘に珍らしい位、丸顔に黒味勝の眼が大きく、鼻は高くないが笑窪《えくぼ》が深い。美しい顔立ではないけれど、愛嬌に富んで、色が白く、漆の様な髪の生際の揃った具合に、得も言えぬ艶《なまめ》かしさが見える。稚《ちいさ》い時から極く穏《おとな》しい性質で、人に抗《さから》うという事が一度もなく、口惜い時には物蔭に隠れて泣くぐらいなもの、年頃になってからは、村で一番老人達の気に入ってるのが此お定で、「お定ッ子は穏しくて可《い》え喃《なあ》。」と言われる度、今も昔も顔を染めては、「俺《おら》知らねえす。」と人の後に隠れる。

小学校での成績は、同じ級のお八重よりは遥《ずっ》と劣っていたそうだが、唯一つ得意なのは唱歌で、其為に女教員からは一番可愛がられた。お八重は此反対に、今は他に縁づいた異腹《はらちがい》の姉と一緒に育《そだ》った所為《せい》か、負嫌いの、我の強い児で、娘盛りになってからは、手もつけられぬ阿婆摺《あばず》れになった。顔も亦評判娘のお澄というのが一昨年赤痢で亡くなってから、村で右に出る者がないので、目尻に少し険しい皺があるけれど、面長のキリリとした輪廓が田舎に惜しい。此反対な二人の莫迦に親密《なかよし》なのは、他の娘共から常に怪まれていた位で、また半分は嫉妬気味から、「那麼阿婆摺《あんなあばずれ》と一緒にならねえ方が可《え》えす。」と、態々お定に忠告する者もあった。

お定が其夜枕についてから、一つには今日何にも働かなかった為か、怎《どう》しても眠れなくて、三時間許りも思い耽った。真黒に煤《すす》けた板戸一枚の彼方から、安々と眠った母の寝息を聞いては、此母、此家を捨てて、何として東京へ行かれようと、すぐ涙が流れる。と、其涙の乾かぬうちに、東京へ行ったら源助さんに書いて貰って、手紙だけは怠らず寄越す事にしようと考える。すると、すぐ又三年後の事が頭に浮ぶ。立派な服装をして、絹張の傘を持って、金を五十円も貯めて来たら、両親だって喜ばぬ筈がない。嗚呼其時になったら、お八重さんは甚麼《どんな》に美しく見えるだろうと思うと、其お八重の、今日目を輝かして熱心に語った美しい顔が、怎《どう》やら嫉《ねた》ましくもなる。此夜のお定の胸に、最も深く刻まれてるのは、実に其お八重の顔であった。怎《どう》してお八重一人だけ東京にやられよう！

それからお定は、小学校に宿直していた藤田という若い教員の事を思出すと、何日《いつ》になく激しく情が動いて、私が之程思ってるのにと思うと、熱《あつ》かい涙が又しても枕を濡らした。これはお定の片思いなので、否、実際はまだ思うという程思ってるでもなく、藤田が四月に転任して来て以来、唯途で逢って叩頭《おじぎ》するのが嬉しかった位で、遂十日許り前、朝草刈の帰りに、背負うた千草の中に、桔梗《ききよう》や女郎花《おみなえし》が交っていたのを、村端《むらはずれ》で散歩していた藤田に二三本呉れぬかと言われた、その時初めて言葉を交《かわ》したに過ぎぬ。その翌朝からは、毎朝咲残りの秋の花を一束宛、別に手に持って来るけれども、藤田に逢う機会がなかった。あの先生さえ優しくして呉れたら、何も私は東京などへ行きもしないのにと考えても見たが、又、今の身分じゃ兎ても先生のお細君《かみ》さんなどに成れぬから、矢張三年行って来るが第一だとも考える。

四晩に一度は屹度《きっと》忍《しの》んで寝に来る丑之助――兼大工の弟子で、男振りもよく、年こそまだ二十三だが、若者中で一番幅の利く――の事も、無論考えられた。恁《かか》る田舎の習慣で、若い男は、忍んで行く女の数の多いのを誇りにし、娘共も亦、口に出していう事は無いけれ共、通って来る男の多きを喜ぶ。さればお定は、丑之助がお八重を初め三人も四人も情婦を持ってる事は熟《よ》く知っているので、或晩の如きは、男自身の口から其情婦共の名を言わして擽《くすぐ》って遣《や》った位。二人の間は別に思合った訳でなく、末の約束など真面目にした事も無いが、恫《どう》かして寝つかれぬ夜などは、今頃丑さんが女と寝ているかと、嫉《や》いて見た事のないでもない。私とお八重さんが居なくなったら、丑さんは屹度お作の所に許りゆくだろうと考えると、何かしら妬《ねた》ましい様な気もした。

胸に浮ぶ思の数々は、それからそれと果《はて》しも無い。お定は幾度か一人で泣き、幾度か一人で微笑《ほほえ》んだ。そして、遂うとうととなりかかった時、勝手の方に寝ている末の弟が、何やら声高に寝言を言ったので、はッと眼が覚め、嗚呼あの弟は淋しがるだろうなと考えて、睡気《ねむけ》交りに涙ぐんだが、少女心の他愛なさに、二人の弟が貰うべき嫁を、誰彼となく心で選んでいるうちに、何時しか眠って了った。

四

目を覚ますと、弟のお清書を横に逆まに貼った、枕の上の煤《すす》けた櫺子《れんじ》が、僅かに水の如く仄めいていた。誰もまだ起きていない。遠近《おちこち》で二番鶏が勇ましく時をつくる。けたたましい羽搏《はばた》きの音がする。

お定はすぐ起きて、寝室《ねま》にしていた四畳半許りの板敷を出た。手探りに草裏《ぞうり》を突《つっ》かけて、表裏の入口を開けると、廏では乾秣《やた》を欲《ほ》しがる馬の、破目板を蹴《け》る音がゴトゴトと鳴る。大桶を二つ擔《かつ》いで、お定は村端《むらはずれ》の樋の口という水汲場に行った。例《いつ》になく早いので、まだ誰も来ていなかった。漣《さざなみ》一つ立たぬ水槽の底には、消えかかる星を四つ五つ鏤《ちりば》めた黎明の空が深く沈んでいた。清冽な秋の暁の気が、いと冷かに襟元から総身に沁む。叢《くさむら》にはまだ夢の様に虫の音がしている。

お定は暫時《しばし》水を汲むでもなく、水鏡に写った我が顔を瞶《みつ》めながら、呆然《ぼんやり》と昨晩《ゆうべ》の事を思出していた。東京という所は、ずっとずっと遠い所になって了って、自分が怎《どう》して其麽《そんな》所まで行く気になったろうと怪まれる。矢張自分は此村に生れたのだから、此村で一生暮らす方が本当だ。恁《こ》うして毎朝水汲に来るのが何より楽しい。話の様な繁華な所だったら、屹度《きっと》恁《こ》ういう澄んだ美しい水などが見られぬだろうなどと考えた。と、後に人の足音がするので、振向くと、それはお八重であった。矢張桶をぶらぶら擔いで来るが、寝くたれ髪のしどけなさ、起きた許りで脹《はれ》ぼったくなっている瞼《ひとみ》さえ、殊更艶かしく見える。あの人が行くのだもの、という考えが、呆然《ぼんやり》した頭をハッと明るくした。

『お八重さん、早《はや》えなッす。』

『お前《めえ》こそ早えなッす。』と言って、桶を地面《じべた》に下した。

『ああ、まだ虫ァ啼いてる！』と、お八重は少し顔を歪《ゆが》めて、後れ毛を掻上げる。遠く近くで戸を開ける音が聞える。

『決《き》めだす、お八重さん。』

『決めだすか？』と言ったお八重の眼は、急に晴々しく輝いた。『若しもお前行かなかったら、俺《おら》一人奈何《どう》すべと思ってだっけす。』

『だってお前怎《どう》しても行くべえす？』

『お前も決《き》めだら、一緒に行くのす。』と言って、お八重は軽く笑ったが、『そだっけ、大変だお定さん、急がねえばならねえす。』

『怎《どう》してす？』

『怎してって、昨晩《ゆべな》聞いだら、源助さん明後日《あさって》立つで、早く準備《したく》せッていだす。』

『明後日？』と、お定は目を睜《みは》った。

『明後日！』と、お八重も目を睜った。

二人は暫し互いの顔を打瞶っていたが、『でャ、明日《あした》盛岡さ行がねばならねえな。』とお定が先ず我に帰った。

『然《そ》うだす。そして今夜《こんにゃ》のうちに、衣服《きもの》だの何《なに》包んで、権作老爺《おやじ》さ頼まねばならねえす。』

『だらハァ、今夜《こんにゃ》すか？』と、お定は又目を睜った。

左《そ》う右《こ》うしてるうちに、一人二人と他の水汲が集って来たので、二人はまだ何か密々《ひそひそ》と語り合っていたが、軈《やが》て満々《なみなみ》と水を汲んで擔ぎ上げた。そして、すぐ二三軒先の権作が家へ行って、

『老爺《おやじ》ァ起ぎだすか？』と、表から声をかけた。

『何時まで寝てるべえせァ。』と、中から胴間声《どまごえ》がする。

二人は目を見合して、ニッコリ笑ったが、桶を下して入って行った。馬車追《ひき》の老爺は丁度廏の前で乾秣《やた》を刻むところであった。

『明日盛岡さ行ぐすか？』

『明日がえ？　行くどもせァ。権作ァ此老年《とし》になるだが、馬車曳《ふ》っぱらねえでャ、腹減って斃死《くたば》るだあよ。』

『だら、少許《すこし》持ってって貰いてえ物があるがな。』

『何程《なんぼ》でも可《え》えだ。明日ァ帰り荷《けえに》だで、行ぐ時《どき》ァ空馬車曳《ふ》っぱって行ぐのだもの。』

『其麼《そんな》に沢山《たんと》でも無えす。俺等《おら》も明日盛岡さ行ぐども、手さ持ってげば邪魔だです。』

『そんだら、ハァ、お前達も馬車さ乗ってったら可がべせァ。』

二人は又目を見合して、二言三言喋《しめ》し合っていたが、

『でァ老爺《おやじ》な、俺等《おら》も乗せでって貰うす。』

『然《そ》うして御座《ごぜ》え。唯、巣子《すご》の掛茶屋さ行ったら、盛切酒《もっきりざけ》一杯《ぺえ》買うだァぜ。』

『買うともす。』と、お八重は晴やかに笑った。

『お定ッ子も行《え》ぐのがえ？』

お定は一寸狼狽《うろた》えてお八重の顔を見た。お八重は又笑って、『一人だば淋しだで、お定さんにも行って貰うべがと思ってす。』

『ハァ、俺ァ老人《としより》だで可えが、黒馬《あお》の奴ァ怠屈《てえくつ》しねえで喜ぶでャ。だら、明日ァ早く来

て御座《ごぜ》え。』

此日は、二人にとって此上もない忙がしい日であった。お定は、水汲から帰ると直ぐ朝草刈に平田野《へいだの》へ行ったが、莫迦に気がそわそわして、朝露に濡れた利鎌《とがま》が、兎角休み勝になる。離れ離れの松の樹が、山の端に登った許りの朝日に、長い影を草の上に投げて、葉毎に珠を綴った無数の露の美しさ。秋草の香が初簟《はったけ》の香を交えて、深くも胸の底に沁みる。利鎌の動く毎に、サッサッと音して寝る草には、萎《す》枯《が》れた桔梗の花もあった。お定は胸に往来する取留もなき思いに、黒味勝の眼が曇ったり晴れたり、一背負だけ刈るに、例《いつも》より余程長くかかった。

朝草を刈って来てから、馬の手入を済ませて、朝餉を了えたが、十坪許り刈り残してある山手の畑へ、父と弟と三人で粟刈に行った。それも午前には刈り了えて、弟と共に黒馬《あお》と栗毛の二頭で家の裏へ運んで了った。

母は裏の物置の側に荒蓆《あらむしろ》を布いて、日向ぼッこをしながら、打残しの麻糸を砧《う》っている。三時頃には父も田廻りから帰って来て、廏の前の乾秣場《やた》で、鼻唄ながらに鉈《なた》や鎌を研ぎ始めた。お定は唯もう気がそわそわして、別に東京の事を思うでもなく、明日の別れを悲むでもない、唯何という事なくそわそわしていた。裁縫も手につかず、坐っても居られず、立っても居られぬ。

大工の家へ裏伝いにゆくと、恰度お八重一人いた所であったが、もう風呂敷包が二つ出来上って、押入れの隅に隠してあった。其処へ源助が来て、明後日の夕方までに盛岡の停車場前の、松本という宿屋に着くから、其処へ訪ねて一緒になるという事に話をきめた。

それからお八重と二人家へ帰ると、父はもう鉈鎌を研ぎ上げたと見えて、薄暗い炉辺に一人踏込んで、莨を吹かしている。

『父爺《おやじ》や。』とお定は呼んだ。

『何しや？』

『明日盛岡さ行っても可えが？』

『お八重ッ子どがえ？』

『然《そ》うしや。』

『八幡様のお祭礼《まつり》にゃ、まだ十日もあるべえどら。』

『八幡様までにゃ、稲刈が始るべえな。』

『何しに行《え》ぐだあ？』

『お八重さんが千太郎さま宅《とこ》さ用あって行くで、俺も伴《つ》れてぐ言うでせァ。』

『可《え》がべす、老爺《おやじ》な。』とお八重も喙《くち》を容れた。

『小遣銭《こづけえ》があるがえ？』

『少許《すこし》だばあるども、呉《け》えらば呉《け》えで御座え。』

『まだお八重ッ子がら、御馳走《ごっちょう》になるべな。』と言って、定次郎は腹掛から五十銭銀貨一枚出して、上框《あがりがまち》に腰かけているお定へ投げてよこした。

お八重はチラとお定の顔を見て、首尾よしと許り笑ったが、お定は父の露疑わぬ様を見て、温《おとな》しい娘だけに胸が迫った。さしぐんで来る涙を見せまいと、ツイと立って裏口へ行った。

五

夕方、一寸でも他所《よそ》ながら暇乞に、学校の藤田を訪ねようと思ったが、其暇もなく、農家の常とて夕餉は日が暮れてから済ましたが、お定は明日着て行く衣服《きもの》を畳み直して置くと云って、手ランプを持った儘、寝室にしている四畳半許りの板敷に入った。間もなくお八重が訪ねて来て、さり気ない顔をして入ったが、

『明日着て行ぐ衣服《きもの》すか?』と、態《わざ》と大きい声で言った。

『然《そ》うす。明日着て行ぐで、畳み直してるす。』と、お定も態と高く答えて、二人目を見合せて笑った。

お八重は、もう全然準備《すっかりしたく》が出来たという事で、今其風呂敷包は三つとも持出して来た

が此家《ここ》の入口の暗い土間に隠して置いて入ったと言う事であった。で、お定も忙がしく萌黄の大風呂敷を拡げて、手廻りの物を集め出したが、衣服といっても唯《たった》六七枚、帯も二筋、娘心には色々と不満があって、この袷は少し老《ふ》けているとか、此袖口が余り開き過ぎているとか、密々《ひそひそ》話に小一時間もかかって、漸々《ようよう》準備《したく》が出来た。

父も母もまだ炉辺に起きてるので、も少し待ってから持出そうと、お八重は言い出したが、お定は些《ち》と躊躇してから、立って明《あか》とりの煤けた櫺子《れんじ》に手をかけると、端の方三本許り、格子が何の事もなく取れた。それを見たお八重は、お定の肩を叩いて、
『この人《しと》ァまあ、可え工夫してるごど。』と笑った。お定も心持顔を赧《あか》くして笑ったが、風呂敷包は、難なく其処から戸外へ吊り下された。格子は元の通りに直された。

二人はそれから権作老爺の許へ行って、二人前の風呂敷包を預けたが、戸外の冷かな夜風が、耳を聾する許りな虫の声を漂わせて、今夜限り此生れ故郷を逃げ出すべき二人の娘にいう許りない心悲《うら》しい感情を起させた。所々降って来そうな秋の星、八日許りの片割月が浮雲の端に澄み切って、村は家並の屋根が黒く、中央《なか》程《ほど》の郵便局の軒灯のみ淋しく遠く光っている。二人は、何という事もなく、もう湿声《うるみごえ》になって、片々に語りながら、他所ながらも家々に別れを告げようと、五六町しかない村を、南から北へ、北から南へ、幾度となく手を取合って吟行《さまよ》うた。路で逢う人には、何日《いつ》になく忸々《なれなれ》しく此方《こっち》から優しい声を懸けた。作右衛門店にも寄って、お八重は帉帨《はんけち》を二枚買って、一枚はお定

に呉れた。何処ともない笑声、子供の泣く声もする。とある居酒屋の入口からは、火光《あかり》が眩《まぶし》く洩れて街路を横さまに白い線を引いていたが、虫の音も憚からぬ酔うた濁声《だみごえ》が、時々けたたましい其店の嬶《かかあ》の笑声を伴って、喧嘩でもあるかの様に一町先までも聞える。二人は其騒々しい声すらも、なつかしそうに立止って聞いていた。

それでも、二時間も歩いてるうちには、気の紛れる話もあって、お八重に別れてスタスタと家路に帰るお定の眼には、もう涙が滲んでいず、胸の中では、東京に着いてから手紙を寄越すべき人を彼是《かれこれ》と数えていた。此村《ここ》から東京へ百四十五里、其麼事《そんな》は知らぬ。東京は仙台という所より遠いか近いかそれも知らぬ。唯明日は東京にゆくのだと許り考えている。

枕に就くと、今日位身体も心も忙がしかった事がない様な気がして、それでも何となく物足らぬ様な、心悲《うら》しい様な、恍乎《ぼうっ》とした疲心地《つかれごこち》で、すぐうとうとと眠って了った。

ふと目が覚めると、消すを忘れて眠った枕辺《まくらもと》の手ランプの影に、何処から入って来たか、蟋蟀《こおろぎ》が二匹、可憐な羽を顫《ふる》わして啼いている。遠くで若者が吹く笛の音のする所から見れば、まだ左程夜が更けてもいぬらしい。

と櫺子《れんじ》の外にコツコツと格子を叩く音がする。あ之で目が覚めたのだなと思って、お定は直ぐ起上って、密《こっそ》りと格子を脱《はず》した。丑之助が身軽《みがる》に入って了った。

手ランプを消して一時間許り経《た》つと、丑之助がもう帰準備《かえりじたく》をするので、これも今夜限《きり》だと思うとお定は急に愛惜の情が喉に塞って来て、熱い涙が滝の如く溢れた。別に丑之助に未練を残すでも何でもないが、唯もう悲さが一時に胸を充たしたので、お定は矢庭に両手で力の限り男を抱擁《だきし》めた。男は暗の中にも、遂ぞ無い事なので吃驚《びっくり》して、目を円くもしていたが、やがてお定は忍び音に歔欷《すすりなき》し始めた。

丑之助は何の事とも解りかねた。或は此お定ッ子が自分に惚れたのじゃないかとも思ったが、何しろ余り突然なので、唯目を円くするのみだ。

『怎《どう》したけな?』と囁いてみたが返事がなくて一層歔欷《すすりな》く。と、平常《ふだん》から此女の温《おとな》しく優しかったのが、俄かに可憐《いじらし》くなって来て、丑之助は又、

『怎したけな、真《ほんと》に?』と繰返した。『俺ァ何が悪い事でもしたげえ?』

お定は男の胸に密接《ぴったり》と顔を推着《おしつ》けた儘で、強く頭を振った。男はもう無性にお定が可《いじ》憐《らし》くなって、

『だら怎《どう》しただよ? 俺ァ此頃少し忙しくて四日許《ば》り来ねえでたのを、汝《うな》ァ憤《おこ》ったのげえ?』

『嘘《うそ》だ!』とお定は囁く。

『嘘でねえでャ。俺ァ真実《ほんと》に、汝《うな》ァせえ承知して呉《け》えれば、夫婦《いっしょ》になりてえど思ってるのに。』

『嘘だ！』とお定はまた繰返して、一層強く男の胸に顔を埋めた。

暫しは女の歔欷く声のみ聞えていたが、丑之助は、其漸く間断間断《とぎれとぎれ》になるのを待って、

『汝《うな》ァ頬片《ほっけえ》、何時来ても天鵞絨《びろうど》みてえだな。十四五の娘子《めらしこ》と寝る様だ。』と言った。これは此若者が、殆んど来る毎にお定に言ってゆく讃辞《ことば》なので。

『十四五の娘子供《めらしやど》ども寝でるだべせァ。』とお定は鼻をつまらせ乍ら言った。男は、女の機嫌の稍直ったのを見て、

『嘘だあでャ。俺ァ、酒でも飲んだ時ァ他《ほか》の女子さも行《え》ぐども、其麽《そんな》に浮気ばしてねえでャ。』

お定は胸の中で、此丑之助にだけは東京行の話をしても可かろうと思って見たが、それではお八重に済まぬ。といって、此儘何も言わずに別れるのも残惜しい。さて怎《どう》したものだろうと頻りに先刻《さっき》から考えているのだが、これぞという決断もつかぬ。

『丑さん。』稍あってから囁いた。

『何しや？』

『俺《おれ》ァ明日……』

『明日？　明日の晩も来るせえ。』

『そでねえだ。』

『だら何しや？』

『明日俺ァ、盛岡さ行って来るす。』

『何しにせャ?』

『お八重さんが千太郎さん許《とこ》さ行くで、一緒に行って来るす。』

『然《そ》うが。八重ッ子ァ今夜《こんにゃ》、何とも言わながっけえな。』

『だらお前、今夜《こんにゃ》もお八重さんさ行って来たな?』

『然うだねえでャ。』と言ったが、男は少し狼狽《うろた》えた。

『だら何時《いづ》逢ったす?』

『何時ッて、八時頃にせえ。ホラ、あのお芳ッ子許《とこ》の店でせえ。』

『嘘だす、此人《このしと》ァ。』

『怎《どう》してせえ?』と益々狼狽《うろた》える。

『怎しても恁《こ》うしても、今夜日《こんにゃひ》ャ暮れッとがら、俺ァお八重さんと許《ば》り歩いてだもの。』

『だって。』と言って、男はクスクス笑い出した。

『ホレ見らせえ!』と女は稍声高く言ったが、別に怒ったでもない。

『明日馬車で行くだか?』

『権作老爺《おやじ》の荷馬車で行くで。』

『だら、朝早かべせえ。』と言ったが、『小遣銭《こづげえ》呉《け》えべがな? ドラ、手ランプ点《つ》けろでャ。』

お定が黙っていたので、丑之助は自分で手探りに燐寸《マッチ》を擦って手ランプに移すと、其処に脱捨ててある襯衣《シャツ》の衣嚢《かくし》から財布を出して、一円紙幣を一枚女の枕の下に入れた。女は手ランプを消して、

『余計《よげえ》だす。』

『余計な事ァ無《ね》えせァ。もっと有るものせえ。』

お定は、平常《いつも》ならば恁麽《こんな》事を余り快く思わぬのだが、常々添寝した男から東京行の餞別を貰ったと思うと、何となく嬉しい。お八重には恁麽事が無かろうなどと考えた。

先刻《さつき》の蟋蟀《こおろぎ》が、まだ何処か室の隅ッこに居て、時々思出した様に、哀れな音を立てていた。此夜お定は、怎《どう》しても男を抱擁《だきし》めた手を弛《ゆる》めず、夜明近い鶏の頻りに啼立てるまで、廏の馬の鬣《たてがみ》を振う音やゴトゴト破目板を蹴る音を聞きながら、これという話もなかったけれど、丑之助を帰してやらなかった。

六

其翌朝は、グッスリと寝込んでいる所をお八重に起されて、眠い眼を擦《こす》り擦《こす》り、麦八分の冷飯に水を打懸けて、形許り飯を済まし、起きたばかりの父母や弟に簡単な挨拶をして、村端れ近い権作の家の前へ来ると、方々から一人二人水汲の女共が、何れも眠相な眼をして出て来た。荷馬車はもう準備が出来ていて、権作は嗔に何やら口小言を言い

ながら、脚の太い黒馬《あお》を曳き出して来て馬車に繋いでいた。

『何処へ』と問う水汲共には『盛岡へ』と答えた。二人は荷馬車に布いた茣蓙《ござ》の上に、後向になって行儀よく坐った。傍には風呂敷包。馬車の上で髪を結って行くというので、お八重は別に櫛やら油やら懐中鏡やらの小さい包みを持って来た。二人共木綿物ではあるが、新しい八丈擬《まが》いの縞の袷を着ていた。

軈て権作は、ピシャリと黒馬《あお》の尻を叩いて、『ハイハイ』と言いながら、自分も馬車に飛乗った。馬は白い息を吐きながら、南を向けて歩き出した。

二人は、まだ頭脳《あたま》の中が全然《すっかり》覚めきらぬ様で、呆然《ぼんやり》として、段々後ろに遠ざかる村の方を見ていたが、道路の両側はまだ左程古くない松並木、暁の冷さが爽かな松風に流れて、叢の虫の音は細い。一町許り来た時、村端れの水汲場の前に、白手拭を下げた男の姿が見えた。それは、毎朝其処に顔洗いに来る藤田であった。お定は膝の上に握っていた新しい帉帨《はんけち》を取るより早く、少し伸び上ってそれを振った。藤田は立止って凝然《じっ》と此方《こっち》を見ている様だったが、下げていた手拭を上げたと思う間に、道路は少し曲って、並木の松に隠れた。と、お定は今の素振《そぶり》を、お八重が何と見たかと気がついて、心羞《うらはず》かしさと落膽《がっかり》した心地でお八重の顔を見ると、其美しい眼には涙が浮んでいた。それを見ると、お定の眼にも遽かに涙が湧いて来た。

盛岡へ五里を古い新しい松並木、何本あるか数えた人はない。二人が髪を結って了うまでに二里過ぎた。あとの三里は権作の無駄口と、二人が稚い時の追憶談《おもいでばなし》。

理髪師《とこや》の源助さんは、四年振で突然村に来て、七日の間到る所に歓待《かんたい》された。そして七日の間東京の繁華な話を繰返した。村の人達は異様な印象を享けて一同多少ずつ羨望の情を起した。もう四五日も居たなら、お八重お定と同じ志願を起す者が、三人も五人も出たかも知れぬ。源助さんは満腹の得意を以て、東京見物に来たら必ず自分の家に寄れという言葉を人毎に残して、七日目の午後に此村を辞した。好摩《こうま》のステーションから四十分、盛岡に着くと、約の如く松本という宿屋に投じた。

不取敢《とりあえず》湯に入ってると、お八重お定が訪ねて来た。一緒に晩餐《ばんめし》を了えて、明日の朝は一番汽車だからというので、其晩二人も其宿屋に泊る事にした。

源助は、唯一本の銚子に一時間も費《かか》りながら、東京へ行ってからの事――言語《ことば》を可成《なるべく》早く改《あらた》めねばならぬとか、二人がまだ見た事のない電車への乗方とか、掏摸《すり》に気を附けねばならぬとか、種々《いろいろ》な事を詳《くど》く喋《しゃべ》って聞かして、九時頃に寝る事になった。八畳間に寝具が三つ、二人は何れへ寝たものかと立っていると、源助は中央《まんなか》の床へ潜り込んで了った。仕方がないので、二人は右と左に離れて寝たが夜中になってお定が一寸目を覚ました時は、細めて置いた筈の、自分の枕辺《まくらもと》の洋灯《ランプ》が消えていて、源助の高い鼾《いびき》が、怎《どう》やら畳三畳許り彼方《あっち》に聞えていた。

翌朝は二人共源助に呼起されて、髪を結うも朝飯を食うも匆卒《そそくさ》に、五時発の上り一番汽車に乗った。

七

途中で機関車に故障があった為、三人を乗せた汽車が上野に着いた時は、其日の夜の七時過であった。長いプラットホォーム、潮の様な人、お八重もお定も唯小さくなって源助の両袂に縋った儘、漸々《ようよう》の思で改札口から吐出されると、何百輛とも数知れず列んだ腕車《くるま》、広場の彼方は昼を欺く満街の灯火、お定はもう之だけで気を失う位おッ魂消《たまげ》て了った。

腕車が三輛、源助にお定にお八重という順で駆け出した。お定は生れて初めて腕車に乗った。まだ見た事のない夢を見ている様な心地で、東京もなければ村もない、自分というものも何処へ行ったやら、在るものは前の腕車に源助の後姿許り。唯懵乎《ぼうっ》として了って、別に街々の賑いを仔細に見るでもなかった。燦爛たる火光《あかり》、千万の物音を合せた様な轟々たる都の響、其火光がお定を溶かして了いそうだ。其響がお定を押潰して了いそうだ。お定は唯もう膝の上に載せた萌黄の風呂敷包を、生命よりも大事に抱いて、胸の動悸を聴いていた。四辺《あたり》を数限りなき美しい人立派な人が通る様だ。高い高い家もあった様だ。

少し暗い所へ来て、ホッと息を吐いた時は、腕車が恰度《ちょうど》本郷四丁目から左に曲って、菊坂町に入った所であった。お定は一寸振返ってお八重を見た。

軈て腕車が止って、『山田理髪店』と看板を出した明るい家の前。源助に促されて硝子戸の中に入ると、目が眩む程明るくて、壁に列んだ幾面の大鏡、洋灯《ランプ》が幾つも幾つもあって、白い物を着た職人が幾人も幾人もいる。何《ど》れが実際の人で何れが鏡の中の人なやら、見分もつかぬうちに、また源助に促されて其店の片隅から畳を布いた所に上った。上ったは可《い》いが、何処に坐れば可いのか一寸周章《あわ》て了って、二人は暫し其所に立っていた。源助は、

『東京は流石に暑い。腕車の上で汗が出たから喃《なあ》。』と言って、突然《いきなり》羽織を脱いで投げようとすると、三十六七の小作《こづく》りな内儀《おかみ》さんらしい人がそれを受取った。

『怎《どう》だ、俺の留守中何も変りはなかったかえ？』

『別に。』

源助は、長火鉢の彼方《あっち》へドッカと胡坐《あぐら》をかいて、

『さあさあ、お前さん達もお坐《すわ》んなさい。さあ、ずっと此方《こっち》へ。』

『さあ、何卒《どうぞ》。』と内儀《おかみ》さんも言って、不思議相に二人を見た。二人は人形の様に其処に坐った。お八重が叩頭《おじぎ》をしたので、お定も遅れじと真似《まね》をした。源助は、

『お吉や、この娘さん達はな、そら俺がよく話した南部の村の、以前非常《えら》い事世話にな

った家の娘さん達でな。今度是非東京へ出て一二年奉公して見たいというので、一緒に出て来た次第だがね。これは俺の嚊ですよ。』と二人を見る。

『まあ然《そ》うですか。些《ちよつ》とお手紙にも其麼事《そんな》があったって、新太郎が言ってましたがね。お前さん達、まあ遠い所をよくお出になったことねえ、真《ほんと》に。』

『何卒《どうか》ハァ……』と、二人は血を吐く思で漸く言って、温《おとな》しく頭を下げた。

『それにな、今度七日遊んでるうち、此方の此お八重さんという人の家に厄介になって来たんだよ。』

『おや然《そ》う。まあ甚麼《どんな》にか宅じゃ御世話様になりましたか、真《ほん》に遠い所をよく入来《いらつしや》った。まあまあお二人共自分の家へ来た積りで、緩《ゆつく》り見物でもなさいましよ。』

お定は此時、些《ちつ》とも気が附かずに何もお土産を持って来なかったことを思って、一人胸を痛めた。

お吉は小作りなキリリとした顔立の女で、二人の田舎娘には見た事もない程立居振舞が敏捷《すばしこ》い。黒繻子の半襟をかけた唐桟《とうざん》の袷を着ていた。

二人は、それから名前や年齢《とし》をお吉に訊《き》かれたが、大抵源助が引取って返事をして呉れた。負けぬ気のお八重さえも、何か喉《のど》に塞《つま》った様で、一言も口へ出ぬ。況《ま》してお定は、これから、怎《どう》して那麼《あんな》滑《なめら》かな言葉を習ったもんだろうと、心細くなって、お吉の顔が自分等の方に向くと、また何か問われる事と気が気でない。

『阿父様《おとつあん》、お帰んなさい。』と言って、源助の一人息子の新太郎も入って来た。二人にも挨拶して、六年許り前に一度お定らの村に行った事があるところから、色々と話を出す。二人は又之の応答《うけこたえ》に困らせられた。新太郎は六年前の面影が殆ど無く、今はもう二十四五の立派な男、父に似ず背が高くて、キリリと角帯を結んだ恰好の好さ。髪は綺麗に分けていて、鼻が高く、色だけは昔ながらに白い。

一体、源助は以前静岡在の生れであるが、新太郎が二歳《ふたつ》の年に飄然《ぶらり》と家出して、東京から仙台盛岡、其盛岡に居た時、恰も白井家の親類な酒造家の隣家の理髪店《とこや》にいたものだから、世話する人あってお定らの村に行っていたので、父親に死なれて郷里に帰ると間もなく、目の見えぬ母とお吉と新太郎を連れて、些少《いささか》の家屋敷を売払い、東京に出たのであった。其母親は去年の暮に死んで了ったので。

お茶も出された。二人が見た事もないお菓子も出された。

源助とお吉との会話が、今度死んだ函館の伯父の事、其葬式の事、後に残った家族共の事に移ると石の様に堅くなってるので、お定が足に痲痺《しびれ》がきれて来て、膝頭《ひざがしら》が疼《うず》く。泣きたくなるのを漸く辛抱して、凝《じっ》と畳の目を見ている辛さ。九時半頃になって、漸々《ようよう》『疲れているだろうから』と、裏二階の六畳へ連れて行かれた。立つ時は足に感覚がなくなっていて、危く前に仆《のめ》ろうとしたのを、これもフラフラしたお八重に抱きついて、互いに辛そうな笑いを洩らした。

風呂敷包を持って裏二階に上ると、お吉は二人前の蒲団を運んで来て、手早く延べて呉れた。そして狭い床の間に些《ちょっ》と腰掛けて、三言四言お愛想を言って降りて行った。二人限《きり》になると、何れも吻《ほっ》と息を吐いて、今し方お吉の腰掛けた床の間に膝をすれすれに腰掛けた。かくて十分許りの間、田舎言葉で密々《こそこそ》話し合った。お土産を持って来なかった失策《しくじり》は、お八重も矢張気がついていた。二人の話は、源助さんも親切だが、お吉も亦、気の隔《お》けぬ親切な人だという事に一致した。郷里《くに》の事は二人共何にも言わなかった。

訝《おか》しい事には、此時お定の方が多く語った事で、阿婆摺《あばずれ》と謂われた程のお八重は、始終《しょっちゅう》受身に許りなって口寡《くちずくな》にのみ応答《うけこたえ》していた。枕についたが、二人とも仲々眠られぬ。さればといって、別に話すでもなく、細めた洋灯《ランプ》の光に、互いに顔を見ては温《おとな》しく微笑《ほほえみ》を交換《かわ》していた。

八

翌朝は、枕辺の障子が白み初めた許りの時に、お定が先ず目を覚ました。嗚呼東京に来たのだっけと思うと、昨晩《ゆうべ》の足の痲痺《しびれ》が思出される。で、膝頭を伸ばしたり屈《かが》めたりして見たが、もう何ともない。階下《した》ではまだ起きた気色《けはい》がない。世の中が森と沈まり返っていて、腕車《くるま》の上から見た雑沓が、何処かへ消えて了った様な気もする。不図《ふと》、もう水汲に行かねばならぬと考えたが、否、此処は東京だったと思って幽かに笑った。それから二三分の間は、東京じゃ怎《どう》して水を汲むだろうと云う様な事を考えていたが、お八重が寝返りをして此方へ顔を向けた。何夢を見ているのか、眉と眉の間に皺を寄せて苦し相に息をする。お定はそれを見ると直ぐ起き出して、声低くお八重を呼び起した。

お八重は、深く息を吸って、パッチリと目を開けて、お定の顔を怪訝《けげんそう》相に見ていたが、『ア、家《え》に居《え》だのでャなかったけな。』と言って、ムクリと身を起した。それでもまだ得心がいかぬといった様に周囲《あたり》を見廻していたが、

『お定さん、俺《おれ》ァ今夢見て居《え》だっけおんす。』と甘える様な口調。

『家《え》の方のすか？』

『家の方のす。ああ、可怖《おっかな》がった。』と、お定の膝に投げる様に身を凭《もた》せて、片手を肩にかけた。

其夢というのは恁《こ》うで。——村で誰か死んだ。誰が死んだのか解らぬが、何でも老人だった様だ。そして其葬式が村役場から出た。男も女も、村中の人が皆野送の列に加ったが、巡査が剣の柄に手をかけながら、『物を言うな、物を言うな。』と言っていた。北の村端から東に折れると、一町半の寺道、其半ば位まで行った時には、野送の人が男許り、然も皆洋服を着たり紋付を着たりして、立派な帽子を冠った髭の生えた人達許りで、其中に自分だけが腕車《くるま》の上に縛られてゆくのであったが、甚麼《どんな》人が其腕車を曳いてたの

か解らぬ。杉の木の下を通って、寺の庭で三遍廻って、本堂に入ると、棺桶の中から何ともいえぬ綺麗な服装をした、美しいお姫様の様な人が出て中央に坐った。自分も男達と共に坐ると、『お前は女だから。』と言って、ずっと前の方へ出された。見た事もない小僧達が奥の方から沢山出て来て、鏡や太鼓を鳴らし始めた。それは喇叭節の節であった。と、例の和尚様が払子を持って出て来て、綺麗なお姫様の前へ行って叩頭をしたと思うと、自分の方へ歩いて来た。高い足駄を穿いている。そして自分の前に突立って、

『お八重、お前はあのお姫様の代りにお墓に入るのだぞ。』と言った。すると何時の間にか源助さんが来ていて、自分の耳に口をあてて『厭だと言え、厭だと言え。』と教えて呉れた。で、『厭だす。』と言って横を向くと、（此時寝返りしたのだろう。）和尚様が廻って来て、鬚の無い顎に手をやって、丁度鬚を撫で下げる様な具合にすると、赤い赤い血の様な鬚が、延びた延びた臍のあたりまで延びた。そして、眼を皿の様に大きくして、『これでもか？』と怒鳴った。其時目が覚めた。

お八重がこれを語り終ってから、二人は何だか気味が悪くなって来て、暫時《しばらく》意味あり気に目と目を見合せていたが、何方《どっち》でも胸に思う事は口に出さなかった。左《そ》う右《こ》うしてるうちに、階下《した》では源助が大きな噯《あくび》をする声がして、軈てお吉が何か言う。五分許り過ぎて誰やら起きた様な気色《けはい》がしたので、二人も立って帯を締めた。で、蒲団を畳もうとしたが、お八重は、

『お定さん、昨晩《ゆべな》持って来た時、此蒲団どァ表《おもで》出して畳まさってらけすか、裏出して畳まさってらけすか？』と言い出した。

『さあ、何方《どっち》だたべす。』

『何方だたべな。』

『困ったなァ。』

『困ったなす。』と、二人は暫時《しばらく》、呆然《ぼんやり》立って目を見合せていたが、

『表なようだっけな。』とお八重。

『表だったべすか。』

『そだっけ。』

『そだたべすか。』

聽て二人は蒲団を畳んで、室の隅に積み重ねたが、恁麼《こんな》に早く階下《した》に行って可いものか怎《どう》か解らぬ。怎しようと相談した結果、兎も角も少し待ってみる事にして、室の中央《まんなか》に立った儘四辺《あたり》を見廻した。

『お定さん、細《ほせ》え柱だなす。』と大工の娘。奈何様《いかさま》、太い材木を不体裁に組立てた南部の田舎の家に育った者の目には、東京の家は地震でも揺れたら危い位、柱でも鴨居でも細く見える。

『真《ほん》にせえ。』とお定も言った。

で、昨晩《ゆうべ》見た階下の様子を思出して見ても、此室の畳の古い事、壁紙の所々裂けた事、天井が手の届く程低い事などを考え合せて見ても、源助の家は、二人及び村の大抵の人の想像した如く、左程立派でなかった。二人はまた其事を語っていたが、お八重が不図、五尺の床の間にかけてある、縁日物の七福神の掛物を指さして、

『あれァ何だか知《おべ》だすか?』

『恵比須大黒だべす。』

二人は床の間に腰掛けたが、

『お定さん、これァ何だす?』と図中の人を指さす。

『槌持ってるもの、大黒様だべァすか。』

『此方ァ?』

『恵比須だす。』

『すたら、これァ何だす?』

『布袋様《ほていさま》す、腹ァ出てるもの。あれ、忠太老爺《おやじ》に似たぜ。』と言うや、二人は其忠太の恐ろしく肥った腹を思出して、口に袂をあてた儘、暫しは子供の如く笑い続けていた。

階下《した》では裏口の戸を開ける音や、鍋の音がしたので、お八重が先に立って階段を降りた。お吉はそれと見て、

『まあ早いことお前さん達は、まだまだ寝《やす》んでらっしゃれば可いのに。』と笑顔を作っ

た。二人は勝手への隔《へだて》の敷居に両手を突いて、『お早ェなっす。』を口の中だけ言って挨拶をすると、お吉は可笑しさに些《ちよつ》と横向いて笑ったが、

『怎《どう》もお早う。』と晴やかに言う。

よく眠れたかとか、郷里《くに》の夢を見なかったかとか、お吉は昨晩《ゆうべ》よりもズット狃々《なれなれ》しく種々《いろいろ》な事を言ってくれたが、

『お前さん達のお郷里《くに》じゃ水道はまだ無いでしょう？』

二人は目を見合せた。水道とは何の事やら、其話は源助からも聞いた記憶《おぼえ》がない。何と返事をして可いか困ってると、

『何でも一通り東京の事知ってなくちゃ、御奉公に上っても困るから、私と一緒に入来《いらつ》しゃい。教えて上げますから。』と、お吉は手桶を持って下り立った。『ハ。』と答えて、二人も急いで店から自分達の下駄を持って来て、裏に出ると、お吉はもう五六間先方《むこう》へ行って立っている。

何の事はない、郵便函の小さい様なものが立っていて、四辺《あたり》の土が水に濡れている。『これが水道ッて言うんですよ。可《よ》ござんすか。それで恁《こ》うすると水が幾何《いくら》でも出て来ます。』とお吉は笑いながら栓《ねじ》を捻《ひね》った。途端《とたん》に、水がゴウと出る。

『やあ。』とお八重は思わず驚きに声を出したので、すぐに羞《はず》かしくなって、顔を火の様にした。お定も口にこそ出さなかったが、同じ『やあ。』が喉元まで出かけたったの

で、これも顔を紅くしたが、お吉は其中に一杯になった桶と空《から》なのと取代えて、『さあ、何方なり一つ此栓を捻って御覧なさい。』と宛然《さながら》小学校の先生が一年生に教える様な調子。二人は目と目で互に譲り合っていて、仲々手を出さぬので、『些《ちっ》とも怖い事はないんですよ。』とお吉は笑う。で、お八重が思切って、妙な手つきで栓を力委せに捻ると、特別な仕掛がある訳ではないから水が直ぐ出た。お八重は何となく得意になって、軽く声を出して笑いながらお定の顔を見た。

帰りはお吉の辞するも諾《き》かず、二人で桶を一つ宛《ずつ》軽々と持って勝手口まで運んだが、背後《うしろ》からお吉が、

『まあお前さん達は力が強い事！』と笑った。此語の後に潜んだ意味などを察する程に、怜悧《かしこ》いお定ではないので、何だか賞められた様な気がして、密《そっ》と口元に笑を含んだ。

それから、顔を洗えといわれて、急いで二階から浅黄の手拭やら櫛やらを持って来たが、鏡は店に大きいのがあるからといわれて、怖る怖る種々《いろいろ》の光る立派な道具を飾り立てた店に行って、二人は髪を結い出した。間もなく、表二階に泊ってる職人が起きて来て、二人を見ると、『お早う。』と声をかけて妙な笑を浮べたが、二人は唯もうきまりが悪くて、顔を赤くして頭を垂れている儘、鏡に写る己が姿を見るさえも羞しく、堅くなって匆卒《そそくさ》に髪を結っていたが、それでもお八重の方はチョイチョイ横目を使って、職人の為る事を見ていた様であった。

すべてが恁麼《こんな》具合で、朝餐《あさめし》も済んだ。其朝餐の時は、同じ食卓に源助夫婦と新さんとお八重お定の五人が向い合ったので、二人共三膳とは食えなかった。此日は、源助が半月に余る旅から帰ったので、それぞれ手土産を持って知辺《しるべ》の家を廻らなければならぬから、お吉は家が明けられぬと言って、見物は明日に決った。

二人は、不器用な手つきで、食後の始末にも手伝い、二人限《きり》で水汲にも行ったが、其時お八重はもう、一度経験があるので上級生の様な態度をして、

『流石は東京だでャなっす！』と言った。

かくて此日一日は、殆んど裏二階の一室で暮らしたが、お吉は時々やって来て、何呉となく女中奉公の心得を話してくれるのであった。お定は、生中《なまなか》礼儀などを守らず、つけつけ言ってくる此女を、もう世の中に唯一人の頼りにして、嘗《かつ》て自分等の村の役場に、盛岡から来ていた事のある助役様の内儀《おかみ》さんよりも親切な人だと考えていた。

お吉が二人に物言うさまは、若し傍で見ている人があったなら、甚麼《どんな》に可笑《おか》しかったか知れぬ。言葉を早く直さねばならぬと言っては、先ず短いのから稽古せよと、『かしこまりました。』とか、『行ってらッしゃい。』とか、『お帰んなさい。』とか、『左様《さい》でございますか。』とか、繰返し繰返し教えるのであったが、二人は胸の中でそれを擬《ま》ねて見るけれど、仲々お吉の様にはいかぬ。郷里《くに》言葉の『然《そ》だすか。』と『左様《さい》でございますか。』とは、第一長さが違う。二人には『で』に許り力が入って、兎角『さいで、ご

ざいますか。』と二つに切れる。

『さあ、一《ひと》つ口《くち》に出して行《や》って御覧なさいな。』とお吉に言われると、二人共すぐ顔を染めては、『さあ』『さあ』と互いに譲り合う。

それからお吉はまた、二人が余り温《おと》なしくして許りいるので、店に行って見るなり、少し街上《おもて》を歩いてみるなりしたら怎《どう》だと言って、

『家の前から昨晩《ゆうべ》腕車《くるま》で来た方へ少し行くと、本郷の通りへ出ますから、それはそれは賑かなもんですよ。其処の角には勧工場と云って何品《なん》でも売る所があるし、右へ行くと三丁目の電車、左へ行くと赤門の前——赤門といえば大学の事ですよ、それ、日本一の学校、名前位は聞いた事があるでしょうさ。何《なあ》に、大丈夫気をつけてさえ歩けば、何処まで行ったって迷児《まいご》になんかなりやしませんよ。角の勧工場と家の看板さえ知ってりゃ。』と言ったが、『それ、家の看板には恁う書いてあったでしょう。』と人差指で畳に『山田』と覚束なく書いて見せた。『やまだと読むんですよ。』

二人は稍得意な笑顔をして頷き合った。何故なれば、二人共尋常科だけは卒えたのだから、山の字も田の字も知っていたからでなので。

それでも仲々階下《した》にさえ降《お》り渋《しぶ》って、二人限《きり》になれば何やら密々《ひそひそ》話合っては、袂を口にあてて声立てずに笑っていたが、夕方近くなってから、お八重の発起で街路へ出て見た。成程大きなペンキ塗の看板には『山田理髪店』と書いてあって、花の様なお菓子を

飾ったお菓子屋と向いあっている。二人は右視左視《とみこうみ》して、此家忘れてなるものかと見廻してると、理髪店の店からは四人の職人が皆二人の方を見て笑っていた。二人は交る交るに振返っては、も何間歩いたか胸で計算しながら、二町許りで本郷館の前まで来た。

盛岡の肴町位だとお定の思った菊坂町は、此処へ来て見ると宛然《まるで》田舎の様だ。ああ東京の街！　右から左から、刻一刻に満干《さしひき》する人の潮！　三方から電車と人が崩《なだ》れて来る三丁目の喧囂《さわがしさ》は、宛《さな》がら今にも戦が始りそうだ。お定はもう一歩も前に進みかねた。

勧工場は、小さいながらも盛岡にもある。お八重は本郷館に入って見ないかと言出したが、お定は『此次にすべす。』と言って渋った。で、お八重は決しかねて立っていると、車夫が寄って来て、頻りに促す。二人は怖ろしくなって、もと来た路を駆け出した。此時も背後《うしろ》に笑声《わらいごえ》が聞えた。

第一日は斯くて暮れた。

九

第二日目は、お吉に伴れられて、朝八時頃から見物に出た。

先ず赤門、『恁麽《こんな》学校にも教師《せんせ》ァ居《え》べすか？』とお定は囁《ささ》やいたが、『居るのす。』と答えたお八重はツンと済していた。不忍の池では海の様だと思った。お定の村には山と川と田と畑としか無かったので。さて上野の森、話に聞いた銅像よりも、木立の中の大仏の方が立派に見えた。電車というものに初めて乗せられて、浅草は人の塵溜、玉乗に汗を握り、水族館の地下室では、源助の話を思出して帯の間の財布を上から抑えた。人の数が掏摸《すり》に見える。凌雲閣には余り高いのに怖気《おじけ》立って、到頭上らず。吾妻橋に出ては、東京では川まで大きいと思った。両国の川開きの話をお吉に聞かされたが、甚麼事《どんなこと》をするものやら遂に解らず了《じま》い。上潮に末広の長い尾を曳く川蒸汽は、仲々異《い》なものであった。銀座の通り、新橋のステイション、勧工場にも幾度か入った。二重橋は天子様の御門と聞いて叩頭《おじぎ》をした。日比谷の公園では、立派な若い男と女が手をとり合って歩いてるのに驚いた。

須田町の乗換に方角を忘れて、今来た方へ引返すのだと許り思ってるうちに、本郷三丁目に来て降りるのだという。お定はもう日が暮れかかってるのに、まだ引張り廻されるのかと気が気でなくなったが、一町と歩かずに本郷館の横へ曲った時には、東京の道路は訝《おか》しいものだと考えた。

理髪店に帰ると、源助は黒い額に青筋立てて、長火鉢の彼方《あっち》に怒鳴っていた。其前には十七許りの職人が平蜘蛛《ひらくも》の如く蹲《うずくま》っている。此間から見えなかった斬髪機《バリカン》が一挺、此職人が何処かに隠し込んで置いたのを見附かったとかで。お定は二階の風呂敷包が気になった。

二人はもう、身体も心も綿の如く疲れきっていて、昼頃何処やらで蕎麦を一杯宛食っただけなのに、灯火《あかり》がついて飯になると、唯一膳の飯を辛《やっ》と喉を通した。頭脳《あたま》は懵乎《ぼうっ》としていて、これという考えも浮ばぬ。話も興がない。耳の底には、まだ轟々たる都の轟きが鳴っている。

幸い好い奉公の口があったが、先ず四五日は緩《ゆっく》り遊んだが可《よ》かろうという源助の話を聞いて、二人は夕餐が済むと間もなく二階に上った。二人共『疲れた。』と許り、べたりと横に坐って、話もない。何処かしら非常に遠い所へ行って来た様な心地である。浅草とか日比谷とかいう語だけは、すぐ近間《ちかく》にある様だけれど、それを口に出すには遠くまで行って来なけやならぬ様に思える。一時間前まで見て来た色々の場所、あれもあれもと心では数えられるけれど、さて其景色は仲々眼に浮ばぬ。目を瞑ると轟々たる響。玉乗や、勧工場の大きな花瓶が、チラリ、チラリと心を掠《かす》める。足下から鳩が飛んだりする。

お吉が、『電車ほど便利なものはない。』と言った。然しお定には、電車程怖ろしいものはなかった。線路を横切った時の心地は、思出しても冷汗が流れる。後先を見廻して、十一町も向うから電車が来ようものなら、もう足が動かぬ。漸《や》っとそれを遣《や》り過して、十間《ま》も行ってから思切って向側に駆ける。先ず安心と思うと胸には動悸が高い。況して乗った時の窮屈《きゅうくつ》さ。洋服着た男とでも肩が擦れ擦れになると、訳もなく身体が縮んで了って、些《ちょい》と首を動かすにも頸筋が痛い思い。停《とま》るかと思えば動き出す。動き出したかと思えば停る。しっきりなしの人の乗降《のりおり》、よくも間違が起らぬものと不思議に堪えなかった。電車に一町乗るよりは、山路を三里素足《はだし》で歩いた方が遥か優《ま》しだ。大都は其凄まじい轟々たる響きを以て、お定の心を圧した。然しお定は別に郷里に帰りたいとも思わなかった。それかと言って、東京が好なのでもない。此処に居ようとも思わねば、居まいとも思わぬ。一刻の前をも忘れ、一刻の後をも忘れて、温《おと》なしいお定は疲れているのだ。ただ疲れているのだ。

煎餅を盛った小さい盆を持って、上って来たお吉は、明日お湯屋に伴れて行くと言って下りて行った。

九時前に二人は蒲団を延べた。

三日目は雨。

四日目は降りみ降らずみ。九月ももう二十日を過ぎたので、残暑の汗を洗う雨の糸を、初秋めいたうそ寒さが白く見せて、蕭々《しとしと》と廂《ひさし》を濡らす音が、山中の村で聞くとは違って、厭に陰気な心を起させる。二人はつくねんとして相対した儘、言葉少なに郷里《くに》の事を思出していた。

午餐《おひる》が済んで、二人がまだお吉と共に勝手にいたうちに、二人の奉公口を世話してくれたという、源助と職業仲間《しごと》の男が来て、先様《さきさま》では一日も早くというから、今日中に遣《や》る事にしたら怎《どう》だと言った。

源助は、二人がまだ何にも東京の事を知らぬからと言う様な事を言っていたが、お吉は、行って見なけや何日までだって慣れぬという其男の言葉に賛成した。

遂に行く事に決った。

で、お吉は先ずお八重、次にお定と、髪を銀杏返しに結ってくれたが、お定は、余り前髪を大きく取ったと思った、帯も締めて貰った。

三時頃になって、お八重が先ず一人源助に伴《とも》なわれて出て行った。お定は急に淋しくなって七福神の床の間に腰かけて、小さい胸を犇《ひし》と抱いた。眼には大きい涙が。

一時間許りで源助は帰って来たが、先様の奥様は淡白《きさく》な人で、お八重を見るや否や、これじゃ水道の水を半年もつかうと、大した美人になると言った事などを語った。

早目に晩餐《ばんめし》を済まして、今度はお定の番。すぐ近い坂の上だという事で、風呂敷包を提げた儘、黄昏時《たそがれどき》の雨の霽間《はれま》を源助の後に跟《つ》いて行ったが、何と挨拶したら可いものかと胸を痛めながら悄然《しょんぼり》と歩いていた。源助は、先方でも真の田舎者な事を御承知なのだから、万事間違のない様に奥様の言う事を聞けと繰返し教えて呉れた。

真砂町のトある小路、右側に『小野』と記した軒灯の、点《とも》火り初めた許りの所へ行って、

『此の家だ。』と源助は入口の格子をあけた。お定は遂ぞ覚えぬ不安に打たれた。

源助は三十分許り経《た》って帰って行った。

竹筒台の洋灯《ランプ》が明るい。茶棚やら、時計やら、箪笥の上の立派な鏡台やら、八畳の一室にありとある物は皆、お定に珍らしく立派なもので。黒柿の長火鉢の彼方に、二寸も厚い座蒲団に坐った奥様の年は二十五六、口が少しへの字になって鼻先が下に曲ってるけれども、お定には唯立派な奥様に見えた。お定は洋灯の光に小さくなって、石の如く坐っていた。

銀行に出る人と許り聞いて来たのであるが、お定は銀行の何ものなるも知らぬ。其旦那様はまだお帰りにならぬという事で、五歳《いつつ》許りの、眼のキョロキョロした男の児が、奥様の傍に横になって、何やら絵のかいてある雑誌を見つつ、時々不思議相にお定を見ていた。

奥様は、源助を送り出すと、其儘手ずから洋灯を持って、家の中の部屋部屋をお定に案内して呉れたのであった。玄関の障子を開けると三畳、横に六畳間、奥が此八畳間、其奥にも一つ六畳間があって主人夫婦の寝室になっている。台所の横は、お定の室と名指された四畳の細長い室で、二階の八畳は主人の書斎である。

さて、奥様は、真白な左の腕を見せて、長火鉢の縁《ふち》に臂《ひじ》を突き乍ら、お定のために明日からの日課となるべき事を細々と説くのであった。何処の戸を一番先に開けて、何処の室の掃除は朝飯過で可いか。来客のある時の取次の仕方から、下駄靴の揃え様、御用聞に来る小僧等への応対の仕方まで、艶のない声に諄々《じゅんじゅん》と喋り続けるのであるが、お定には僅かに要領だけ聞きとれたに過ぎぬ。

其処へ旦那様がお帰りになると、奥様は座を譲って、反対の側の、先刻まで源助の坐った座蒲団に移ったが、

『貴郎《あなた》、今日は大層遅かったじゃございませんか？』

『ああ、今日は重役の鈴木ン許《とこ》に廻ったもんだからな。（と言ってお定の顔を見ていたが）これか、今度の女中は？』

『ええ、先刻菊坂の理髪店《とこや》だってのが伴れて来ましたの。（お定を向いて）此方が旦那様だから御挨拶しな。』

『ハ。』と口の中で答えたお定は、先刻からもう其挨拶に困って了って、肩をすぼめて切ない思いをしていたので、恁《こ》ういわれると忽ち火の様に赤くなった。

『何卒《どうか》ハ、お頼申《だのもう》します。』と、聞えぬ程に言って、両手を突く。旦那様は、三十の上を二つ三つ越した髭の厳めしい立派な人であった。

『名前は？』

というを冒頭《はじめ》に、年も訊かれた、郷里も訊かれた、両親のあるか無いかも訊かれた。学

校へ上ったか怎《どう》かも訊かれた。お定は言葉に窮《こま》って了って、一言言われる毎に穴あらば入りたくなる。足が耐えられぬ程痲痺《しび》れて来た。

稍あってから、『今晩は何もしなくても可《い》いから、先刻《さっき》教えたアノ洋灯《ランプ》をつけて、四畳に行ってお寝《やす》み。蒲団は其処の押入に入ってある筈だし、それから、まだ慣れぬうちは夜中に目をさまして便所にでもゆく時、戸惑いしては不可《いけない》から、洋灯は細めて危なくない所に置いたら可いだろう。』と言う許可《ゆるし》が出て、奥様から燐寸《マッチ》を渡された時、お定は甚麼《どんな》に嬉しかったか知れぬ。

言われた通りに四畳へ行くと、お定は先ず両脚を延ばして、膝頭を軽く拳《こぶし》で叩いて見た。一方に障子二枚の明りとり、昼はさぞ暗い事であろう。窓と反対の、奥の方の押入を開けると、蒲団もあれば枕もある。妙な臭気が鼻を打った。

お定は其処に膝をついて、開けた襖に片手をかけた儘一時間許りも身動きをしなかった。先ず明日の朝自分の為《せ》ねばならぬ事を胸に数えたが、お八重さんが今頃怎《どう》してる事かと、友の身が思われる。郷里《くに》を出て以来、片時も離れなかった友と別れて、源助にもお吉にも離れて、ああ、自分は今初めて一人になったと思うと、温なしい娘心はもう涙ぐまれる。東京の女中！　郷里《くに》で考えた時は何ともいえぬ華やかな楽しいものであったに、……然《そ》ういえば自分はまだ手紙も一本郷里へ出さぬ。と思うと、両親の顔や弟共の声、馬の事、友達の事、草苅の事、水汲の事、生れ故郷が詳らかに思出されて、お定は凝《じっ》と涙の目を押瞑《おしつむ》った儘、『阿母《あツぱあ》、許してけろ。』と胸の中で繰返した。

左《そ》う右《こ》うしてるうちにも、神経が鋭くなって、壁の彼方から聞える主人夫婦の声に、若しや自分の事を言やせぬかと気をつけていたが、時計が十時を打つと、皆寝て了った様だ。お定は、若しも明朝寝坊をしてはと、漸々《ようよう》涙を拭って蒲団を取出した。

三分心の置洋灯を細めて、枕に就くと、気が少し暢然《ゆったり》した。お八重さんももう寝たろうかと、又しても友の上を思出して、手を伸べて掛蒲団を引張ると、何となくフワリとして綿が柔かい。郷里で着て寝たのは、板の様に薄く堅い、荒い木綿の飛白《かすり》の皮をかけたのであったが、これは又源助の家で着たのよりも柔かい。そして、前にいた幾人の女中の汗やら髪の膩《あぶら》やらが浸みてるけれども、お定には初めての、黒い天鵞絨の襟がかけてあった。お定は不図、丑之助がよく自分の頰片《ほっぺた》を天鵞絨の様だと言った事を思出した。また降り出したと見えて、蕭かな雨の音が枕に伝わって来た。お定は暫時恍乎《しばらくぼんやり》として、自分の頰を天鵞絨の襟に擦って見ていたが、幽かな微笑を口元に漂わせた儘で、何時しか安らかな眠に入って了った。

一〇

目が覚めると、障子が既に白んで、枕辺の洋灯は昨晩の儘に点いてはいるけれど、光が鈍く蟋々《じじ》と幽かな音を立てている。寝過しはしないかと狼狽《うろた》えて、すぐ寝床から飛起きたが、誰も起きた様子がない。で、昨日まで着ていた衣服《きもの》は手早く畳んで、萌黄の風呂敷包から、荒い縞の普通着《ふだんぎ》（郷里《くに》では無論普通に着なかったが）を出して着換えた。帯も紫がかった繻子ののは畳んで、幅狭い唐縮緬を締めた。

　奥様が起きて来る気色がしたので、大急ぎに蒲団を押入に入れ、劃《しきり》の障子をあけると、

『早いね。』と奥様が声をかけた。お定は台所の板の間に膝をついてお叩頭《じぎ》をした。

　それからお定は吩咐《いいつけ》に随って、焜炉《こんろ》に炭を入れて、石油を注いで火をおこしたり、縁側の雨戸を繰ったりしたが、

『まだ水を汲んでないじゃないか？』

と言われて、台所中見廻したけれども、手桶らしいものが無い。すると奥様は、

『それ其処にバケツがあるよ。それ、それ、何処を見てるだろう、此人は。』と言って、三和土《たたき》になった流場の隅を指した。お定は、指された物を自分で指して、叱られたと思ったから顔を赤くしながら『これでごあんすか？』と奥様の顔を見た。バケツという物は見た事がないので。

『然うとも。それがバケツでなくて何ですかよ。』と稍御機嫌が悪い。

　お定は、恁麽物《こんな》に水を汲むのだもの、俺には解る筈がないと考えた。

　此家では、『水道』が流場の隅にあった。

　長火鉢の鉄瓶の水を代えたり、方々雑布を掛けさせられたりしてから、お定は小路を

出て一町程行った所の八百屋に使いに遣られた。奥様は葱とキャベージを一個買って来いというのであったが、キャベージとは何の事か解らぬ。で、恐る恐る聞いて見ると、『それ恁麼《こんな》ので（と両手で円を作って）白い葉が堅く重なってるのさ。お前の郷里《くに》にゃ無いのかえ。』と言われた。でお定は、

『ハァ、玉菜でごあんすか。』と言うと、

『名は怎《どう》でも可《い》いから早く買って来なよ。』と急《せ》き立てられる。お定はまた顔を染めて戸外へ出た。

八百屋の店には、朝市へ買出しに行った車がまだ帰って来ないので、昨日の売残りが四種五種列べてあるに過ぎなかったが、然しお定は、其前に立つと、妙な心地になった。何とやらいう菜に茄子が十許り、脹切《はちき》れそうによく出来た玉菜《キャベージ》が五個六個《いつつむつつ》、それだけではあるけれ共、野良育ちのお定には此上なく慕かしい野菜の香が、仄かに胸を爽《さわや》かにする。お定は、露を帯びた裏畑を頭に描き出した。ああ、あの紫色な茄子の畝《うね》！　這い蔓《はびこ》った葉に地面を隠した瓜畑！　水の様な暁の光に風も立たず、一夜さを鳴き細った虫の声！

萎びた黒繻子の帯を、ダラシなく尻に垂れた内儀《おかみ》に、『入来《いらっ》しゃい。』と声をかけられたお定は、もうキャベージという語を忘れていたので、唯『それを』と指さした。葱は生憎《あいにく》一把もなかった。

風呂敷に包んだ玉菜一個を、お定は大事相に胸に抱いて、仍且郷里《やはりくに》の事を思いながら主家に帰った。勝手口から入ると、奥様が見えぬ。お定は密《こっそ》りと玉菜を出して、膝の上に載せた儘、暫時《しばし》は飽かずも其香を嗅いでいた。

『何してるだろう、お定は？』と、直ぐ背後《うしろ》から声をかけられた時の不愍《きまりわる》さ！

朝餐後の始末を兎に角に終って、旦那様のお出懸に知らぬ振をして出て来なかったと奥様に小言を言われたお定は、午前十時頃、何を考えるでもなく呆然《ぼんやり》と、台所の中央《まんなか》に立っていた。

と、他所行の衣服を着たお吉が勝手口から入って来たので、お定は懐かしさに我を忘れて、『やあ』と声を出した。お吉は些《ちょっ》と笑顔を作ったが、

『まあ大変な事になったよ、お定さん。』

『怎《どう》したべす？』

『怎したも恁《こ》うしたも、お郷里《くに》からお前さん達の迎えが来たよ。』

『迎えがすか？』と驚いたお定の顔には、お吉の想像して来たと反対に、何ともいえぬ嬉しさが輝いた。

お吉は暫時《しばらく》呆れた様にお定の顔を見ていたが、『奥様は被居《いらっ》しゃるだろう、お定さん。』

お定は頷《うなず》いて障子の彼方を指した。

『奥様にお話して、これから直ぐお前さんを伴《つ》れてかなけやならないのさ。』

お吉は、お定に取次を頼むも面倒といった様に、自分で障子に手をかけて、『御免下さいまし。』と言った儘、中に入って行った。お定は台所に立ったなり、右手を胸にあてて奥様とお吉の話を洩れ聞いていた。

お吉の言う所では、迎えの人が今朝着いたという事で、昨日上げた許りなのに誠に申訳がないけれど、これから直ぐお定を帰してやって呉れと、言葉滑《なめ》らかに願っていた。

『それはもう、然《そ》ういう事情なれば、此方で置きたいと言ったって仕様がない事だし、伴れて帰っても構いませんけれど、』と奥様は言って、『だけどね、漸《や》っと昨晩《ゆうべ》来た許りで、まだ一昼夜にも成らないじゃないかねえ。』

『其処ン所は何ともお申訳がございませんのですが、何分手前共でも迎えの人が来ようなどとは、些《ちっ》とも思懸けませんでしたので。』

『それはまあ仕方がありませんさ。だが、郷里《くに》といっても随分遠い所でしょう?』

『ええ、ええ、それはもう遥《ずっ》と遠方で、南部の鉄瓶を拵える処よりも、まだ余程田舎なそうでございます。』

『其麼《そんな》処からまあ、よくねえ。』と言って、『お定や、お定や。』

お定は、怎《どう》やら奥様に済まぬ様な気がするので、怖る怖る行って坐ると、お前も聞いた様な事情だから、まだ一昼夜にも成らぬのにお前も本意《ほい》ないだろうけれども、この内儀《おかみ》さんと一緒に帰ったら可《よ》かろうと言う奥様の話で、お定は唯顔を赤くして堅くなって聞いていたが、聽てお吉に促されて、言葉寡《ことばずくな》に礼を述べて其家を出た。

戸外《おもて》へ出ると、お定は直ぐ、

『甚麼《どんな》人だべ、お内儀《かみ》さん！』と訊いた。

『いけ好かない奥様だね。』と言ったが、『迎えの人かえ？　何とか言ったけ、それ、忠吉さんとか忠次郎さんとかいう、禿頭《はげあたま》の腹の大《でつ》かい人だよ。』

『忠太ッて言うべす、そだら。』

『然《そ》う然《そ》う、其忠太さんさ。面白い言葉な人だねえ。』と言ったが、『来なくても可いのに、お前さん達許り詰らないやね、態々《わざわざ》出て来て直ぐ伴れて帰られるなんか。』

『真《ほん》に然《そ》うでごあんす。』と、お定は口を噤んで了った。

稍あってから又、『お八重さんは怎《どう》したべす？』と訊いた。

『お八重さんには新太郎が迎いに行ったのさ。』

源助の家へ帰ると、お八重はまだ帰っていなかったが、腰までしか無い短い羽織を着た、布袋の様に肥った忠太爺が、長火鉢に源助と向合っていて、お定を見るや否や、突然《いきなり》、

『七日八日見ねえでる間《うづ》に、お定ッ子ァ遥《ぐつ》と美《え》え女子《おなご》になった喃《なあ》。』と四辺《あたり》構わず高い

声で笑った。

お定は路々、郷里から迎いが来たというのが嬉しい様な、また、其人が自分の嫌いな忠太と聞いて不満な様な心地もしていたのであるが、生れてから十九の今まで毎日毎日慣れた郷里言葉《くにことば》を其儘に聞くと、もう胸の底には不満も何も消えて了った。で、忠太は先ず、二人が東京へ逃げたと知れた時に、村では両親初め甚麽《どんな》に驚かされたかを語って、源助さんの世話になってるなれば心配はない様なものの、親心というものは又別なもの、自分も今は忙がしい盛りだけれど、強《たっ》ての頼みを辞《こば》み難く、態々《わざわざ》迎いに来たと語るのであったが、然し一言もお定に対して小言がましい事は言わなかった。何故なれば忠太は其実、矢張源助の話を聞いて以来、死ぬまでに是非共一度は東京見物に行きたいものと、家には働手が多勢いて自分は閑人《ひまじん》なところから、毎日考えていた所へ、幸いと二人の問題が起ったので、構わずにゃ置かれぬから何なら自分が行って呉れても可いと、不取敢《とりあえず》気の小さい兼大工を説き落し、兼と二人でお定の家へ行って、同じ事を遠廻しに諄々《くどくど》と喋り立てたのであるが、母親は流石に涙顔をしていたけれども、定次郎は別に娘の行末を悲観してはいなかった。それを漸々納得《ようようなっとく》させて、二人の帰りの汽車賃と、自分のは片道だけで可いというので、兼から七円に定次郎から五円、先ず体の可い官費旅行の東京見物を企てたのであった。

聴てお八重も新太郎に伴れられて帰って来たが、坐るや否や先ず険《けわ》しい眼尻を一層険しくして、凝《じつ》と忠太の顔を睨むのであった。忠太は、お定に言ったと同じ様な事を、繰返してお八重にも語ったが、お八重は返事も碌々《ろくろく》せず、脹《ふく》れた顔をしていた。源助の忠太に対する歓待振《かんたいぶり》は、二人が驚く許り奢《おご》ったものであった。無論これは、村の人達に伝えて貰いたい許りに、少しは無理な事までして外見《みえ》を飾ったのであるが。

其夜は、裏二階の六畳に忠太とお八重お定の三人枕を並べて寝せられたが、三人限《きり》になると、お八重は直ぐ忠太の膝をつねりながら、

『何しや来たす此人《このふと》ァ。』と言って、執念《しつこ》くも自分等の新運命を頓挫させた罪を詰《なじ》るのであったが、晩酌に陶然とした忠太は、間もなく高い鼾をかいて、太平の眠に入って了った。するとお八重は、お定の温しくしてるのを捉まえて、自分の行った横山様が、何とかいう学校の先生をして、四十円も月給をとる学士様な事や、其奥様の着ていた衣服の事、自分を大層可愛がってくれた事、それからそれと仰々しく述べ立てて、今度は仕方がないから帰るけれど、必ず又自分だけは東京に来ると語った。そしてお八重は、其奥様のお好みで結わせられたと言って、生れて初めての廂髪に結っていて、奥様から拝領の、少し油染みた焦橄欖《こげおりいぶ》のリボンを大事相に挿《さ》していた。

お八重は又自分を迎いに来て呉れた時の新太郎の事を語って、『那麽《あんな》親切な人ァ家《え》の方にゃ無《ね》えす。』と讃めた。

お定はお八重の言うが儘に、唯温しく返事をしていた。

その後二三日は、新太郎の案内で、忠太の東京見物に費された。お八重お定の二人も、もう仲々来られぬだろうから、よく見て行けと言うので、毎日其お伴をして。

二人は又、お吉に伴れられて行って、本郷館で些少な土産物をも買い整えた。

一一

お八重お定の二人が、郷里を出て十二日目の夕、忠太に伴れられて、上野のステイショ
ンから帰郷の途に就いた。

貫通車の三等室、東京以北の総有《あらゆる》国々の訛《なまり》を語る人々を、ぎっしりと詰めた中に、二人は相並んで、布袋の様な腹をした忠太と向合っていた。長い長いプラットフォームに数限りなき掲灯《あかり》が昼の如く輝き初めた時、三人を乗せた列車が緩《ゆる》やかに動き出して、秋の夜の暗を北に一路、刻一刻東京を遠ざかって行く。

お八重はいう迄もなく、お定さえも此時は妙に淋しく名残惜しくなって、密々《こそこそ》と其事を語り合っていた。此日は二人共廂髪に結っていたが、お定の頭にはリボンが無かった。

忠太は、棚の上の荷物を気にして、時々其を見上げ見上げしながら、物珍らし相に乗合の人々を、しげしげ見比べていたが、一時間許り経つと、少し身体を屈めて、

『尻《けつ》ァ痛くなって来た。』と呟やいた。『汝《うな》ァ痛くねえが?』

『痛くねえす。』とお定は囁いたが、それでも忠太がまだ何か話欲しそうに屈《かが》んでるの

で、

『家《え》の方でャ玉菜だの何ァ大きくなったべなす。』

『大きくなったどもせえ。』と言った忠太の声が大きかったので、周囲《あたり》の人は皆此方を見る。

『汝《うな》ァ共ァ逃げでがら、まだ二十日にも成んめえな。』

お定は顔を赤くしてチラと周囲を見たが、その儘返事もせず俯《うつむ》いて了った、お八重は顔を蹙《しか》めて忌々し気に忠太を横目で見ていた。

十時頃になると、車中の人は大抵こくりこくりと居睡《いねむり》を始めた。忠太は思う様腹を前に出して、グッと背後《うしろ》に凭《もた》れながら、口を開けて、時々鼾《いびき》をかいている。お八重は身体を捻って背中合せに腰掛けた商人体の若い男と、頭を押接《つ》けた儘、眠ったのか眠らぬのか、凝《じっ》としている。

窓の外は、機関車に悪い石炭を焚くので、雨の様な火の子が横様に、暗を縫うて後ろに飛ぶ。懐手をして、円い頤《あご》を襟に埋めて俯いているお定は、郷里を逃げ出して以来の事を、それからそれと胸に数えていた。お定の胸に刻みつけられた東京は、源助の家と、本郷館の前の人波と、八百屋の店と、への字口の鼻先が下向いた奥様とである。この四つが、目眩《めまぐ》ろしい火光《あかり》と轟々たる物音に、遠くから包まれて、ハッと明るい。お定が一生の間、東京という言葉を聞く毎に、一人胸の中に思出す景色は、恐らく此四つに過ぎぬであろう。

聽てお定は、懐手した左の指を少し許り襟から現して、柔かい己が頰を密《そっ》と撫《な》でて見た。小野の家で着て寝た蒲団の、天鵞絨の襟を思出したので。

瞬く間、窓の外が明るくなったと思うと、汽車は、とある森の中の小さい駅を通過《パッス》した。お定は此時、丑之助の右の耳朶《みみたぶ》の、大きい黒子《ほくろ》を思出したのである。

新太郎と共に、三人を上野まで送って呉れたお吉は、さぞ今頃、此間中は詰らぬ物入《ものいり》をしたと、寝物語に源助にこぼしている事であろう。

温泉宿

林芙美子

男の客

わたしはいつもの癖で、後から、お客様の外套と、お帽子を持って、長い廊下をお客様のあとからついてゆきました。

鞄を持った番頭さんが、どのお客様にも云うような、いつものおあいそを云って、菊の間の襖をあけています。何と云うこともなく、私はじっとお客様の襟もとを見ていました。よっぽどかまわない方か、お忙しい方とみえて、襟あしの髪の毛がだいぶのびていて、何となく後姿の淋しい方だとおもいました。私は、いくつも番を持っていましたので、まだ、このお客様の顔をしみじみと眺めないのですけれど、部屋へ這入って、

「いらっしゃいませ」と、番頭さんと並んで挨拶をしますと、お客様は立ったなり、お座敷の卓子の上に、煙草やマッチやお財布をおいて、ぎこちなく、頭をぺこりとさげていらっしゃいます。黒い顔をした方ですけれど、涼しい眼をした方で、私は何をなさる方だろうかと思いました。

「この河は何か釣れるの？」

お客様のところへ茶を持ってうかがいますと、お客様はまだ褞袍《どてら》にお着替えにならないで、廊下の椅子に呆んやり腰をかけて、谷間の景色にみとれていらっしゃいました。割合あたたかい黄昏で、たいへん気持ちのいい夕方です。

「あの子供たちは、何を釣っているンだろう?」

「はァ、ここはうぐいなんかが釣れますけれど、稀に鮎も……」

「うぐい? ああ、まるたとか云うンだろう、黒い魚だろう?」

「はァ、とてもよく釣れるンでございますよ……」

「何で釣るの?」

「さア、子供たちはお芋のふかしたので釣ってるようでございますけれど、鶏のもつとかお刺身なんかも食いますようです」

お客様はふうんと唸って、いっとき、川の方をじっとのぞいていました。たいへん釣がお好きと見えて、夕御飯の時にも釣の話をしていらっしゃいましたけれど、そのお客様はお銚子を一本註文なすって、愉しそうにお酒を召しあがっていらっしゃいます。夜更けの最終の電車で、奥様がいらっしゃるのだとかで、電車の駅まで迎えに行きたいと云っていらっしゃいましたが、そのお方はお酒を召しあがってしまうと、

「まア、子供じゃないのだから、この宿ぐらいは分るだろう」

と、ごろりと横になって、夕刊をばさばさ読んでいらっしゃいました。——奥様がお

出でになったのは十時頃だったでしょうか、雨に降られたと云って、随分濡れていらっしゃいました。私がお部屋へ御案内して行きますと、奥様は次の間の襖のそばへきちんと坐って、

「申しわけございません。――大変御無沙汰してまして……」

とおっしゃるのです。

わたしはおかしな御夫婦もあるものだと思い、お火鉢のそばへ座蒲団を持って行きますと、奥様は急に袂を顔に押しあててそこへくつくつと泣き伏してしまわれるのでした。私はまだお座敷の方へ立っておりましたので、どうしてよいのか困ってしまいました。旦那様もじっとうつむいて黙っていらっしゃいます。私はそっと廊下へ出たのですけれども、御夫婦にしてはいいんぎんすぎるお二人なので、何か深い事情のあるお二人なのだろうと思っていました。奥様はまだ二十三四位の方でしょう、山田五十鈴のようなすらりとした方で、白粉も何もつけていらっしゃらないけれど、とてもおとなしそうな美しい方です。大柄な大島のお着物に紫地に白い小菊の飛び模様のお羽織を召していらっしゃいました。雨に濡れていらっしゃいましたので、私はすぐ女用の縕袍をかかえてお部屋へうかがいましたけれど、奥様は御自分で濡れた羽織を衣桁かけに掛けていらっしゃるところでした。

「遅く来てすみません……」

ハンドバッグの他は何もお持物がないのか、奥様はお金を出してわたしに足袋を買ってくれるようにとおっしゃいました。

その晩はひどい雨になり、わたしはみんなと一緒に風呂へ這入っても、どうしても菊の間のお客様が、何だか気がかりで仕方がありませんでした。

雨の朝

翌る朝は雨でした。

七時頃、火とお湯を持って菊の間へうかがいますと、もう、お二人とも起きていらっして、旦那様はお風呂からお上りになったのか、廊下の椅子で煙草を喫っていらっしゃいました。奥様もじきお風呂からお上りになり、わたしにも丁寧に「昨晩は遅くてごめんなさいね」とおっしゃいました。買っておいた足袋をさしあげると、とてもおよろこびになっていらっして、昨夜と違い、たいへん明るい表情をしていらっしゃいました。お蒲団をたたみ、お部屋のお掃除をする間、お二人の方に廊下の椅子の方へ出ていてお貰いしたのですけれど、とぎれ、とぎれ、旦那様が、

「君が、そんな弱い態度だったら、僕に軍人をやめてしまえと云うようなものだと思うけど……」

とおっしゃっていらっしゃいます。

「いいえ、そんなことは思いもよりませんし、私が悪いのです。――辛抱が出来なくてお母さまにも申しわけがないのですけれど、何だか、苦しくて仕方がなかったのです……。いまさら、お詫びのしようもないのですけれど、お母様はどうしても私がお気に召さないのだとおっしゃいますし、ヨシ子さんも、私には親しんでは下さいませんものですから……」

「うん、それはよくわかるけど、うまが合わないとでも云うのかねえ……今度帰って色々君のことも聞いたけど、――ヨシ子も結婚することにきまったのだから、もう今度はお母様も大丈夫だと思うけれどねえ……お母さんだって、早くから未亡人になって、僕とヨシ子をそだてて下すったのだし……」

「ええ、よくわかっております……」

お座敷が綺麗に片づいて、お火鉢に香も焚いてさしあげますと、お二人は朝のお茶を召しあがりながら、もう、釣の話や景色の話をしていらっしゃいました。――わたくしも、随分いままでにいろいろな御夫婦をみましたけれど、こんなに品のいい優しいお二人をおみかけしたことは始めてと云っていい位です。こんな美しい優しい奥様とお姑様の間がうまくゆかないなんて、わたしはお話の模様を小耳にはさんで世の中には、こんなに揃った美しい御夫婦でも、心に満ち足りぬことがあるものかと、ほんとに浮世の風と云うものは、わたしたちなんかにばかりに吹きすさんでいるのではないと思ったものでございます。

一日じゅう雨が降って厭なお天気でございました。もうじき師走が来るのですが、旅館も、あまり押しつまらない、こうした時季が一番静かで、それに、今日は月曜日のせいか、ほとんどお客様もおかえりになり、私の受持ちは、菊の間を入れて、二組ぐらいしかございません。旦那さまは寒くて雨が降っているのに、釣竿を貸してくれとおっしゃって、夕方、一時間ばかり、川下へ釣にいらっしゃいましたけれど、その間、奥様は一人で呆んやり考えごとをしていらっしゃいましたが、東京へお電話をなさるとかで、東京の銀座の何番とかへおかけになり、東京の電話が通じると、

「お姉さまですか？　私、しづ子です、いま、純次さんのところへ来ているンですけど叱らないで下さいね。いいえ、いま釣にいらっして、ここにはいらっしゃらないのよ、――ええ、でも、どうしても帰って来るようにっておっしゃるのよ。私だって……帰りたいンだけど……お姉さまには、ほんとにお世話になりっぱなしで悪いわ。どうして？　明日東京へ帰ります……。いいえ、いらっしゃらなくてもいいのよ、お忙しいのに、私のことなんかで……ええ、ほんとにすみません」

電話を切っておしまいになると、奥様はわたしの方をむいておかしいでしょうって笑っていらっしゃいました。

姉と云うひと

その翌日、奥様のお姉さまだと云う方が見えましたけれど、この方は、何だか意気なつくりの方で、どんなに素人らしくつくっていらっしゃいましても芸者さんだなとわたしはおもいました。奥様より三つ四つ上でしょうか、いい好みの地味なお召物で、奥さまよりは一寸おちますけれど、ほんとに綺麗な方です。お煙草は朝日を註文なすって、灰を散らさないように上手にすっていらっしゃいました。

「お元気でおめでとうございます……今度はしづ子さんが、大変御心配をおかけいたしまして、──みんな、私が原因だとおもい、ほんとに、しづ子さんが可哀相で、しづ子さんさえ、きまりの悪いおもいをしなければ、私、お母様へお眼にかかりましてよくよくお願いしようかとおもっていたのでございますよ」

旦那様は奥さまのお姉さまと云う方にお酒を取っておあげになったりして、とてものんびりした御様子でした。──何でも、お話の御様子をうかがいますと、奥様のお父様のお妾さんの娘さんが、この芸者衆の方で、云わば、奥様とは義理の御姉妹のように思われました。

旦那様は海軍の方だそうで、お気持ちのいいさっぱりした方なのです。三日も御滞在になっていますと、いろいろ、その方々の癖だとか、お人柄がわかって面白いものと思いました。奥様もとてもお情ぶかい方で、わたしたちのようなものにまでたいへん丁寧でいらっしゃいました。

お姉様は一晩お泊りになってお帰りになりました。旦那様も五晩ほどして東京にお帰りになりまして、奥様だけお一人あとへお残りになったのですけれど、そうですね、十日ばかりもいらっしゃいましたでしょうか……その間に、旦那様から二度ほどおたよりとお電話がありました。

「財産だの、名誉だのなくてもいいから、水いらずな平和な生活がいいのね」

御飯のお給仕にうかがいました時、奥様はこんなことをおっしゃっていましたけれど、どうして、こんなお美しい方が、御不幸なのかと、私どもは不思議な気持ちでおうわさをしていました。十日目の、そうですね、もうあと三日ばかりでお正月だと云う日に、旦那様が奥様をお迎えにいらっしゃったのですけれど、その時の旦那様のお姿の御立派だったのには驚いてしまいました。海軍の飛行中尉のお方だそうで、黒い軍服がとてもお似合いになり、たいへんりりしいお姿でした。

おかえりの時、吊橋のところまでわたしはお送りに出ましたけれど、お泊りのお客様のうちでもほんとうに立派な御夫婦だと思いました。何でも、下田の方にお出でになって、海軍の傷病兵の方のいられる病院へ、お友達をお見舞いにいらっしゃして、それから船で東京へお帰りになるとかうかがいました。

正月も忙しさにまぎれ、二月にはいった或る日、わたしの姉から手紙がまいり、はからずも、この美しい御夫婦のことを知ったのでございますけれども、因縁と云うものは不思議なものだと思います。わたしの姉が奉公をしていますうちが、築地の「ひかる」という待合でして、そこの女将の娘さんが、あの奥様のお姉さまだったのだそうで、わたしの姉は早くから東京へ出ていまして、結婚して子供が一人あったのですけれども、良人《おっと》に死別しましたので、子供を田舎へあずけて、もう五年ばかりも東京で待合奉公をしているのでございます。

姉の手紙によりますと、奥様の旦那様は正月からずっと支那へ行っていらっして、空爆とかに行かれ、度々勇ましい手柄をたててお出でになりましたけれど、何回目かの空爆にお出でになった時に、敵機を七ツとか撃墜して、御自分も自爆してお亡くなりになったと云うことでした。わたしは、いまでもはっきり、旦那様のりりしいお顔を思い出すことが出来ますので、何だか本当とは思えない気持ちでございました。若い奥様は、お父様もお母様もおなくなりになっていて、お年寄とおちいさい弟さんだけの御家族の中から、二十一の時に、旦那様の処へおかたづきになったのだそうですけれど、旦那様のお母様がたいへんむずかしいひとだとかで、奥様の御親類に、待合をしている家があるとおききになり、いろいろと、奥様へつらい風があたるのだそうです。日華事変が始まってからは、旦那様はずっと支那の方へ行っていらっしゃいますので、一人ぼっちの若い奥様は辛い風のあたるなかで、ひたすら、お母様へ優しくおつかえになっていらっしゃいましたのだそうですけれど、旦那様のお妹様が不縁になってお帰りになってからと云うもの、ますます奥様に辛い風があたり、帰ることも行くこともならなくなった奥様は、とうとう築地のお姉さまの処へ御相談に出掛けていらっして、一日二日と、ずるずるとお姉様のところにいらっした模様なのです。お姉さまの処にやっかいになっていらっしても、家じゅうの洗いはりを御自分で縫いなおしてお上げになったり、台所の女中たちと一緒になって何でも台所をお手伝い下すっていたのだそうです。

一年ぶりのその日

旅館の女中風情だものですから、朝から晩まで忙しくて、新聞もろくろく見なかったのですけれど、わたしは姉の手紙に吃驚《びっくり》してしまい、さっそく番頭さんにたのんで古い新聞を探し出して貰いました。やっとみつけ出した新聞には、あのりりしい旦那様が飛行帽を頭へのっけて、だぶだぶの飛行服で笑っていらっしゃるお写真が載っていました。——素木《そぎ》純次《じゅんじ》中尉壮烈空の戦死——と云うみだしの下に、あのお美しい奥様のお写真も出ています。

わたしは、みんなにその新聞をみせました。みんなも、美しい御夫婦の印象が強かったものか、あのお客様が、この方だったのと云って、旦那様の壮烈な戦死と云うところを、つつましい気持ちで眺めています。

わたしの姉が、偶然とは云え、奥様のお姉さまのお家へ奉公をしていますことも、わたしには、何かしら因縁あさからぬものをかんがえさせるのでございました。わたしは、このまま黙っているのには、何とも申しわけない気持ちでございましたので、姉の手をとおして、おくやみの手紙をさしあげておきました処、たいへん丁寧なお返事を奥さまからいただきまして、わたしはほんとに恐縮してしまいました。

いつの間にか春もすぎ、夏もすぎて、また十二月を迎えましたけれど、師走に近い或る日、東京の素木様と云うお宅から、菊の間があいていたら二三日泊りたいからと云うお電話がございまして、めったにきいたこともないお名前でしたけれど、丁度菊の間があいておりましたのでお約束をしてしまいました。菊の間と云うのは、そんなに大した部屋でもありませんので、わざわざ菊の間と御指定なさるお客様を、ものずきな方だとおもいながら、ついそのままでおりましたところ、その日にお見えになったお客様は、何と珍しいことには去年おみえになりました、あの奥様ではありませんか。わたしはもう吃驚してしまいまして、奥様をお部屋に御案内しましても、他人ごととは思えないほどしみじみしたおもいがして、

「その後、お元気でしたか？」

と、奥様に云われましても、わたしは何だかおいたわしくて、じっと頭を畳にこすりつけていました。奥様は赤ちゃんがお出来になったのだそうで、小さい子守さんと赤ちゃんを連れて、晴々とした顔をしていらっしゃいました。

「ほんとに、何と申しあげましてよろしいやら、新聞で拝見いたしまして、わたし、吃驚いたしました……」

「ええ、ありがとう……丁度、去年のいまごろだったでしょう？」

「そうでございましたかしら？」

「雨の降る晩で、私、ずぶ濡れになって来たじゃないの？」

わたしも、そう云われてみますと、奥様が紫の小菊模様のお羽織でいらっしたのが思い出されて来るのでございました。不思議な御夫婦だとおもったりしたことが、まるで昨日のようにおもい出されてきます。

「そうそう、おもい出しましてございますわ、わたくし、奥様が、急にそこの処でお泣きになったので、あの晩はお二人ともどうにかなるのではないかと心配しました」

「ああ、そうそう、そんなこともありましたわね……」

奥様は、赤ちゃんをお蒲団に寝かしつけて、おひとりで廊下の椅子へ腰をかけて四囲《あたり》をじっと眺めていらっしゃいます。旅館の女中をしておりますと面白いもので、どのお部屋もどのお部屋も、いつも変った方がお泊りになっていますけれども、いま、奥様の腰をかけていらっしゃいます椅子も、一昨日まで、東京のお年寄御夫婦が泊っていらっしゃいまして、この御夫婦はむかし外国に行ってお出でになった方らしく、なかなかハイカラな御夫婦で、お二人でトランプをしては、お杯《さかずき》でお酒を賭けて飲んでいらっしゃいました。その前はどこかの団体のくずれらしく、三人の男のお客さまでしたけれど、着くなりお金の勘定ばかりしていらっして、その勘定も中々埒があかず、あの方はこんな風に云っておこうとか、沢山つかいすぎたとかおっしゃって、それでも芸者をおあげになったりして陽気にさわいでいらっしたり、全く、あけくれ、この部屋なんかも違うお客ばかりを迎えているのでございます。それでも、奥様は、この菊の間がなつかしくていらっしゃいますのか、いままで誰一人この部屋には泊らないような気持なのでしょう。

「私が、雨の晩、ここへ来た時、あそこの卓子のところで、困ったような顔をしていらっしたわね。」

とおっしゃるのです。

女ごころ

その夜、奥様のところへお給仕にあがりますと、奥様は、わたしの姉のことなど、不思議な因縁だとおっしゃって、色々御自分のお身上を話して下さいました。

奥様は、実のお母さまが早くからお亡くなりになって、新しいお母さまにそだてられた方だそうでして、新しいお母様には、次々に妹さんや弟さんが出来て、お家も賑やかになり、その頃の奥さまは、お母様はいらっしゃらなくても、とても御幸福な時代だったのだそうでございます。

お父様は、何でも天津とかにお店を持っていらっしゃいます貿易商の方だそうで、始終留守がちの処へ、お父様のお知合いの方の息子さんを、お預りになっていた時、その方のお友達が、海軍少尉の素木様だそうで、時々遊びに見えるたび、孤独でいらっしゃいました奥様は、その方が大変お好きであり、まだ娘さんだった奥様は、御自分の気持ちを打明けるすべも知らずに、一人で悩んでおいでになりましたのだそうでございます。

そうした時に、丁度、お父様のお店の若い社員との結婚話が持ちあがってしまい、奥様は困っておしまいになり、毎日毎日御飯もたべないで考え抜いていらっしゃったのだそうです。そんなところへ、急にお父様が、急性肺炎がもとでお亡くなりになってしまい、奥様も、お母様や幼い御弟妹のめんどうをごらんにならなければならず、その結婚のお話ものびのびになっている時、思いがけず、素木様から、大変な熱情をこめたお手紙が参ったのだそうで、奥様も、とてもおよろこびになり、色々御親類の方々を説きつけて、とうとう素木様と結婚しておしまいになったのだそうでございます。

素木様のお宅では、御自分の息子の好きな嫁を貰ったものの、素木様のお母様は内心御不服で、旦那様の不在勝なあとの御家庭は、若い奥様には針のむしろに坐っているような苦しいお気持ちだったのだそうです。

そこへ持って来て、旦那様のお妹様が不縁になってお帰りになってからは、何彼につけて、奥様に辛くおあたりになり、久しぶりにたずねてみえた弟さまに逢ってさえも、変な眼で小姑の方に見られたりして、奥様は、寸時も心の休まる時がなかったのだそうでございます。

時々、旦那様が帰ってみえても、二人だけでいられると云うことはめったになく、家の中は和気あいあいとしている処しか旦那様におみせ出来ないので、こんなにも辛いおもいをするのだったら、死んでしまおうかと思ったことも度々だったけれど、死んでしまえば、それまでのことで、それでは何もならないのだと、生きていてこそ立派なことだと、苦しいにつけ悲しいにつけ、戦地で働いていらっしゃる旦那様のことのみ考えて、奥様はじっと我慢していらっしゃったのだそうですけれども、赤ちゃんがおなかに出来てからと云うもの、小姑の方のあつかいがあんまり残酷なので、奥様もたまりかねていらっしたのだそうです。そうした処へ、自分の腹ちがいの姉にあたるひとが待合をしていると云うことを、家の方の耳に入れたものがあったと見えまして、或る日も、

「しづ子さんのお母様は芸者さんだったンですってね？」

と小姑の方がそんなことをおっしゃるのだそうです。

奥様は耐えに耐えておいでになったのですけれども、とうとうたしなみも忘れて、その晩、待合をしていらっしゃるお姉様に逢いにいらっしたのだそうでございますって……。血のつながっているものと云えば、そのお姉様きりだったので、奥様はお姉様にとりすがってお泣きになったのだそうです。

釣竿

「とてもなつかしくて、たとえ芸者であろうと、何であろうと、私は姉さんていいものだと思いましたわ……それからずっと帰らないで、お姉さんのところのお手助けしていたの……」

奥様は、お姉様のお家にいらっしして、つくづく真裸な人の生活を羨ましいとお思いになったのだそうです。

旦那様から、伊豆のこの温泉宿へ来るようにと云う電報をお受取りになった時は、奥様は急に体が震えてしまって、どんな風にお詫びしていいかと、お思いになったのだそうでございます。

旦那様と伊豆をめぐってお帰りになってから、旦那様は、お母様や妹様や奥様のところで、

「今度出掛けて行ったら、ひょっとしたら、もうお眼にかかれなくなるかも知れません。

まア、しづ子も年が若くてふつつかなものですが、子供も出来ていることですし、仲良くやって戴きたいと思います。仲良くやっていただくことが、私にとっては何よりもの柱になるのですから、——万一戦死の場合は、しづ子の自由にしてやって下さい。しづ子も、もう子供のことを考えて、強くなってくれるように……」と、こんなことをおっしゃったのだそうで、旦那様が戦死なすってからはお母様も妹様も、気持ちが折れておしまいになり、奥様に何でも相談をなさるようにおなりになって、いまでは、奥様は、素木様のお家の杖とも柱とも頼られておいでになり、赤ちゃんが出来てからは、お母様が大変な可愛がりようなのだそうです。

「私も、まだ年が若かったのだけれど、お母様、とてもいい方だったのよ。——今日もねえ、赤ちゃん連れて来るの御不服だったの。——お正月の間、お年寄をこちら暖かいから連れて来てあげたいと思うンだけど……」

奥様は一年たった今日の日を忘れられないとおっしゃって、急に思い立っていらっしたのだそうで、私もお給仕をしながら、もらい泣きをしてしまいました。

「とてもよくたべるでしょう?」奥様はきまり悪そうにお笑いになって、御飯を沢山召しあがるのですけれど、これがみんなおっぱいになるのよと云いわけしていらっしゃいました。

翌る朝、いいお天気でした。

この辺はあたたかいものですから、谷川の繁みも紅葉になるのが遅く、いまごろになって、朱や黄の色に紅葉した景色が、芝居のようにきれいでした。朝日が谷間を照している時は、まるで針がキラキラこぼれているようにきれいでございます。

奥様は谷川をみていらっして、おもい出したように、

「ねえ、釣りをするってむつかしいものなの？」

とおたずねになりました。

「いいえ。子供でも釣っているンでございますから……」

「そうかしら、とても、釣りの好きな方だったわねえ……」

奥様がそうおっしゃるので、ああ旦那様のことかと、わたしも、ふっと、釣りにいらっした旦那様のお姿をおもい浮べました。

「どうでございます。お気晴らしに釣りにいらっしゃいましては……」

わたしも、今日はひまなので、奥様を御案内かたがた谷へおりてみようとおもいました。

奥様はとてもおよろこびになって、

「それじゃア、いつか、お借りした釣竿を借して頂戴。」

とおっしゃいました。

ああそうなのか、旦那様におかしした釣竿のことだなと、わたしは奥様のおやさしいお心をさっして涙ぐましくなり、さっそく、番頭さんに釣竿を出してもらいましたけれど、沢山ある釣竿のどれがいったいおかしした釣竿だったのかわからないのでございます。

で、わたしは悪いけれども、なるべくきれいな新しいのを選びまして、奥様にお見せしましたところ、奥様はとてもおよろこびになって、赤ちゃんの小さいぷくんとしたお手に釣竿を握らしておあげになりながら、

「ほら、お父様のお持ちになった、とうとう釣るのよ、いい？　お父様がここ握って、とうとう来い、来い、っておっしゃってたのよ……」

わたしは堪らなくなりまして、廊下へ下ってしまいました。

やがて、谷川へ降りて行く路で、奥様は裾をからげて、何だか旦那様がそばにいらっしゃるような賑やかなけはいを感じるとおっしゃって、一人でとうとう来い、とうとう来いって、とても嬉しそうに釣竿を肩にして石段をおりていらっしゃいます。

わたしは、ほんとに綺麗な綺麗な奥様だとおもいました。

島からの帰途

田山花袋

　KとBとは並んで歩きながら、

『向うから見たのとは、感じがまた丸《まる》で違うね？』

『本当だね……』

『第一、こんな大きな、いろいろなもののあるところとは思わなかった。医者もあれば、湯屋もある。畠もある。野菜だッて決して少い方ではない。立派な別天地だ……。ここなら配流の身になっても好いね？』

『一月ぐらい好いね……』

『いや、僕はもっと長くっても好い。一年ぐらいこういう世離れたところにじっとしていたい？　世の中の羈絆《きずな》からすっかり離れて？』

『本当だ……それが出来れば結構だけども……。とても出来そうにもないね？　そうでなくってさえ、何ぞと言うと、都に帰りたくなるんだからね……』

　こう言ったBの言葉がKの胸にはかなりに強く響いた。そんなことを口にこそ出して言っているけれども、常に、一刻も忘れられずに、その心が都に向って靡いて行っている身であることをKは思い起した。現に、昨夜の日記にも、かの女を思った五行の詩を書きつけたことを思い起した。

『でも出来ないことはないと思うね？』

Kはわざとその心の底の秘密をかくすようにして言った。

『そうかな……？　君に出来るかな？　出来ればえらいな……』Bは笑って、『本当にこういうところに来ていれば、僕のためにはなるな』

二人の歩いているところは、それは丁度島の脊梁に当っているような路だった。右にも左にも海は見えた。凄じく鳴って押寄せて来て、そして脆く砕けて行っている波濤が見えた。遠くに帆が一つ漂っているのが見えた。

『あれがT島かね？』

『そうだ……』Kはかねて一度来たことがあるので、そこらのことによく通じていた。

『かなり遠いね？』

『三里はあるね。何しろ、あの島は三重県だから、巡査でも、ポストでも、皆なT島の町からやって来るんだからね？　場合に由ると、一週間も交通の絶えることがあるそうだ……』別にBは訊きもしないのにKはこう話した。

『B島はあの向うにちょっと見える奴かね？』

Bは指さした。

『そうだ。あれがS島だ。あれから志州の鳥羽までは、まだ二里ぐらいあるんだからな……』

『小船で渡るんじゃ中々大変だね？』

『何あに、ここいらの漁師達は何とも思っていないらしいね。凪さえ好けりゃ、ぐんぐん、漕ぎ出して行くからな……。何でもここから鳥羽まで六里あるそうだが、ポストはS島に一ケ所、T島に二ケ所寄って、それから毎日此処までやって来るんだからね？』

『えらいコッたな』

脊梁のようなところを少し下りると、路は次第に、かれ等の昨夜やって来た浜の方へと折れ曲って行っていた。そこには人家はごたごたと上から下へ階段をなしてつくられているのが見えた。医者の家の硝子《ガラス》窓が午後の日にピカッと光った。そしてその向うには、かれ等の此夏やって来ている伊良湖の鼻の長く海中に突き出しているのがはっきりと手に取るように指さされた。

かれ等は昨夜十時過に、『何うだね、神島に行く舟があるがね？　行かれるかね？』こう誘われて、蚊帳の中で眠るばかりになっていた身をむっくり起して、慌てて二人は浜に出て来たことを繰返した。凪だと言っていたけれども、波の音は矢張凄じかった。不安に思ったのはBばかりではなかった。Kも『大丈夫かね？』などと訊いていた。その時Bにはある暗い心が起った。（舟が顚覆する……そして皆一度に沈んで了う……。暫くして、自分だけ浮き上って助かる……そうすれば？　そうすれば？）こんなことを

Bは考えたことを繰返した。かれはその時以来、Kの日記をひそかに見た時以来、何んなに深く苦んだか知れなかったことを思い起した。その日記に書いてあるかの女というのは、多喜子のことではないか？　自分の愛している多喜子のことではないか？　それはまだはっきりとはわかっていないけれども――何うもそれに相違ないらしかった。Bは何んなに苦しんだか知れなかった。かれはすっかり眼の前が暗くなって了ったような気がした。今まで明るかった海山もわびしく辛くなって来るような気がした。

Bは Kが自分に比べていかに優勝の位置にその身を置いているかをよく知っていた。Kは大学生の中でも出来るのできこえている方であり、弁才にもすぐれていれば、男振《おとこぶり》に於ても、とてもかれにその競争者となる資格のないのをBはよく知っていた。多喜子としても、自分とKとを比べたら無論Kを選んだに相違なかった。Bは深く苦んだ。いっそ東京に帰って了おうかなどとすら思った。

一昨日のことだった。BはKに言った。

『僕は帰ろうかな？』

『何うして？　まだ、来て一週間もたたないじゃないか？』

『でも……』

『何うかしたのかえ？』

『ちょっと用事のあることを忘れていたんだ……』

『おかしいな、何うかしたのかえ? わけがあるなら、話し給え?』

『別に、わけなんかありやしないけどもね?』

『折角来たんじゃないか? 今月一杯いるッていう予定だったじゃないか? 何か気にでもさわったことでもあるのかえ?』

『そんなことはない――』Bは強くそれを否定した。

昨日は昨日で、KはBの顔をじっと見ていたが、

『いやに悄気《しょげ》てるね?』

『そうかえ――』

『何うしたんだろう? 何うも変だ……。気分でもわるいのかえ?』

『いや――』

Bは唯こう言ったきりだった。かれはその暗い舟の中を思い起した。船尾《とも》の方にぽっつり一つついている灯火、それを波が揉むように動かすと共に、えいしょえいしょという船頭達の懸声が闇に響きわたってきこえた。中でも恐ろしかったのは、十町ほどの間、潮が凄じく青く光って、舟は底から小山の上にでも持ちあげられたように見えた。それをやっと通り越して、神島の浜に着いた時には、KもBもほっと呼吸をついたのであった。

かれ等は島の寺で一寝入し、南瓜の実の汁と沢庵とで朝飯をすませ、九時頃からあち

こちと島の見物に出懸けた。かれ等は島の南のはずれにある大きな鐘乳洞にも行けば、鵜の鳥の糞の一面に白く附着している岸壁をも伝った。長い砂浜からずっと脊梁を成している細い路をもたどった。そこにある高い嶮しい絶壁を並んで二人して通る時には、Bの胸には多喜子のことがことに強く浮んで来た……。（そんなことを考えるものではない……考えるだけでも罪だ？）そうは思いながらも、そのKの体が毬《まり》か何ぞのようにその絶壁の下に落ちて行くさまをかれは想像した。

そしてその絶壁をやっと此方へ出て来た時、Bはほっと溜息をついた。Kよりもかれの方が却って危険な路に冷汗の出るのを覚えた。これで、やっとそうした過失に陥ることから免れることが出来たと思った。そしてその一方では、辛い悲しい感情が迸《ほとばし》るようにBの全身を揺がした。

かれ等は村へ出て、そこで医者のもとを訪れた。それは半ば崖に凭ってつくられてあるような家で、その薬局からは、明るい海が一目に見わたされた。涼しい風は絶えず窓から入って来た。医者はまだ若く、漸く去年後期の免状を取ったばかりであった。『こんな島に来たくはなかったですけれども……村長からやかましく言われましてな。村長の世話になっているんですから、何うも断るにも断りきれませんでな……』こう笑いながらその医者は話した。Kはいかにもその家が気に入ったと言うように、窓のところに行って長い間立って眺めていたりしたが、

『これは好いね？　理想的だね？　ここに恋人《ラバア》を得て、一緒に住むなら、僕は決してそれを辞退しないね。そうすれば、巧名も富貴も何にも要りやしないよ。甘んじて僕は此処に引込むね？』

此方に歩を運びつつ、莞爾《にこにこ》しながらKは言った。

『そういう女があれば好う御座んすけども……。それは理想だけですな』若い医者はこう言って笑った。

『そうですかな？　とても出来ないことですかな？　女の方で居られなくなりますかな？』

『そうでしょうな、まア？』

『でも、お互いに本当に思い合えば、そういうこともないだろうと思うけども――』Kの胸に多喜子の思い出されているのがはっきりとBにもわかった。Bは黙っていた。

『馬場君、君は何う思うね？』

それとは知らずにKはこう訊ねた。

『さア』

『僕は出来ると思うがね？　かの女だって恋を本当につかめば、そういう気になるだろうと思うがね？　そら、モウパッサンに「幸福」という小説があったね。ああいう風に、すっかり世離れて恋にのみ生きるというのも好いね？』

『……』Bは何も言うことは出来なかった。

暫くして、船頭が崖の下から声をかけた。その言うところに由ると、何うも空の加減があやしくなった！　早く帰らないと帰れなくなるということであった。で、二人は急いでそこを辞して海岸の方へと行った。

船は急いで何も彼も置いて、そのまま帰途にと就いたのであったけれども――現に一緒にやって来て矢張一緒に帰って行く筈の小学校の教員をすら、そのいるところがわからないので、置き去りにして来たほどそれほど急いで出かけて来たのであったけれども、しかもそれすら、夏の午後に突如《だしぬけ》に起って来た暴風雨の早さには及ぶことが出来なかったのであった。島を出て十町ほどして大粒の雨がぽつりぽつりと落ち出して来たが、それから二十分ほど経つと、あたりはすっかり凄じい光景になって、波濤と風雨とが一つに大きな巴渦《ともえうず》をつくり、三人の船頭がよいしょよいしょと叫んで櫓をあやつっているにも拘らず、舟は渡合《どあい》の潮に乗せられてくるくる廻って行くようになった。

『よいしょ、よいしょ！』

船頭達の顔には、つぶてのような雨が横しぶきに凄じく当った。

BもKも仰向に寝ていた。何うすることも出来なかった。体のぐしょぬれになることなどは、最早問うている場合ではなかった。かれ等は杭に縋り柱に縋った。ともすると、舟が山の上から谷底に落ちるような気持がした。Bは昨夜あんなことを思った、その自然の報酬だと思った。かれの願った通りの凄じい海になって行ったけれども、かれもそのための苦しみのわけ前を受けなければならないのであった。場合に由れば、かれもKと同じくこの海に溺れて死んで了わなければならないのであった。それでもBは多喜子を思った。この凄じい光景はかれの多喜子に行く唯一の道だ！　という風にかれは考えた。

『一つの試験だ！』こうBは考えた。Kとかれと、果して何方が余計にかの女を思っているか。何方が本当にかの女を愛しているか。それを試みるためのこの不意の暴風雨である！　何方が勝つか。何方が最後までこの災厄と戦うか。何方が最後にその美しい眉と髪とを得るか。こうBはその凄じい風雨と怒濤と潮流との中で思った。舟は上から下へと落ちまた底から上へとのぼった。あたりには鼠色の空の大きな翼が落ちているだけで、島の影も岬も鼻も何も彼も見えなかった。凄じい渡合の潮の中を船は驀地《まっしぐら》に流されて行った。とうとう舟は沈没して了った。Bが波の上に顔を出した時には、もうKの姿は見えなかった。船頭の姿も見えなかった。かれは一生懸命に泳いだ。今こそ努力すべき時だ！　と思った。多喜子の姿がかれの眼の前に浮んで来た。しかしそれも瞬間であった。大きな波が忽ちかれを浚って行った。

幻影の都市

室生犀星

かれは時には悩ましげな呉服店の広告画に描かれた殆《ほとん》ど普通の女と同じいくらいの、円《まる》い女の肉顔を人人が寝静まったころを見計って壁に吊るしたりしながら、飽くこともなく凝視《みつ》めるか、そうでなければ、やはり俗悪な何とかサイダアのこれも同じい広告画を壁に張りつけるかして、にがい煙草《たばこ》をふかすかでなければ冷たい酒を何時《いつ》までも飲みつづけるのである。

かれは、わざと描かれたうす桃色の拙《つたな》い色調のうちから誘われた、さまざまの記憶にうかんでくる女の肉線を、懊悩《おうのう》に掻《か》き乱された頭に、それからそれへと思い浮べるのであった、それらの女の肉顔は何処《どこ》で怎《ど》う見たことすら判明《はっきり》しないが、ただ、美しい女が有《も》つところの湯気のような温かみが、かれの坐っているあたりの空気をしっとりとあぶらぐませ、和《なご》ませてくるのである。温泉町の入口にでもひょいと這入《はい》ったような気が、かれの頬や耳や胸もとをくすぐってくるのであった。かれの信じるところによれば、美しく肥えた女が特別な空気を惹き寄せるというより、皮膚や鼻孔や唇などが絶え間なく、そば近い空気をあたためているように思われるのである。

わけても電車のなかや街路や商店の入口などで、はっとするほどの女の顔をみた瞬間から、かれ自身が既《も》うみずから呼吸するところの空気を、別なものに心でえがき、心で感じるからであった。かれは第一に何故にそのハッとした気もちになるか、なぜ胸を小《こ》衝《づ》かれたような心もちになるか、そして又なぜに自分の視覚がその咄嗟《とっさ》の間にどぎまぎして、いままで眺めていたものを打棄《うっちゃ》って、急にその美しいものに飛び蒐《かか》って見詰めなければならないか、しかもその為《た》めに一時に断たれた視線が、その美しいものに追い縋《すが》るまでの瞬間に仮令《たとえ》一時的にも何故に麻痺するかということを、かれは髪のなかに手をつッ込むような苛苛《いらいら》しい気持になって考え沈むのであった。こうしたかれは何よりその広告画の表面の色彩と肌地のいろが、かれの今まで眺めては消えてゆく女の、いろいろな特長をかれの眼底にすこしずつ甦《よみが》えらしてくるのである。

　かれの住むこの室《へや》のそとは往来になっているために、いつも雨戸は閉《とざ》されているのであった。しかも昼間は、広告画を始めとして、かれが蒐集《しゅうしゅう》したところの総《あら》ゆる婦人雑誌や活動写真の絵葉書、ことに忌《いま》わしげな桃色をした紙の種類、それからタオルや石鹸や石鹸入れなどが、みんな押入れのなかに収《しま》われてあった。かれは、ふしぎにも一枚の薄い竹紙のような紙のなかにも、卑俗な女学雑誌の表紙に描かれた生生しい女の首や、貝のような手つきをまで忍ぶため、いちいち大切に秘蔵しているのであった。しかもかれにとっては猶《なお》充分な飲酒をも貪《むさぼ》ることのできない貧しさのために、かれはかれの内部に於て、それ自らの快楽をさぐりあてなければならなかったのである。かれにとってはこのあらゆる都会のうちにかれ自身を置くべきパンの住家はないばかりではなく、あらゆるものがかれとは背中合せであったのである。それゆえかれは自分のうちに自分を次第にとも食いをするような生活をしなければならなかったのであった。

日ぐれころになると、的《あて》もなくぶらりと街路へでかけて、いつまでも歩きつづけるのであった。かれは何よりかれの住んでいる町裏から近い芸者屋の小路を、往来からふらふらと何かの匂いにつられた犬のようにぶらつきながら、きれいな鼻緒の下駄や雪駄《せった》、それからそうしたところに必ずある大きな姿見に、これまた定《きま》ったように帯を結んだり化粧をしたりする派手な女を、一軒ごとに見過すのがつねであった。かれにとっては、そういう種類の女に近づいたこともなければ、また、そういう機会もあろう筈がなかった。何かしら色紙ででも剪《き》って作りあげたような擦れちがいの芸者などを、そば近く呼ぶものがこの世にあろうとさえ思えなかったのである。ぐなぐなな円っこいその手や足、いたずらに白いからだの凡《すべ》ての部分、そういうものがただちに自由になるということ、その事実がいまもなお行われていることを考えると、かれは頭の至るところに或る疼痛《とうつう》さえ感じるのであった。それほど、このきらびやかな待合《まちあい》の通りでは彼の着物がみすぼらしく、溝板《どぶいた》のような下駄をはいているのであった。誰もかえり見るものもなく、また、知合いとてもないのである。

その通りは、すべての都会にあるような混乱された一区劃で、新建《しんだち》で、家そのものさえ艶《なま》めかしい匂いとつやとをもっているのであった。ことに僅《わず》かばかりの石燈籠に寒竹《かんちく》をあしらったり、多摩川石を敷石のまわりに美しく敷き詰めたり、金燈籠《かなどうろう》からちらつく灯は、毎夜の打水にすずしく浮んでいるのを眺めるごとに、かれは乞食のようにその敷石の上を思わず知らずとんとん踏んで見て、わずかに心遣《や》りをするのであったが。「どなた！」と、まだ聞いたことのない卵のように円いなまめかしい声で呼ばれると、慌てて門へ馳《か》け出しながら、吻《ほっ》と一《ひ》と息《いき》つくのであった。そのような僅かな胸さわぎがいかに彼にとって珍しく、むず痒《がゆ》い快感によって思わず知らず微笑《ほほえ》みを泛《うか》ばせたことであろう。ことにその小路に多い二階には、いつも影があって女と男とがうつっていた。内部がしんみりと何かの香料にでもつつまれているようで、ふうわりとした座布団や快い食卓、みがきをかけたような一枚板のような畳、そこに菓子折のように美しく白い膝を折った女の坐り具合、などと悩ましく考えるごとに、かれはそこにふらふらとしている箱屋さえも、それ自身が彼女等の日常にふれることによって非常に幸福なようなものに思えたのである。

かれにとって堪えがたいものは、その通りで聞くところの何処《ど》から起ってくるとも分らない一種の女の肉声であった。それは何の家家からも二階からも起るらしい艶めかしい笑い声と交《まじ》って、かれの喉《のど》すじを締めつけるような衝動的な調了でからみついてくるのであった。

「おれはあの声をきくごとに、からだの何処かが疼いてくる。あの声はおれのからだじゅうを掻き探っておれの呼吸をまで窒《つ》めるのだ。」

かれは、そう何時もふしぎな女の肉声をきくごとに感じたのであった。その肉声のなかには鵙《もず》のような啼き工合や、いきなり頬を舐め廻されるような甘い気持や、また、いきなり痒いところを尚《なお》痒くえぐるような毒々しさをもっていた。なかには、あたまの底までしんと静まり冴え返らせるような本能的な笑い声と交っているのであった。ともあれ、それらは悉《ことごと》く障子戸の内部から、あるいは雨戸越しに遠くきこえたりするのであった。

それから最《も》う一つは、かれと擦れちがいにあるく女らが、どういう時でも必ず一度はこういう種類の女にありがちな一瞥《いちべつ》を施してくれることで、そのため彼はどれだけ暗い往来で、ふいに花をぶつけられたように慌てたことであったか判らない。どの女らも決ったように鼻や唇や耳にくらべてその目つきが悧《り》巧《こう》げに黒黒と据えられていて、ひと目投げると対手《あいて》の足さきから頭のさきまで見とどける周到な働きと迅速な解剖的視覚をもっているのであった。何かの黒漆《こくしつ》な虫、とくに何ものでない異常の光、その冷たそうに素早く輝くものが、いつもかれに一滴の得体の知れないものを注いでいた。それがかれにとって理由なく嬉しかったのである。しかし、かれにそそがれる目つきは、なかばは卑しげなものを見下すひかりで、なかばは、こういう界隈はあなたがたのくるところでないという叱責《しっせき》さえも加わっているようであった。かれはそのために赧《あか》くなって溝板のような下駄の音を忍んであるくのであった。

　こうした毎夜のような彼の彷徨《ほうこう》は、ついにふしぎな或る挿話をいつごろとなく彼の耳にいれていた。その何より先に、かれが一度ばかりでなく数度も、そのふしぎな娘とも女中ともつかない女を見たのであった。

　ある蒼白い冬の晩であったが、はしなく人人が馳《はし》るので何心なく近づくと、有名な女でみんなは「電気娘」と呼んでいたのが歩いてゆくのであった。おもにこの界隈の使いあるきや、大掃除の手つだいなどをして歩いていた。いつか彼女が金か何か盗んだときに、みんなで捕まえようとしたが、彼女の肩や手に手をふれると、異様なエレクトリックの顫動《せんどう》をかんじると同時に、とくに変な悪寒さえ感じたのであった。それでも皆でぐるぐる巻きに縄をつけたが、どれだけ巻いても、するすると抜け落ちるか、ふしぎにも途中で切れてしまうのである。しまいには皆が気味悪くなって、もう二度と彼女を追うものさえいなかった。かの女は老婆と一《いっ》しょに住んでいたが、それから後も忙しい家族の手伝いに次から次へと傭《やと》われていた。ただ、おかしいことには三度おんぶした子供が三度とも窒息してしまったことで、医師に診させると、別に外部からどうということがない。唯《ただ》女の肉体にはげしい鰻や夜光虫などの持つ電気性が多いとかで、それが決して彼女自身の内部にあるときは有害ではないということであった。ただ、

「その子供の種類にも依るし、彼女の電気性に摩擦力を与えるもののみが危険であるようだ。」とだけで、医師もくわしいことは説明しなかったのである。それ以来、かの女が子供を負ったことを見たことがなかった。

かれはこのふしぎな女に、よくその小路で出会うごとに何日《いつ》かは話をしようと思っていた。女はいつも風呂敷包みをもっていたり、巻煙草をかいに出かけたり、車を呼びに行ったりしていた。はじめのうちは彼女は彼をうすきみ悪く眺めていたが、このごろになって微笑《わら》って通ってゆくようなことがあった。実際、かの女が何かの樹木に（その木は何というのであったか忘れた。）つかまったとき、樹木がいちどきに震えたといわれたことや、ある家では食卓をたたもうとして、突然に、食卓に感電したことであった。

かれは第一に彼女が驚くべき蒼白い皮膚をしているのを見逃がさなかったばかりではなく、その蒼白さは年の若いせいもあろうが、極めて肉付きがゆるやかで、その上肥えた色白な女が有つようなうっすりした冷たささえ感じるのであった。概して皮膚の冷たさには、内部の皮膚生活が枯れきったそれと、また、脂肪それ自らによって肉付きが冷たくなっているのと二《ふ》た通りあるが、かの女はその後者であって、いつも、くっきりした蒼白さは可成《かなり》な冷たさをもっていたのである。かれの考えるところに拠るとこのふしぎな女の皮膚の蒼白さには、どこか瓦斯《ガス》とか電燈とかにみるような光がつや消しになって含まれていて、ときには鉱物のような冷たさをもち、または魚族のふくんでいるような冷たさをもっているようにながめられたのである。

それゆえかれは何よりも彼女を街燈の下でなければ、商店の瓦斯の光で眺めることを好んでいたのである。かれの異常な、殆ど説明しがたい物好きはかの女に一瞥をあたえるごとに、その皮膚の蒼白さにぴたりと眼球を蓋《ふた》されたような悩ましさを感じるのであった。たとえば、その洋紙のような白みに何時もうっすりとあぶらぐんだ冷たそうな光は、形よく整った鼻を中心にして、鼻の両側から少しずつ蒼白さを強めて、最後の鼻のさきの方で、いつも一と光りつるりと往来の灯を反射しているのであった。ともあれ、これらの驚くべき、また多少気味悪い皮膚は、かの女の憑《つ》きもののように言われている電気性と一しょに、この界隈のひとびとから一種のふしぎな徴候として眺められていたのである。綺倆《きりょう》は決して悪くはない。ただ余りに鮮やかに白すぎる顔面に、あまりに生きのいい黒ずんだ目が翳《かげ》されていることで、なおよく見れば決して黒目が黒目ではなく、むしろ茶褐な瞳孔で、その奥の方に水の上に走るまいまい虫のような瞳が据《すわ》っていることが、なお彼女をえたいの分らない女としていた。そこまで彼女を見究めるなれば、遂にその皮膚のこまか過ぎる点や、産毛の異常に繁毛しているのや、白すぎる色あいや、ところどころにどうかすると痣《あざ》のような影をもっていること（しかしそれは彼女の顔を側面から見たりするときに、ふいに痣のようなものを見るが、気をつけると決してそれがあざではないようである。）などが、かれにとっては益益《ますます》おかしな疑いをもたすのである。それは果して彼女が日本人であるかないかという疑問で、ひょっとすると、外国人の種子をもっていはすまいかということである。と言っても彼女は決して雑種児としての条件的相貌の全部をもっていないのである。日本語の巧みなことや、髪の毛のやや黒いこと（しかしそれは日光などの当っているときに見ると、殆ど茶いろに近いのだ。）ことに彼女の母親であるといわれている馬道の裏二階に住んでいる老婆が純日本人であることなどを取り併《あわ》せると、雑種児ではないようにも思えるのである。しかし、ここに疑問とすべきは、彼女の身体《からだ》つきが非常にがっしりとしていることと、背丈の高いこと、そして骨盤のあたりが殆ど西洋人にくらべても遜色《そんしょく》ないこと等である。いつも、すらりと足早《あしばや》にあるいてゆく彼女の長い足つきは、そのまま踵《かかと》の高い女靴をはかせ、その上、スカアトを着けてみたなれば決して見劣りのない西洋人のように見えることである。その歩きぶりは其等《それら》の凡ての条件を全うすべき資格をもっているのである。彼女はすらりすらりと歩きながら八百屋の角や小路の曲り目などでは、凡ての西洋人の持つところの軽快な歩行と、しかもかなりな繊細さをもってくるりと八百屋の角をまがってゆくことである。かの女のちぢれ毛がそのときは実によい調和をあたえるのである。もしその小さい風呂敷包みを手に持つことなく、日本風な汚ない着物をつけていなかったとしたら、かの女はすっかり西洋人のように見えたにちがいない。

しかもかれは暗い小路から突然に出てきた彼女に会うごとに幾度驚きを新たにしたことであろう。それは紛う方もない一人の西洋人が暗《やみ》にまみれて歩きつづめているような気がするのであった。スカアトのあたりからあおられるともない優しい風さえ、かれの神経をおののかせたのである。それに彼の界隈にあるふしぎな十二層の煉瓦塔《れんがとう》が、夜夜かの女のあやしい姿と、最う一つはかれ自身の目の前に、あるときは黒ずんで立ち、あるときは星を貫いて立っているのである。その窓窓はいつも閉されてあったが、眺めているうちに不思議にいろいろな想念に悩み織りこんでくる古い塔の尖端に、かれは毎夜のようにかれの伝奇的興趣《でんきてききょうしゅ》をそそるような星座を見出すのであった。かれは何故にふしぎな女とこの変な煉瓦塔とをむすびつけて考えたことであるかは分らないが、それら二者を離しては、もう彼女というものを完全に考え出すこともできなかったからである。

かれがこの女の奇声ともいわるべき声をきいたのは、その晩がはじめてであった。かれはいつものように町から町をあるきつづめ、この都会の澱《よど》んでカスばかり溜った小路をあるきながら、例によって何等《なんら》の感銘もなく、ただ徒《いたず》らに歩行するだけの毎夜の疲労にとぼとぼ歩いていたとき、例によって何処から何処と何の用事があって往来するかわからない群衆からはなれたときに、かれは、ふいに彼女が暗い小路からでてくるのに出会したのである。

　誰でもそうであろうか余り度度出会すときは、意志のない振り顧《かえ》りをやるものである。彼女はそのときも例によってかれの顔を凝視しながら忙しげに往来へ出て行った。かれはその背後《うしろ》姿を見つめたときに、いつもの暗い屋上に積みかさねられた塔を目に入れ、また彼女の足早な姿を目にいれたのである。かれは何のために毎夜のように歩くのか、そして歩かなければ眠れない遊惰と過剰された時間は、ただに疲労のみが眠りを誘うにすぎなかったのである。また、決して彼女と話をしようという気もおこらなかったのである。なぜかといえば、かれがそういう界隈の家家の二階や下座敷の灯《とも》れているのを眺めて居れば、かれ自身も何かしらそれらのものから、むずがゆい聯想《れんそう》と、れいの時時おこる肉声のなまめかしい声音によって、かれのあらゆるものを擽《くすぐ》られる感覚的愉楽をとり入れることができたからである。それがため、かれは例の忌わしい広告画を押入れにしまって、宿を出ると、いつも騒騒しい楽隊や喧擾《けんじょう》や食物や淫逸《いんいつ》な巷《ちまた》の裏から裏を這いありく犬のように身すぼらしくぶらつくのであった。

　かれはそのとき何をきいたか。また、どういう言葉の意味であったか判らないが、突然呼び止められたことは実際であった。

　かれの前には、異様な色白な彼女が佇《たたず》んでいたのであった。片側はしもた屋になり、片側から軒燈が漏れていて、蒼白い彼女の皮膚をいよいよ冴えた蒼白さに射かえして、くっきりと夜のくらみを劃《くぎ》った上に、むしろ重く空中に浮いてみえたのである。

「わたしを呼んだのは君かね。いま何か言って呼んだのは——。」

かれはそう言いながら、彼女の黒ずんだ目をみつめた。それは瞬《また》きもせずに、むしろ猫のようなあやしい光をたたえていた。何か言おうとしながら、手に風呂敷包みをもったまま、むしろぼんやりとした視線をかれにそそいでいた。

「たしかにわたしを呼んだのは君だとおもうが……。」

かれは又そう言いながら「しかし間違いかも知れない。あの女がわたしを呼ぶわけがない。」しかしかれは殆ど奇声にも近い声をきいたことは実際である。

「いえ。わたしではございませんわ。わたしは……。」

彼女はそのとき不審そうにかれを見つめた。かの女にはこういう他人から呼び止められた経験に乏しいらしかったのであろう。その顔いろはいくらか慌てていた。かれは初めて蒼白い皮膚がその表情の雑多に富んでいるということを見て取った。

「そうですか。どうか構わないで行って下さい。べつに用事がないんですから。」

かれはそう言って、かの女に道をゆずろうとしたとき、彼女の目が素早くかれの額に投げつけられた、それは目のなかで瞳をひと廻りさせたような素早さで、むしろ艶めかしい匂いをもっていたのである。決して日本の女にはできない多くの外国の女らが持つところの大きな瞳とその表情であったからである。

「ではごめんなさいまし。」

そう言って腰をかがめ、かがめた腰をあげたときに上目をしながら、じろりと柔らかく一と目見て足早にあるいて行った。かれはそのとき一体《いったい》何をきいたのであろうか、あの女の声でないとすれば、かれは誰から呼び立てられたのであろうかと考えながら、ぶらぶら歩いていた。

かれはこの巷に於けるさまざまな汚ない酒場やカフェ、飲食店などの併《なら》んでいる通りをあるくごとに、それらを包む夜のそらをながめながら、そこの公園にうとうとと一と眠りをするか、でなければ、必ず毎夜のように一時間余も同じところに客待ちをしている自動車の側面に、追い立てを食わないばかりの安逸さを、わずかな時間を偸《ぬす》んで眠る人人のむれを見た。または泥にはまり込んで腰から下が水気で腫《は》れた毎夜の乞食が、どこからどう消えてゆくか分らないが、集まっては消え失せてゆくのを見た。

かれは昼間も、この騒騒しい公園の池のほとりに置かれたベンチの上に坐っていた。

かれが二度目に例のふしぎな女を見かけたのは、この池のまわりであったのである。

殆どいちように、このベンチに集まるひとびとは、みな疲れ込んで、なりも汚れていたし、顔という顔には当然現われるべき疲労と倦怠、つぎには悲しげな苛苛した貧しさをたたえていたのである。あるものは、電車の乗《のり》かえ切符を手にもちながら、それをどれだけ細かく引裂けるものであるかということを試すもののように、タテに裂いたり横にちぎったりしながら、ぼんやり池一つへだてて通りを眺めているものもいたし、なかには腭《あご》つきを膝の上でやりながらぼんやり失神したように或一点をながめくらしているものも居た。なかには講談をよんでいるのも居たが、どれもこれも、となり合ったベンチの上にいながら、お互いに話をしようとするものがなかった。そういうことに興味をもたないもののように見えた。かれらは、お互いに人目を盗んでは煙草をひろい合うか、べつに何ごとかを深く考え込んで、根が生えて立てないようにも見えた。

かれは、そこにある池のなかにいる埃と煤《すす》だらけの鯉をながめていた。かれはどういうものか、これらの魚族が決して生きているもののように思えなかったのである。俗悪な活動の絵看板の色彩が雨にでも流れ込んだものでなければ、ふしぎに、紙作りでもされたもののように、わけてもあやしい緋の鯉や蒼いのを見つめた。かれらは懶《ものう》げに、よどみ込んだぬらぬらした池水を重たげに泳ぎ、底泥につかれたようなからだを水の上にあらわし、ぼっかりと外気をひと息に吸うのであった。空気は、そうぞうしい人人の埃と煤と雑音とによごれて、灰ばんで池の上に垂れていた。しかも、そこには、幾千ということない看客を呑みこんでいる建物が、さかさまにそのボール製の窓窓と、窓窓をさし覗く腰のまるい女らの姿をうつしていたのである。あるものは悩ましげな藍いろの半洋服で、あるものは膝よりも白い頸《くび》をさしつらぬいて、蒼蒼《あおあお》した水の上に、何らの波紋もなく、しんとして映っているのであった。日かげは、これらの高層な建物のうしろにつづく大通りの屋根屋根の上にかがやいているらしく、その為めななめに陰《かげ》られて、ベンチの上の悲しげな蒼白い相貌をなお一層《いっそう》憂鬱に、かつ懶げに映し出しているのであった。かれのからだにも日の光はあたたかに当っていた。

池のなかばにも日があたっていた。かれらの悲しげな泳ぎは温かい方へ、そこの明るみに舞うところの微塵はみな水の上におちて行った。風船玉の破れや、活動のプログラムを丸めたのや、果物の皮、または半分に引きさかれた活動女優の絵はがき、そういうものが岸の方へみな波打ちに寄せられ、あるかないかのさざなみに浮んでいた。哀しげなアニタ・スチュワードの白白しい微笑んだ絵はがきが、かれの方から濡れたまま、日の光のまにまに浮いて見えたのであった。かれはそれを見るともなく眺めているうち、ふしぎにその印刷紙の蒼白い皮膚が濡れているために、ふいに、れいの女のことを思い出した。

「ちょうど、ああいう風な蒼白さで、そして何時もすらりと歩いているのだ。よく似ている。さびしげな頬のあたりが、ほとんど彼女にそっくりだと言ってもいい。」

かれがそういう思いに充たされているときに、不意に、赤い鯉が池のそこから浮びあがってきて、何かを吸いこんで、はっきりともんどり打って再び水中にかくれた。そのとき、かれは緋鯉の丸っこい胴体が捩《ね》じられて、彎曲《わんきょく》されて滑らかに露《あら》われたのをみた。それはかれには、婉然《えんぜん》として円みのある胴体ばかりでない、美しいある咄嗟の幻想にいざない込んだのであった。みればあたりの水は濁り、ひっそりとして彼女のすがたは消え失せたのであったが、水面に浮んだ分の体がちらと光ったままで、かれの視覚にもつれついて中中《なかなか》離れなかった。

ひょいと見ると、かれの正面の××館の看板絵にもなまなましいペンキ絵の女の顔が、するどく光った短刀を咥《くわ》えて、みだれた髪のまま立っているのであった。その唇の紅さ、頰の蒼白さ、病的にばらばらに、かれの頰のあたりまで靡《なび》いてくるような髪の毛の煩《うる》さを感じながら、かれは飽くこともなく見つめたのである。かれは、そういう一切の光景のうちに、病みわずらうたかれの性的な発作がだんだんに平常のかれ以上のかれに惹き上げつつあるのであった。かれにとって、もはや一切の流旗や看板絵や、わずかに棄てられたアニタ・スチュワードや、鯉の胴体や、なやましげに紫紺の羽織をきた女や、下駄ずれの音や、しぶとく垂れている柳や、さては、そこにある交番の巡査のさびしげな赤い肩章まで、かれのからだに響き立てて、一種の花のようにむら咲きをはじめたのであった。それと反対にかれの顔面は荒んだような上乾きをしてゆき、悲しげな鼻翼の線を深めるばかりであった。

「おれは彼の鯉《あ》の胴体をしっかり心ゆくまで摑んで見たい願いをもっている。あれが不思議な冷たい生きものであるか。単にそれだけのものであるか、それとも柔らかい名状しがたい別な生きものであり、そしてその摑んで見ることによって何等かの愉楽を感じ得るものであるか、ともあれ、あれのからだには様様なものの感覚が、この混鬧《こんどう》の巷のうちの何かが潜んではいまいか。」

かれの恁《こ》ういう詰らない考えは、殆ど熱病のようにかれのからだのなかに広がってゆくのであった。埃と煤と紙きれと。またそれらにまみれた空気よりしかないこの池、あやしげな一切の影をうつす水の面、そのなかには、かれ自身さえ知ることのできないものが有り得るもののように思えた。三年に一度ずつの底浚《そこざら》いにはふしぎにも幾つものダイヤモンドの指輪と、ほかに又純金の指輪が必ず落されているということや、銀貨が沈められていることや、その他に純金細工の櫛やかんざしや珊瑚《さんご》珠《だま》や、ときとすると不思議な絵画が幾束となく固く封じられて底深く沈められてあることや、男と女との人形が固く両方から縛められ、錘《おもり》をつけられかつ呪われたままで泥底のなかに沈みこんでいることなどがあった。あらゆるこの都会の底の底の忌わしげな情痴の働きが、なおかつこの水中のなかに春のように濃く、あるものは燦然《さんぜん》と輝いて沈められてあるのであった。夜は夜についで蒼く明けきらないうちに、いかにそこは諸諸のものが棄てられ沈められることであったろう。かれは、これらの考えから、水とはいえない一種のあぶらのような水面をなお永くふしぎなものを見詰めるように眺めるのであった。

　そのときうっすりと日が陰ったような気がした。が、実はそうではなく、五六間さきに一人の女が歩いてゆくのが見られた。はっとする間もなく、彼女は、すぐかれを見つけると何気なく、すなおに微笑んだのである。そのときかれは殆ど夜ばかり往来で見た彼女の皮膚が、日光に透いて見えて、いかに白く明確に輪廓づけられたものであるかを初めて知ったのである。それは貝類の肌のような白みのなかに稍《やや》うっすりしたオレンヂいろを交ぜたような光沢をもったところの、殆ど、日本人としては稀に見る皮膚の純白さをもっていたのである。之加《しか》も夜、やや褐いろに近いと思えた目は紛うかたもない藍ばんだ黒さで、両側の長い睫毛《まつげ》に蔽《おお》われていて、あだかも澄んだ蒼い池のまわりの蘆荻《ろてき》の茂みのようで、しかもゆっくりした光をもって、しずかに、かれの視線を見返したのであった。

この不思議の女は、まがう方もない雑種児であることを感じたのである。かれはその微笑をほとんど咄嗟の間に返すと、かの女もすぐさま又返してきたのである。何かの買いものをした帰りであろう、風呂敷包みを有ちながら、裾を蹴散らして歩く背高い姿はひとびとの目を惹いたのである。かの女は足早に往来へ出て行ったが、その異常に白い頸首《くび》ははっきりとかれの目に抉《えぐ》り込まれてつッ立っていた。

そのときかれの疲れた耳もとで、誰かが物うげな声でささやくのが聴えた。それほど彼女の姿はひとびとの目につき、また彼女自身がそれほど有名なものになっていたのであった。かれは耳を立てたとき、うしろのベンチで囁《ささや》きはふたたび起ったのである。

「あの女は電気をからだに持っているんだそうだ。何をするか分らない。得体の知れない女だそうだ。」

と、言うのがきこえた。にぶい虻のように疲れた声であった。

「どういう風に電気があるのだ。そんなものが人間のからだにある筈がないじゃないか。」

別な声がいうと、さきの声が再《ま》たこれに答えた。

「あの女がね。樹なんぞ揺《ゆす》ぶると、樹がガタガタ震えるのだ。ふしぎに子供を負《おぶ》さすと何時の間にか窒息してしまうのだそうだ。だから彼《あ》の女はできるだけ電燈のそばに坐ったり歩いたりなぞしないそうだ。いつも暗いところばかり撰《よ》って歩くのだそうだ。」

と言ったときに、彼女の姿はもう人込みに揉み消されてしまっていた。

「そんな不思議な女がいまどき居るものかね。」

感嘆したような声がつづくと、

「一種のああいう病気なんだよ。あの変に白っぽい顔色を見ても何かの病持ちだということが判るじゃないか。」

と、さきのだるい声がぜいぜい続いたのである。かれはしばらくすると、そこのベンチを離れた。

そのとき日の光は、人家の屋根の上にななめにさしていた。冬近く、黄ばんだ夕方ちかい光線は、あらわに二階家の内部や、商店や飲酒店の暖簾をそめていた。この巷にきて、これらの光線を見ることは、いつも彼にとっては堪えがたい寥寥《りょうりょう》とした気持に陥らせるのであった。かれが観音堂の裏あたりへきたとき、うしろから来た男が何か言いたげに、うそうそと影のようにつき纏《まと》っていることを見いだしたのである。

かれは、若い銀杏の木のしたに来たとき、その男は、低い声で、すれすれに寄ってささやいた。

「あなたは電車の切符をおもちでしょうか。実は……。」

と言いかけて、かれは藍色した切符を一枚取り出した。

「これをあなたに買っていただきたいと思いましてお願いしたんです。わたしはまだ何も食わないんです。けさから……。」

かれは、その男のよれよれになった単衣《ひとえ》と古下駄と、この都会を絶えず彷徨しているもののみに見る浅黒い皮膚とを目にいれた。けれどもかれはまだ黙って、睡眠不足らしいかれの目をみつめた。

かれは内懐中《うちぶところ》から一枚の銀貨をつまみ出すと、やはり低い声で、

「お困りでしょうに――これだけあるから使って下さい。」

そう言って、男の手のひらに銀貨をのせたのである。男は幾度も礼を言ってしつこく切符をかれにわたそうとした。

「それは要りませんよ。そんな心配はしないで下さい。」と言いながら、かれはくるり

と踵を見せてあるき出した。

かれは、かれの背後で浅猿《あさま》しくも幾度となく挨拶をいう男の声をききながら、忌わしさのために、自分自身のしたことについて或る不愉快な憎しみを抱きながら歩いていた。何処から何処となく、町角に出るかと思うと、とある飲食店の内部に、さむざむとかれは夕食をしたためていたりしていた。

かれは其処《そこ》でさまざまな人人を見た。それは、当時に流行《はや》った小唄をヴァイオリンに併せて弾いたりする卑俗な街頭音楽者のむれであった。かれらは、吉原に近い土手裏の湿《じ》め湿めした掘立小屋のような木賃に、蛆《うじ》のように蠢《うごめ》きながら、朝から晩まで唄いつづけていたのであった。かれがふとしたことから、そこの木賃をたずねたときは、午後三時ころの斜陽が、煤と埃とボロにまみれた六畳の、黒ずんだ畳の上をあかね色に悲しげに射していた。

音楽者らは、みなヴァイオリンを一日十銭ずつに賃借りをしていた上に、糸や楽器の破損は凡て自分持ちにしていたのである。手垢にまみれた楽器はどれだけの人人の手に触れたか分らないほど黒ずんだ光沢をもって、胴の中はおびただしい埃にまみれていたのである。かれが其処に凡ての人人がするように、ぶらりと這入ると、すぐ紹介された。歳太郎というかれの郷里から出てきた古い友人が、かれを時時脅して電車賃などを持って行ったが、しまいに、かれをそこに紹介してくれたのである。

そこには四人の青年がいたが、みな一様に日焼けをしていた上に、栄養不良らしい蒼白い皮膚をしていた。昼間は、ときどき万年町の元締《もとじめ》からくる毎日の新しい小唄を予習することに趁《お》われていたが、もとよりメロディばかりを弾くのであるから、それほど困難ではなかった。ひとり唄えば、ひとり弾きながら、

洋燈《ランプ》さん、わたしあなたに、
ほやほや惚れた――
心《しん》のあるのを見て惚れた――。

と、悲しげな皺枯れ荒んだ声でうたうのである。かれは、三人ともみな魚のような大きな口をあけて、うすぐらい室でうたい出すのをきいていると、本願寺の境内のくらやみや、公園の隅隅、それから町裏などに歌ってる帽子をも冠らない浮浪人のむれを思い出すのであった。その声は、変に破れて浮ずったような喉声で、永《なが》くきいているとひとりでに心が荒みながら沈んでゆくような気がするのである。わけても折釘にぶら下げた垢まみれの着物やシャツや帽子や、蠅の糞でくろずんでいる天井、すぐ窓さきに隣の廂にひきつづいた湿っぽい腐った板囲い、それから次第に天井の方へ這いあがってゆく一《ひと》くれの日かげの寂しさ、そういうものが悉くかれの声音とよく調和されて何時までもつづくのであった。

ほやほや惚れた、れた……

と、きいきい軋《きし》むヴァイオリンが、同じメロディを幾度となく繰りかえされながら、うたわれるのであった。

かれは、歳太郎が手に持っている薄い印刷物を借りてよむと、そこには小唄が十種ばかり書いてあって、定価がつけられてあった。それらの印刷物は万年町の元締から「卸《おろ》し」にされて、例の街頭で売り捌《さば》くことになっているのであった。

「この小唄を作る男に会いましたが、早稲田を中途でやめてこの方を専門にやっているんですよ。やはり原稿料みたいになっているんです。絶えず新しい作ばかりを節づけているんですよ。」

歳太郎は、その男が現にこの原稿ばかりで食っていることや、東京で唄われる流行歌はみなその男が作ることなどを話した。そして、

「大阪と京都へもわざわざ旅費をつかって出かけるんですよ。それがつまり東京を振り出しにして横浜までの旅費さえあれば、ヴァイオリンを一挺《ちょう》持って、町町で唄ってはこの刷り物を売って歩けば大阪へでも京都へでも行けるんです。」

と言って沢山の刷り物を二つ折りにしては重ねていた。仲間らしい青年がさっきからじろじろ見ていたが、

「あなたは美術家ですか。」

かれは慌ててそうでないと言ったのである。ところが歳太郎はすぐ口をきって、

「この人は詩をかくんだから、小唄などは何でもないんだ。書いて貰うといい。」と言って、

「君、何か一つかいてやってくれませんか三四十行の奴を――。」と言ったのである。するとその男は、

「詩っていうのは新体詩のことですか。万年町の小唄の作者も詩がうまいんだという話ですよ。」

そう言いながら「わたしも文学希望で田舎から出てきたんですけれど、とうとう、こんな処へ陥《はま》り込んだのですよ。T先生S先生にもお会いしたことがありますよ。あのころからずっとやって居れば、今頃はどうにかなっていたかも知れないがなあ。」

関西なまりで言うと、そばにいたヴァイオリン弾きが笑い出して、肩から楽器をおろしながら皮肉そうに、

「こんな男が君何をやったって出来るものですかね。木賃にごろごろしているより外に能のない男ですよ。なにかの癖にああして泣言《なきごと》をいいますがね。」と、扶るような浮いた調子で言って「僕なんぞも三度も音楽学校の試験に落第したものですよ。学校のなかの芝草の生えたところがあるでしょう。あそこで胸をどきつかせながら試験場へ這入って行ったものです。けれども、それも今は話の種でさ。」自分で自分を卑下するように、からからと笑った。すると、さっきの男が、じっと見つめていたが、

「嘘を吐《つ》け、君が音楽学校の試験なぞを受ける資格があるものかね。第一、中学は卒《お》えていないし、英語はビイルのレッテルも読めないじゃないか。」

ヴァイオリン弾きはすぐ赤くなって、唇を嚙んで慌てて赤くなった顔の遣り場に困ったらしくどぎまぎしたが「馬鹿を言え。きさまなんぞに音楽学校のことを言ったたって分るものか、そのころ勉強した音程の本なぞ皆ちゃんと今でも持っているんだ。」

そう少し蒼ざめながらいうと、さきの男は追いかけるように、

「じゃ拝見しましょうかね。音程の本がきいて呆れらあだ。」と毒づいて、気短かそうに煙草に火をつけていた。歳太郎がそばから、

「詰らないことを言わないで今夜のやつを練習しなければものにならないよ。日がだいぶ詰ったじゃないか。」と、年頭《としがしら》だけにそう言うと、ぐずぐず言いながら、「君、ちょいと失礼します。」と言って、また大きな口を開けながら、長長と歌いはじめるのであった。いちように大きく開けた口もと、そのきたない歯並、それらはただ機械的にすぼがったり開けられたりした。どこか哀調をふくんだところではわざと目をほそめ、額にしわを寄せながら泣くような声を出すのであった。

「楽器などがないと思って大きな声でうたえよ。低くっていけない。」

と、ヴァイオリン弾きがどやしつけるように叫ぶと、さきの男もぶっきら棒に叩きつけるように怒鳴《どな》った。

「ヴァイオリンのような高い声などが人間に出るものか。」

「そこを出すのがいいのじゃないか。ヴァイオリンは今の場合伴奏にすぎないんだよ、伴奏なんだよ。」

と遣り込めると、さきの男は、

「伴奏というのは別の曲を弾くことなんだ。メロディばかりじゃないか。」と、これも唱いながら噛みつくように喚《わめ》いた。

「生意気をいうな。――そら間違った。もっと長く引くんだ。ほやほや惚れた――というい う風に。」

ヴァイオリン弾きは、かれを横目で見ながら、決してこの男などに負《ひけ》をとらないという暗示を与えるようにツケツケ叫ぶのであった。

歳太郎は黙っていたが、さすが子供のときからの友だちの前で啀《いが》み合っている仲間を見られた極まり悪さに陰気になって考え込んでいた。

「こんな口諍《くちあらそ》いは毎日なんですよ。どうにもならないんですからね。」

歳太郎は子供のときから明笛《みんてき》や流行唄などを上手《うま》くうたったが、こんな処へ墜ちてきた自分をいつもかれの前では蔑《さげす》んでいたのである。

「どちらでも同じことなんだよ。僕なんぞも君らのような仕事さえできなくてのらくらしているんですよ。」と、彼は彼で低い沈んだ声で囁くのであった。

「だって為《す》るにも事欠いて唄うたいなんですからね。」と言いながら、軽く思い上ったような調子で、

「食うには食えるんですよ。別に人さまに頭を垂《さ》げなければならないこともありませんしね。行き当りばったりで気に入ったところで唄っていさえすればいいんですよ。それだけが取りどころです。」と、歳太郎は言って安心したような顔になったが、「これで雨の十日も降られると、どうにもならなくなるんですよ。そと稼ぎはできないしね。蛆のように此処《ここ》でねころんでいるんです。そんなときになると君などと遊んだ郷里の町などを考え出しましてね。あれはどうしたろうなどと思い出すんですよ。」と、三十近い能なしのかれは、眉根の薄くなるような寂しい顔をするのであった。

かれは先刻から室の隅に色白な少年が、じっと坐ったきりで少しも動かないでいるのを偸み見ていた。皆のあとにつきながら、口をもがもがさせていたが、少年の声音だけが皆の荒れたのにくらべて、なま若く不調和な高い調子になるので、すこし唄っては止め、そうしては居られなさそうに又急に、へんに跳ねあがるような声で唄っていた。そうしては時時かれの方を眺めながら、かれの視線に出会すとあわてて視線を外らし、いくらか惶《あわ》てて声をへどもどさせるのである。それらの調子がどうしても最近にこの仲間に入ってきたものとしか思えなかった。それに少年の顔は他の仲間にくらべて、まだ滑らかな悪ずれのしていない若若しい光沢をもっているのであった。

かれはそっと歳太郎の耳のもとで、

「あの少年はどうしたのかね。こんなところへ来るものとも思えないようだが……。」

そう問うと歳太郎もちょいと一瞥しながら低い声で「あの少年ですか。あれは。」と一層声をひくめて、

「一週間ほど前に自分から進んでやって来たんですよ。田舎から出てきたらしいんだが、やはり種種《いろいろ》仕事を捜したが無いんで此処へやってきたらしいんですよ。それでも（君は将来はどうするのかね。）と尋ねると（昼間は学校へ行って苦学をしたいんです。晩はどんなことをしたっていいんです。）と言うんですが、誰でも始めは皆そうなんですが、しまいには怎うにも恷うにもならなくなって了《しま》うんですよ。ああして居るもののちゃんと私にはどんな人間になるかが解るような気がするんです。いまはああやって恥かしそうにしていますがね。」

歳太郎はやや自信あるらしい調子で言っているうちにも、少年は自分のことを話されている不安な予覚のためにこちらの方をじろじろ眺めていた。

「では最う街で唄い出すのかね。あれでは物にならないだろうが。」というと、

「まだ恥かしがっているんですが、なあに二週間も経てばすぐですよ。それも一度街で唄えばもうしめたものです。どこまでも厚面《あつかま》しくならなければなりませんからね。巡査がやかましく追っ払いますからね。考えて見ると厭な商売ですよ。」

歳太郎はすっかり刷り物を揃えてしまうと、懐中瓦斯とサイダアの瓶に湯ざましを詰めこんで、小さな風呂敷包みのなかに入れた。

「サイダアの瓶はどうするかね。」と問うと、

「唄っているうちは喉が渇くでしょう。それで用意して行くんです。」

歳太郎は、ははは、と寂しく笑った。他の連中も練習が済むと、みな刷り物と懐中瓦斯とを一と包みにした。さきの少年はむんずりと立つと、自分の分と、連れられてゆく歳太郎の分とを土間の板の上にならべ、みんなの下駄をそろえた。

そのとき日は室内にも外にも陰って、うそ寒げな夕方の空気があたりを這いはじめていた。ヴァイオリン弾きは木綿の袋に楽器を入れると、それを抱えて、さっきの口争いをもけろりと忘れたようにして、

「さあ出掛けよう、君はゆっくりしていらしって下さい。」と言いながら「なにを愚図《ぐず》愚図しているんだ。出かけよう。」と、さっきの男に言った。さきの男は青いボール箱から両切《りょうぎり》を出すと火をつけて、かれに挨拶がわりに何か言いながら、二人とも素足のまま古下駄をひッかけて出て行った。二人とも同じい背丈で、どこか似たような寒げな埃ばんだ背後姿をしていた。

「君もそろそろ出かけるんだろう。」というと、

「そろそろ出かけなければ……」と言って立ちあがった。少年はヴァイオリンと刷り物

を抱えて、まだ何処か可愛げなさつま絣の紺の褪せない筒袖をきていた。そとへ出ると、かれは歳太郎と少年とに別れた。

十二階から吉原への、ちょうど活動館のうしろの通りの、共同便所にならんで、いつも一台の自動車が憩《やす》んでいた。晩の十二時ごろからどうかすると明方《あけがた》の一二時ごろまで、いつも決ったように休んでいる自動車はめったに動いたことがなかった。何時の間にやって来て、いつ動き出すか分らないが、きまったように窓窓にカーテンをおろしながら、街燈と街燈との間の暗みに、にぶい玻璃《ガラス》窓を光らしながら置かれてあった。

それに又、ふしぎなことには、ただの一度も運転手の姿を見たことがなかった。どういうときでも、誰かが修繕をしながら一と走りに機械でも取りに行っているように、人気もなく、あざらしのような黒い光沢のある自動車の全体が、しんと静まり返って、空《から》ッ風《かぜ》のなかにじっとしていた。

かれは、そこにある柏の並木の黄葉がぽろぽろ落ちる夜なかに、一度、ふとした好奇心から通りとは反対の、溝のある方のハンドルのそばから内部を窺き見したことがあった。そのときかれは殆ど叫び出そうとする位の驚きに、おもわず自分の口もとを自分の手で塞いだくらいであった。——ちょうどかれが忍びよりながら、夜目にも自分の姿をうつす漆塗りの胴ッ腹から、そっと玻璃窓内を覗《うかご》うたときに、内部の深緑色（その晩は天鵞絨《びろうど》のような黒味をおびていた。）の窓帷《カーテン》がどうした途端であったか片絞りをされて二寸ばかり開いていたのであった。そこからかれが視線を流しこんだとき、かれは、いきなり喉を締め上げられたように吃驚《びっくり》したのである。なぜだといえば、あかりを消した内部に陶器のような白い女の肉顔が、まっすぐに坐っているせいか、じっと動かないで据えられていたからであった。

しかもその瞬間に、かれが第二の驚きの声をあげようとしたのは、その女の顔とすれすれに又別な男の顔を見出したことであった。ちょうど二つの白い瓜をならべたような姿勢が、内部のあるかないかの、恰《あたか》も通りからカーテンを透してくる明りがぼんやりしているのに浮きあがっていたからである。女の顔はくっきりと白く鮮やかな輪廓をもっていた。かれはこうした予期はしなかったが、このふしぎな自動車のなかに女の肉顔を見いだしただけでも、かれの靡爛《びらん》しつくしたような心をどれだけ強くゆすぶったか不明《わか》らなかった。あり得べきところにあるものとはいえ、しんと静かな内部に鰈《かれい》のように白く泳ぎ澄んでいるような彼女の顔は、変態なかれの情痴をぶちこわして了ったのである。

女はその服装の華美な点から言っても、毛皮の襟巻をしているところから見ても、やはり女優のような妖艶さと押し出しをもっていた。第一、かの女の目はくらやみのなかでも、曇り硝子《ガラス》のようなくすんだ光をもって見えたのである。男は服をきていた。黒のソフトを深くかむっていた。かれらは黙っていた。話し声も何もしなかった。ただ、そうしているのは、葉巻でも買いにやったらしく思われる運転手の帰ってくるのを待っているものとしか思われなかったのである。けれども運転手は十分二十分経っても帰って来ないばかりか、それらしい姿さえ見せなかったのである。

かれはその時咄嗟の間に、ある不思議な神経的な誘惑をかんじた。

「いったい何をしているのであろう。話し声もしなければ煙草ものんでいない。唯《ただ》うごかずにふたりは白い瓜のように併《なら》んでいるのは変だ。何か本でも読んでいるのか。」

そう思って気をつけても、それらしいものが膝の上にはなかったが――かれは、そのとき突然にドアから驚いて飛び退いたのであった。何者かがいてハジキ飛ばしたように、かれはかれのからだを溝からすぐに人家の裏口になっているところの、とある家と家との隙間に身を潜らせたのであった。かれはかのとき、得体のしれない蒼白いものの折り重なっていたのを感じたのであった。

二三分の後に通りとは反対の（ちょうどかれの方から正面に見えるところの）漆塗《うるしぬり》のドアに、一本の生白い手がすうと辷《すべ》り出たかと思うと、ハンドルの把手につかまって逆にねじられた。重そうで厚いドアが、さも軽軽と音もなくひらかれた。そこへなりの高い女が、ぱっと飛び下りると続いて服をきた男が下りた。かれらはあたりを見廻して暗い通りを足早に歩いて行った。そのとき烈しい香料の匂いが、溝の臭気を圧《あっ》しながら、ふうわりと羅《うすもの》のように漂いながら匂っていることをかんじた。

かれは、これらの不思議な場面に、胸を小突かれてなお暫《しばら》く立ち止っていると、どこから現われてきたのか、一人の運転手が自動車のそばへ近づくと直ぐに運転台に上ったのである。間もなく、このあやしげな自動車はゆるゆると動き出して、俵町の方へひと廻りすると、やや早く馳り出した。と見る間にその自動車はかげのように消えてしまったのである。

かれは人家の隙間から飛び出すと、何気なく自動車のタイヤのあとを見たりしていたが、又ぼんやり歩き出した。かれは眼底にうかんでくる様様な映像に悩まされながら、脳は重く心は疲れていた。かれ自身が何故に忌わしいこの巷の毎夜をぶらつかなければならないかということも、又そうすることに依って彼自身の内部が益益荒頽《こうたい》してゆくことをも考えなかったのであった。かれは、総ての荒んだ独身者や失業者、また一切の無能者の当然辿るべき道を歩いているに過ぎなかったのである。

かれは間もなく、殆ど幽霊のように樹立《こだち》から樹立を縫いながら公園をあるいていた。かれ自身何の目的もなく、多くの用なしとともに其処のベンチにもたれていたのであった。かれの前から半町ほどさきから、かれが曾《か》つてきき覚えのある唄い声がきこえてきた。よく見ると、とある木立のかげに瓦斯を点しながら、三四十人の群衆にとりかこまれて、れいの卑俗なセンチメンタリズムが今さかんに弾き唄われているのであった。かれはその時すぐ街頭音楽者のむれを思い出した。それと同時に、「誰に顔を見られたって最う何とも思いませんよ。恥も此処まで落ちてくれば落ちつくものです。」れいの爺むさい顔をして言ったことを思い出した。かれはベンチを離れると群衆の方へむかって歩き出した。

歳太郎は自分で弾きながら、れいの沈んだ声で、ときどき故意《わざ》と悲しげに長くひいたり、群衆の顔をいちいち眺めたりしながら唄っていた。少年は、ぽつねんと蹲《しゃが》んで、右の手に刷り物をもって手持無沙汰に歳太郎の顔と群衆の顔をかわるがわる見くらべていた。

かれは群衆の人垣の間にはさまれながら、しばらく聞いているうちに、均しく群衆が悲しげにすすり泣くヴァイオリンを、あたかもうっとりと聞きとれているもののように思えた。歳太郎はもちろんかれには気づかなかった。弾き終えると、少年はもじもじした声で、人垣をぐるぐる廻って、

「ご入用の方はありませんか。一冊十銭ずつです。唄は節づきでこのなかへ皆おさめられてあるのです。」と言っては、刷り物を人の目のさきに突き出して引っこませた。うす暗い群から「ここへ一冊。」という変な声で買うものがあるかと思うと、また反対の隅の方から鼠のような声で「こっちへも一冊。」と声がかかった。

歳太郎は買手がつくと、きゅうに大声で怒鳴って、

「たった十銭で唄は残らず入っているのです。今のうちに、売りきれないうちに。」と急《せ》き立てていた。そしては群衆越しに、あちこちに不安そうに眺めては、少年を急がしていたのである。それは公園廻りの巡査に追い立てを食うので、それを予覚しながら素早く刷り物を売り捌くのであった。

見ているうちに八七冊売れると、群衆はだんだんに散りはじめた。黒黒とした人垣の輪が一人ずつ引っぺがされて、最後の四五人になるまで歳太郎はしつこく売りつけていたが、そのとき突然にかれは鋭く少年を呼んで手を振って、

「瓦斯を消してしまえ。」と叫んだ。少年はすぐ瓦斯を吹き消そうとしたが、なかなか消えなかった。歳太郎は何か言いながら、ふっと慣れた口つきで消した。

「早く逃げないと駄目だよ。早く瓦斯ランプを畳むんだ。」

歳太郎は手早く刷り物を風呂敷包みにたたんだ。そして二人は観音堂の方へ急いで人込みのなかへ隠れて行ったのである。かれはそれを見ているうち、果して一人の巡回の警吏が靴音をしのびながら歩いてくるのを眺めた。

所在ない日夜の彷徨は、至るところの街路や裏町にかれの姿を浮きあがらしていた。かれは何のために毎夜のようにほッつき廻らなければならないかということを問われた

ならば、一言答えることが出来なかったであろう。かれには理窟なしで、ひとりでにその足はいつも雑踏の巷に向くのであった。そのうち冬は完《まった》きまでに、この巷の公園の樹の肌に凍えつき、安建築を亀裂《ひびい》らせるような寒さを募らした。

　或る晩、かれは十二階のラセン階段を上って行った。いつかは昇って見ようと思いながら、一度も昇ったことがなかったのである。かれの予測した古い黴《かび》のような匂いや、埃のむれや、至るところに不思議な軋り泣きする階段をおもしろく感じた。何かしら彼の好奇心をそそるような寂然とした自分の足音の反射、またかれと同じようにこの塔を見物するために上った少女のむれなどが、かれに奇怪な或る幻像を編み立てさせたのである。

　かれは第九階にまで昇りつめたとき、そこの壁にさまざまな落書が鉛筆や爪のあとで記されてあるのを読んだ。地方人らしい見物の人人がその生国《しょうごく》をかいたり、年号を記したりしてあるのがあった。なかには北海道とか日向国などがあった。爪のあとには埃が溜っていて、鉛筆のあとも消えぎえになっているのもあった。「われは笈《きゅう》をみやこに負い来れど、いまわれ破れてむなしく帰る」とか又は「ここよりして、遠く故郷の空気をかぐ。此処よりしてわが願いは空し。」などと記されているのがあった。それらの都会の落伍者はかれはかれ自身の上にも感じるのであった。都会を去るもの去ろうとして悩むものが、かれの目にありありと考え出された。あるいは「明治四十五年十月五日武島天洋。」などと無意味にかいてあるのもあった。ただ、その年号というものが奈何《いか》に寂しくあたまにひびくことであろう。かれは暫くぼんやりと眺めていたとき、すぐ歳太郎の爺むさい顔をおもい出した。

かれが頂上に昇りつめたとき四囲の窓窓がすべて金網を張りつめられ、そこから投身できないようにしてあった。風は烈しかった。かれはそこから公園一帯の建物と道路と電燈のむらがりとを見おろした。道路には蟻のように群れた通行人のうごめく黒い諸諸の影が、砥《といし》のように白い道路の上に、伸びちぢみしながら、あるものは水の上にあるもののように、あるものは鳥のように蠢いてみえた。そこには電燈がいたるところに悲しげに点れていた。あたかも人影と人影との間に、建物と建物とのまわりに煌然《こうぜん》として輝いていた。かれはそれを眺めているうちに、恰も射すくめられたような一羽の鴉が舞いおちるように、かれ自身がいま地上へ向けて身を投げることを思いいたった。

そのときかれは既に地上に、へシ潰されたようになって、道路の上につッ伏していた。ひとびとは黒黒とかれのまわりを取り巻いたがかれはもはや呼吸を切らしていた。そこまで考えたとき、かれは金網につかまっている指さきが余りに強く摑っているために痺《しび》れていることに気がついた。

「おれのようなやくざな人間の死も死にあたいするであろうか。おれの投身はきっと群衆を駆り集めることはできるであろう。今まで平和でいたひとびとの表情をしばらくは掻き乱すことはできるであろう。しかし次の瞬間には、ただ何事もなく、波紋のおさまるように人人は又平気で、先刻に考えていたことを更に考えつなぎ、愉楽するものはその方へ急いでゆくであろう。そこにおれは何の値せられるものがないのだ。」かれはこう考えたとき、あとから来た少女のむれも怖そうに地上を見おろしながら小鳥のように囀《さえず》っていた。

「わたし此処から飛び下りて見たいわ。死んじまうでしょうか。」と、その少女は、そばにいた最《も》っと大きい少女にたずねた。

「え。きっと死ぬわ。あら危ないわ。そんなにそばへ行っては——。」と、うしろから小さな少女の肩を抱きすくめてやっていた。

かれは、何気なかったが次第に蒼ざめながら立っていた。このふたりの少女をおれが地上まで連れて行ったら、この階上から、飛び下りたら、そしたら或いは、ひょっとするとおれは……などと悩ましげに考え込んでいたのであった。

そのとき初めて少女達はかれの姿をドアと金網との間に見出した。かの女らの平和で斑点ひとつない顔は、すぐかれの蒼ざめた相貌から移しかえられたように、そっと変って青ざめたようであった。すくなくとも、その不安な顔いろは、かれが何者でもないものであることを知悉《ちしつ》しながら、なおこの空中にある自らの優しいからだを護るためにしだいにうしろ退《ず》さりして行った。

「おれは怖がられている。おれは彼女らから見れば何という荒い容貌をしていることだろう。」かれはそう考えると、くるっと反対を向いて、烈しい夜ぞらに鋭く光る星座のあらゆる光をあびた。寒かった。それは殆ど痛みをかんじるほど寒かった。

しばらくすると彼女らは慌しく階段から下りる音がした。それをきいた時かれは初めて安らかな心持になった。何もできはしない。しかしかれはかれの内部にうずいているものを恐れていた。五六分は過ぎた。しかしそのときかれは突然に金網の方へ走って見た。「おれはこういう風に走ってみるがいや決して投身するのではない。そういうおれは馬鹿ではない。唯こうして走ってみるだけだ。」と自分を制しながら、金網の破れたところを引ッ掻いていたのである。張りつめた金網はふしぎな金属性の音響を立てて、きみわるくドアの内側にまでひびいた。そのとき初めてそこにいた番人をかれは目にいれたのであった。その老人は静かに出てくると、かれの冷たい手をおさえた。

「そういう乱暴をなすってはいけません。それを破いてはいけない。」と、凡ての老人がもつ皺枯れた声で言って、かれの上から下をじろじろ眺めた。かれは殆ど機械的にぼんやり見返すと、

「乱暴とは……。」と、なに気なく言ったのである。老人は狎《な》れたように微笑って、そっと近よると、

「だいぶ永くそこにいらっしゃるじゃありませんか。此処は高いところですよ。俗にい

う魔が射すというようなこともありますからね。さあもうお降りなすったらいいでしょう。」

　そう言いながら、しずかに彼の背なかを押すようにドアのうちへ誘い込むのであった。かれは黙って老人のする通りにしていた。階段の入口へまで送って、

「ずっと下りなさい。わき目をふらずに下りなさい。」と言ってくれた。

　かれは腰から下がふらふらになっていることを感じた。目まいが酷《ひど》くなると却《かえ》って肉体が酔うものであることを初めてかんじたのであった。かれは階段をいくつも下りながら考えていた。「おれはあの老人から止められたほど変になっていたのであろうか。すくなくとも然《そ》う思わせるだけのものが、おれの目つきにあらわれていたであろうか。」と思うと、ふしぎに彼《あ》の塔の上にくると、誰でも高いところに登ったものは一度飛び下りてみたらと、ふいとわけなく然う考えるように、れいの「魔がさしてくるのであろうか。」それとも、あの老人が何かしら塔の上にくる人人の顔いろによって、そのひとが何を目的にして登ってきたかがわかるように習慣づけられているのであろうか。と、かれはぎっしりぎっしりと階段を下りながら思い悩んでいた。一つの階段ごとに一人の番人がいて、卓子《テーブル》に向っていた。そのたびにかれは淋しい時計が静かな室内にときを刻んでいるのをきいた。番人らはかれの異常にあおざめた顔いろと、その変につかれた足どりとを目にいれると、またつぎの階段の入口で消えてゆくのを眺めた。ふしぎにこれら

の階段の幾つとない入口から入口へと消えてゆくものが、昼となく夜となく打続くことで、誰も昇ったものがいない筈の階段を不意にきしませて、誰かがうしろから歩いてくるような気がして仕方がなかった。そうかと思うと、反対の階段からもぎしぎし昇ってくる足おとが微《かす》かにしてくるのであった。まるでそれは入れかわり立ちかわり、絶え間なく影燈籠のようにくるくると廻っているように思われるのであった。かれはしまいには幾つの階段を上ったり下ったりしているか分らなかったのであった。目がふらふらしてきたのである。しかも手すりの真鍮《しんちゅう》をつかまりながらいるので、手はだらりと冷たく凍えあがったように垂れていた。そのとき番人はあわてて、

「入口はそちらですよ。飛んでもない。窓から転げおちますよ。飛んでもない。」そう言いながら、麻のような手つきで階段の下り口を指さした。河馬《かば》のような大きな入口は、かれの方にむかって、窓あかりに浮きながら開かれていた。

「そうですか。そちらでしたかね。」と、かれも慌てて歩き出して行った。と思うと、かれは、たしか七階目を下りた筈だのに、まだ八階目にいたのであった。窓外から吉原の灯つづきがぼんやり見えた。かれは恐ろしくなり出すと馳け足で下りはじめた。足音は相渝《かわ》らず次から次へとつづき、背中をはたいてくるのであった。

かれは、しまいに堪らなくなって、そこにいた番人に問うた。

「いったい此処は何階目なんです。さっきから考えてもわからないんですが……。」番

人はじっとかれの顔をみつめた。その目はうごかなかった。かれもしばらくじっとしたが、顔が乾いて熱が出てきたような気がした。

「ここは七階目ですよ。あなたは先刻から此処を一体何の気でかけ廻っているんです。気味の悪い方だ。さあ、ここが下り口ですよ。」番人は気短かそうにかれを下り口へつれて行って、押すようにしながら鈍い声で、

「此処からわき目をしないで下りなさい。窓を見ないで。」

そう言って引きかえして行った。かれはその通りにした。いくつも階段を下りて行くうちに、ある番人は湯気のあがった鉄瓶からいま茶をいれようとしているのが、ほとんど夢のように遠くながめられた。かれは、そこをも息をもつかずに下りた。

三分の後かれは、とんと足の裏を小突かれたような気がした。かれは、気がつくとかれは、道路の上に立っていた。足のうらがしいんと脈打っていた。かれは、そのとき思わずふり仰ぐと、このふしぎな古い塔のドアがみな閉められはじめた。

その塔はあたかも四囲なる電燈の海にひたっているため、影というものがなく、呼吸《いき》をのんで立ちあがっていた。しかもかれが再び見あげたとき、ふらふら目まいがしそうになって一種の悪寒をさえ感じたのであった。

かれは、それから間もなく或る不吉な冬の夜の出来事に出会した。いつものように歩いていたとき、公園全体の人込みがみな塔の方へ向いて走ってゆくことと、そのなだれが塔の根の方を黒黒と染めたこととであった。

かれは端《はし》なくその晩、いつかの電気娘が塔の上から投身したことを聞いたのであった。かれが馳けつけたときは既うその死体は運ばれてしまって、群衆も次第に散りはじめたころであった。かの女が何のために投身したかすら判らなかったが、かれは三四度かの女を見ただけの理由で、或る悪寒と哀惜とを同時にかんじた。しかもあの純白な皮膚がかれの目の前から去ることもなく、いつまでもかれにこびりついていたのである。

それから幾晩かのあとに、かれは、塔のふもとの空地で彼《あ》のまずしい街頭音楽者らがヴァイオリンを弾きながら唄っているのを聞いた。かれは人込みのなかに佇んで、永い間歳太郎の顔をながめたのであった。なぜ歳太郎がこんな寂しい土地を選んだかというより、その日、かれはかれ自身が音楽者のむれに身を投じようかとさえ思うくらい、消極的の無為な或る淋しい観念にとらえられていたのであった。人人が散りはじめたときに、かれは歳太郎の肩を叩いた。歳太郎は驚いて、そして、

「先刻から君はきいていたんですか。僕のうたってたのを――。」と言って、顔をあからめた。

「いや別に聞いたわけでもないが、もう止めるのかね。」というと、歳太郎は瓦斯を消

して、れいの少年に風呂敷に包ませると、暗いところを選んで踞んだ。

「こんな晩はいけないんですよ。なんだか陰気でね。一人寄ったかと思うと、二人行ったり、しまいには、ばらばらに四五人も固まって散ってしまうと、てんで唄う気がしないもんですよ。妙に神経的なものでしてね。そういう晩は初めから——そう、宿を出てくるときから解るような気がするんですよ。」

歳太郎はそういうと、爺むさい顔をなお陰気にくもらせた。かれは、いくらか元気をつけるように、

「もう一度やって見るさ、第一此処は場所がわるいんだよ。暗いしじめじめしているしね。」と言って、かれはふいと塔の方へ目を走らせた。八角に削り立てられた尖端《せんたん》に、何かが引っかかっているような気がして仕方がなかった。

「場所も悪いが……今夜はもうだめです。寄ってくる奴がみんな影のうすい奴ばかりなんですから——それに、今夜は妙に腹の減ったような人間ばかりだったんですよ。あそこの瓦斯燈のせいもあったが、蒼白くへんに皆のかおが歪んで見えてね。」と歳太郎は言って、ちょいと瓦斯燈をながめた。その下を一疋の黒い犬がすたすたと歩いて行った。

瘠せた骨立った犬であった。

かれはその時まで今も話そうかと思いながら、もじもじしていたが、ふいに口をすべらした。

「昨日ここに身投げがあったというじゃないか。知っているかね。ちょうどこのあたりだよ。」

かれはそう言いながら、老人の頭のように生えた雑草を見た。歳太郎はいやな顔をしたが、

「うん知っていますよ。さっきから私もそれを考えてたんです。ああいうことがあると商売がきっと甘《うま》くゆかないものですよ。」と言って、煙草をつけると、

「私どものように外で商売をするものは、身投げなどに縁起をとるものでしてね。今夜も宿を出るときは此処でしないことに考えていたんですが、いつの間にか始めてから気がついたんですよ。」と言って、かれは寒そうに肩をすぼめた。れいの少年はやはり歳太郎と同じい姿勢で踞んで、こつこつと石と石とを叩いていた。乾いた変な音がして気になって仕方がなかった。歳太郎もやはり気になるようにちょいちょい振り顧ったが、少年はそれに気づかないで叩いていた。

かれも歳太郎も黙っていたが、ふいに、歳太郎はこう尋ねた。

「あの女を見たことがありますかね。白い顔をした――。」と言いながら、ちらと暗い目つきでかれの顔をながめた。

「二三度見たことがあるんだ。そこらの通りでね。」

かれは、いつか彼女がにんがりと微笑って行ったことを思い出した。それきり又かれ

らは黙っていた。

少年は依然として石をこつこつ叩いていた、乾いた音がした。

「おい、そんな変な音を立てるなよ。詰らない。」

歳太郎は神経的に言うと、音はすぐ歇《や》んだ。それきり話が女のことに移らなかった。明るい通りへ出ると、歳太郎は真蒼な顔をしてかれに囁いた。そこは恰度《ちょうど》玉乗小屋の前で、すれちがいに行く女がいた。紛うかたもない例の女のすらりとした姿で、頸首もすっきり白く浮いていた。

「あの女が行く。何んという変な晩だ。たしかにあれにちがいない。」と歳太郎は叫ぶように言った。

かれはその時総身に或るふしぎな顫律《せんりつ》をかんじた。かれの眼にもはっきりとその姿が見えたからであった。どこか西洋人のような足早に歩いてゆく姿は、いつかの待合の小路で見たのと少しも異ったところが無かった。併《しか》し彼《あ》の女が生きているわけがない。あの女はたしかに投身したのだ。と思っても、やはり似ていた。かれは歳太郎の言葉をさえぎるようにして、

「あの女が歩いている筈があるものかね。いま時分、しかも死んでしまったものが歩いているものか。」

歳太郎は胸をどきつかせながら呼吸をきらして、

「しかし変だ。たしかに似ているのだ。」

と、またあとを振り顧った。群衆は絶え間もなく、つぎからつぎへと動いていた。一とところに溜るかと思うと流れ、流れるかと思うと、それが又ぞろぞろと溜ったり澱んだりした。

かれは、そのとき突然にある思念に脅やかされた。若《も》しも、ひょっとすると……と思いながら口を切った。

「君はあの女をだいぶさきから知っているのかね。君の木賃から近くにある彼の女の宿を君は知っているのだろう。」

歳太郎はそのとき顔いろを変えて、かれの顔を見つめた。それは紙より白く顫《ふる》えるようになっていたのである。二分ばかり黙っていたが、

「だいぶ以前から知ってては居るんです。しかし……。」と言って、躓《つま》ずいたように黙り込んでしまった。かれも黙って歩きながら、次第に心持まで蒼ざめるような或る予覚のためにに震えをからだの凡てに感じ出したのである。あの女が噂のように妊《はら》んでいたとすれば、そうして腹の子が彼女が地上に飛び下りたときに、蛙のようにヘシ潰れていたということが実際だとすると……かれはそう考えるとちらと、歳太郎をみたとき、かれは極度の恐怖と不安ともつかない或る不思議な悪寒とに脅かされた蒼白い顔を偸み見たのである。

かれはそのとき又背後に大きな重い十二層の建物がのっそりと立ちあがっていることを何気なく感じた。射落された鴉のような姿をも、その塔の上から飛下《とびおり》する姿を、一切が衰弱したかれの神経のうえに去来する影をも。

二人の青木愛三郎

宇野浩二

一

先ず始めに、断っておきたいのは、この小説の表題の青木愛三郎という名前に就いてであるが、これは近頃評判の『基督と彼等』『奇蹟』『光明』『世界人』などと言う、市場に出ると忽ち二十版三十版と歓迎されている、小説及び戯曲の本の作者の、あの有名な青木愛三郎と同じ青木愛三郎のことなのである。

が、実を言うと、私も、彼がもう四五年越しの肺病で、もっともその為に始終床に就いているとか、海岸に出養生に行っているとかいう程ではないが、同じ文学者仲間などとも余り往来しないで、大抵自宅で養生したり、勉強したり、そして著作したりしているということ、で、元来が所謂人道主義的な作家であったが、近頃は更に宗教的な色彩を帯びるようになったということ、従ってそういう傾向に浅薄な憧れを持っている、というよりもそういう思想傾向の浅薄な流行に溺れている、日本現代の青年に、偶然か当然か、彼は非常に持て囃されているということ、又容貌に関しては、見たところ（と言って、雑誌や新聞の挿絵に出る写真に依ってだが、）彼はそういう病身の人とは見えない程、柔道家のように筋骨逞しく太っていて、一羽の小鳥の死にも涙を流したり、盲目の乞食に物を施すにも帽子を取ったりするような人とは思われない程、鷹のような目をして、いつも無精髯を生やしている、そして割合に下品な顔をしているということ——、つまり、読者諸君も新聞や雑誌に依って伝えられて知っていること以上に、私も、彼に就いては何にも知るところがないと言ってもよいのである。

ところが、私のもう何処かへ行ってしまった友達の戸川介二は、青木愛三郎とは竹馬の友で、小学校は勿論、中学校、それから上京も一緒で、而も同じように文学を志して来たのであった。そして私は彼と半年程の交際の間に、彼を通して色々と青木愛三郎に就いて聞くことが出来たのである。彼と私とが会ったのは、四年前の春の始めのことで、神田区の裏通の或る貧乏な出版屋の応接間で、私たちは、当時誰の翻訳も彼の翻訳も、悉く文学士益田白水という、その出版屋の主人の名前に依て刊行されている、或る探偵小説の叢書に買ってもらう為の原稿を、各々片手に隠すようにして持って、俯向いて恐縮して坐り込んでいた時であった。

やがて、私たちは別々に、丁度生徒が校長の部屋に呼ばれて行くように、その隣室の、主人の文学士益田白水の卓子の前に呼び出されて、「はあ、コナンですか、(この男は外国の作者の、姓名の上半分だけを呼ぶ癖があった、即ちこれはコナン・ドイルのことである。)コナンはもう少し有り触れ過ぎていますからな、」とか、「はあ、モウリスですか、(これは即ちモウリス・ルブランのことで、)モウリスも近頃は大分類書がありましてな、」とか、結局「よく考えておきましょう、」というのが最後で、私たちは又しても袖にされるのが常であった。その日、私は始めて知り合いになった戸川介二と、帰りに何処かで珈琲でも飲みましょう、と約束してあったので、到着順に依って、私の方が先に呼び込まれて、「文字が少し乱暴過ぎるようですな、そうではないでしょうか、」と益田白水は未だ三十四五でしかない癖に、厭に老人のような、そして叮嚀な猫撫で声で、「それに訳語が少し固過ぎるように思いますが、如何でしょうか、斯ういう言わば通俗物としましては……」そして結局落第して帰ることになったのであるが、次に呼び込まれた戸川介二を待合わす為に、わざと応接室、と言うよりは待合室で、ぐずぐずしていたのである。そこは畳敷の三畳の間《ま》で、赤茶けた畳の上に、縁の欠けた、ヱビスビールの広告か何かの、瀬戸物の灰皿と、寄席でも最早や使わないような、薄い汚れた座蒲団が二三枚ある切りの汚い部屋で、私は殆ど予期していたことだったから、大して悄気《しょげ》もせず、寧ろぽかんとして煙草を吹かしていた。すると、隣室での話声がはっきりと聞えて来るのであるが、戸川介二も亦運んで来た原稿に就いては、私と大同小異の成績で、やっぱり落第したらしかった。が、彼と私とが違ったのは、彼は兎に角的《あて》にして来たのだし、それに差迫って困っていることがあるから、若干の金を借りたいと申込んで、到頭申出た額の四分の一に値切られて、漸く借りることになったらしい気配であった。私は巧くやったな、羨しいな、と思いながら、然し大部分ぽかんとして、やっぱり煙草を吹かしていたのである。すると、その時、斯ういう会話が聞えて来た。——

「あなたは青木愛三郎さんを御存知だそうですが——あの『基督と彼等』の著者の……？」と主人の文学士が聞くと、

「ええ、」と戸川介二が興味のなさそうな声で、「知っています。」

「御友人なんですか？」

「ええ、同郷で、小学校時分からずっと一緒でしたから……」

「あの人の本を出して貰うのは容易でないでしょうな？」

「どうですか。僕はもう三四年も会いませんから……」

この問答を隣室で聞いていた私には、無論、この汚い応接室で初対面をした戸川介二とあの有名な文学者の青木愛三郎とがそんな親しい友人であるということにも一応は驚かされたが、それよりも同じ二人の人間の問答会話が、その話題が違うと、忽ち弥次喜多の道中のように、或る時が一人が王様で一人が家来になり、他の瞬間には一転して役目が振り変ったようになったのに、一層の驚きと滑稽とを感じた。——

私たちは共に独身で、何《いず》れもあの神田の本屋の応接間に似たような汚い下宿に住んでいて、同じように名もない、貧乏な文学書生の境遇である関係から、間もなく親しい友達になってしまった。彼は背の高い、痩せぎすの、青白い、しかし品のある立派な顔立の青年であった。彼は、私が貧乏だ、貧乏だということを口癖のように言うのと反対に、どんなに貧しくて、懐に一文の銭もない時でも、貧乏臭い言葉を一言も吐いたことがなかった。「君、十銭持っていないかね?」と彼が言うことがある。「生憎、一文もないね。」と私が気の毒そうに、「どうするんだ?」と聞くと、「いや、いいよ、いいよ。」と言って、彼は決して何と聞き返えしてもそれに就いて言はなかった、後で考えて見ると、多分、帰りの電車賃がないらしかったのである。

殊に私の目についたのは、彼の服装であった、と言うのは、彼はそのような、要するに可成り貧乏な境遇にありながら、私たちが始めて会った時、お召の着物に大島の羽織を着ていた。この組合せは決して調和のいいものではないが、彼にはその外に何の着換えもなかったと見えて、単物の時候になる迄それをずっと着つづけていて、次にはお召の単物にセルの羽織に変えた、そして最後に明石の着物になった時分に、私は彼と別れてしまったのであるが、多分彼はそれ等の着物を、移り変りの度に質屋の店先で着更えて来たものに違いなかった、それ等の着物は或物は可成り時代物であったり、或いは又変なところにはぎがあって、彼がそれをどんなに女のように細心に、私と向っている時など隠すことに気を配っていたことか、或いはひどく垢染みていたりしたが、兎に角、彼はそんな貧乏であったにも拘らず、そんな種類の着物を着ることを享楽していたらしかった。

彼の故郷は青森県で、家は一村での門閥家らしかった、彼はその家の二男で、そういう田舎の豪家によく聞くように、もう傾きかかっていたものか、それとも家の方はやっぱり立派にやっていたが、彼が勘当同様の身分にでもなっていたものか、その辺の事情は彼の話だけでは十分によく分らなかった。が、私が言えることは、彼は私が今迄知って来た多くの人たちの中でも、有数な頭のいい男で、殊に、私たちが互いに憂身を窶《やつ》していた文学上の才能に於いて、色々の文学に就いての彼の批評を聞いたり、又私は唯の一篇も彼が書いた纏まった文章らしい文章というものは見たことがなかったが、彼の様々の話の話振りや観察様《よう》から推して、ああ、この男は天才見たいな男だな、と幾度感心したことがあったか知れなかった、珍しい才人に違いなかった。

だが、私は又、屢々斯ういう心配をした、というのは、彼のような物分りのいい、頭の優《すぐ》れた、利口な、それでいて変に曲り屋の、このような男は、彼のような物の考え方をして、彼のような境遇にいると、いつの間にか頭ばかりが妙に進んでしまって、こつこつと物を書いたりなどすることが馬鹿らしくなって来て、文学などに執着することを止めてしまいはしないか、ということであった。実際、それは私が未だ年が若かったからという理由ばかりでなく、又彼が無名で、そして彼も亦年が若かったからという理由ばかりでなく、と言って、私たちは当時もう三十歳だったのだから、彼が当代の諸々《もろもろ》の文学者の欠点《あら》を、同時に少しはいい所をも、色々と挙げて批評する言葉は、全く天才的と言っても決して過ぎたものではなかった。私はふと思い出したが、俗に眉毛の下の骨の高い者は物真似が上手な性で、役者になったらいいと言う諺があるが、彼がそれで、眉毛の台になっている骨が著《いちじる》しく高くて、それに眉毛が黒くて長いのが彼の特徴だった、その為か実に物真似の上手な男で、機嫌のいい時など、よくあの出版屋の主人の、文学士の、頤を突き出す話し振りから、猫撫で声から、言葉の癖などを真似て見せて私を笑わしたり、又屢々何かの折に斯ういう事は正宗白鳥ならこんな風に観察するだろうとか、島崎藤村なら斯ういう風に書くだろうとか言って、即興の文章を作って、口で言って私を微笑さしたりした。

そのうちに彼は或女と恋愛に陥ちたのであった、恋愛というよりも恋愛的な交情を結んだと言った方が適当かも知れない。その相手の女というのは、待合に呼ばれる淫売婦なのであるが、丁度彼がその女と馴染み始めた時分に、警察が急に彼女等の社会に対して厳重な取締を始めて、それ等の待合と女たちに向って、いつ幾日までに廃業しなければ悉く法律の処分を行うという触れが出たので、彼の馴染の女は彼の下宿に転がり込んで来たというような訳らしかった。たった一度、私は何にも知らずに、暫く彼の顔を見なかったものだから、彼を下宿に尋ねた時、いつになく彼が狼狽したように見えたが、果して彼の汚い下宿の部屋の隅に、年の若い、婀娜っぽい女が坐っていて、私とふと顔を合わした時、一寸会釈をしたので、私も会釈を返したが、彼は別に紹介するような口を一度もきかなかった、無論その女に就いて何の説明もしなかった。その頃から私たちは今迄のように顔を合わさなかったが、一度彼はその女を連れて、私の下宿に二十分ばかり遊びに来たことがあったが、その時も少し文学の話などをした切りで、外に何にも言わないで帰って行った。それから半月程後のことであるが、或夕方、ふらりと一人で彼は私の下宿にやって来て、「君、君は金を四五円程持っていないだろうね?」と私に言った。私はその時一円位しか持っていなかったので、そう答えると、彼は「じゃ、君、それを明日まで貸してくれないか? そして君……」と一寸言いにくそうにして、「君、何か忙しいことをしているか? 僕、頼みがあるんだがね、というのは、これから横須賀まで附合ってくれないか、そして向うで一晩泊って、明日朝、僕も一緒に帰るから。今夜の宿賃も、それに往復の汽車賃も皆僕が持つよ、その代り今夜は君の一円を貸してくれ給え、明日帰りに返すから、」と言うのである。「一体、それはどういう事なんだ、それやその位の附合いはしてもいいが?」と私が言うと、「それは途々話すから、遅くなるといけないから、じゃあ、一緒に行ってくれ給え、」と言って彼はもう中腰になった、で、私も立上ったのである。

そして、途々彼が話したところに依って、私は始めて、どうして彼が彼女と知合いになったか、どうして彼が彼女と同棲するようになったかを知ったのである。が、彼女が彼のところに来て、彼が余り貧乏で、彼女がこれ迄自分の体で稼いで暮していた時よりもずっと貧しく、不自由な日を送らねばならなかったので、女は愛想を尽かして、十日程前に横須賀に芸者になって行くことになった、その町の警察は日本中で一番彼女等の種類の稼業の者に寛大で、そして又芸者とは言いながら、三味線は持つすべを知らなくても宜しくて、以前彼女がしていたような事をしていればいいと言うので、そこに行くことに定めたのである。だが、その時分には彼も彼女も離れるとなると、幾分か互いに慕い合う程の人情が出来ていたので、彼女の方からも遊びに来いというし彼の方からも彼女に会いに行きたい気持に襲われていたと言うのである、そして、その前にも、彼はもう一度、彼女に会いに行ったことがあるのだそうだが、その日はどうも一人で行きにくかったのか、私を誘い出したのであった。彼はその時、殆ど金を持っていなかつたので、私のと合わして、横須賀まで二人が三等で往復する汽車賃がやっと程しかなかったのに、彼は着物のように何彼につけて変に辻褄の合わない贅沢な男で、私がもしもの事を気遣って随分反対したにも拘らず、二等に乗ってしまった、おまけに横須賀の停車場から何とかいうお茶屋まで、彼は俥を命じてしまったので、最後に私たちの懐には、二十銭に足りない金しか残らなかった。

ところが、そこに難儀な事が起ったと言うのは、そのお茶屋に着いて、食事の用意と一緒に、早速彼の女であるところの芸者をかけたところが、今先出てしまって貰えないと言うのである、遅くなってもいいから、今夜中に屹度貰えるようにしてくれと頼んだところが、それは引受けられないと女中が言うのである。さあ、私たちは困ってしまったのであった。では、会わなくてもいいから、ここで一寸手紙を書くから、それを彼女にとどけてくれないか、と頼むと、それは規則で出来ない、規則は規則だろうが、そこを何とか、いや、然し規則だから、と色々争った末、結局彼女附きの箱屋を呼んでもらう事になった。そのうちに時間が段々経って行くし、私たちは夕飯を食っていないのだが、そこに並べられた料理に箸を附ける元気もなくなった。私は色々考えて、「仕様がないから、君、」と彼に言った、「浦賀から東京通いの汽船がある、あの汽船の三等になら、ここにある金で一人は乗れるから、僕はこれから浦賀まで歩いて行って、十一時に出る船を捉えて、それで東京へ帰って、明日の朝大急ぎで何とか金をこしらえて君を迎えに来てやろう。そうしよう、戸川君、もう斯うなったら決心して、そうでもしないと、……それにもう二三十分も遅れたら、これから浦賀まで二里近くはあるだろうから、汽船にも間に合わなくなるし……。」

その時は流石の彼も可成り困った顔をしていたが、私のこの提議には反対して、「まあ、待ってくれ給え、何とかなるよ、今に。そして、まかり間違ったらここに泊ってしまえばいいんだ、この家は料理屋兼待合なんだから、」と言っていたが、やはり晴れない顔付で、ひどくそわそわしていた。殊に彼が困っていたのは、彼女を抱えている家では、既に彼女には彼という『悪足』があることを知っていて、十分警戒していたそうだから、今彼がそこに来ているということが、彼女の家に知れると、事が尚面倒になってくるのである、だから、箱屋に手紙を頼むことだって、余程うまくしないと、中々油断がならないのである。そこへ、「あの、箱屋が参りましたから、一寸廊下まで」と女中が知らして来たので、彼はそこそこに立って行った。すぐ部屋の外の廊下で何かごたごた言っている声が聞えて、それが急に収りそうもない気配なので、私も堪り兼ねて、出て行って見ると、廊下が鍵の手になっている曲角のところに、彼の背の高い姿とその向うに彼の体に半分隠れて、背の低い箱屋とが何か頻りに話をしている。「それはどうも規則として出来ませんので……」と箱屋が言っている、「それはそうだろうが、決して女を此方に貰おうとか、此方に来てくれとか言うような事は書いてないんだ、それは保証する、そして又、来なくてもいいと君が言ってくれてもいい、唯、急用なのだから、これに返事さえもらってくれたらいいんだ、」と彼が一生懸命に言い張っている。そこへ私も顔を出して、「君返事を貰わなくても、唯渡してもらいさえしたらいい訳じゃないか？」と彼に注意した。「そうだ、」と彼は又箱屋へ向って、「返事も何もいらない、唯渡してくれさえしたらいいんだ。」その時、私が何気なくふと顔を上げると、丁度廊下の曲り角の隅に大きな姿見が掛っていて、その時どういうつもりだったか、彼も私も袴を穿いていた、即ち二人の背の高い、（私も背が高い方なので、）袴を穿いた、その辺の常客である軍人にしては色の白い、それでいて商人らしくも無論ない、珍らしい変った種類の人間が二人と、小さな箱屋との三人の肖像が、何かの画面のようにその鏡に映っているのである、そしてふと気が附くと、今迄少しも気が附かなかったことには、その三人の肖像に対して、その背景に幾人もの女中の顔が、彼方からも此方からも不思議そうな顔をして視線を集中している図が、鏡の中に現われていたことであった。私は忽ち赤くなったものである。

ところが、私たちが部屋に帰ってから五分と経たない時に、廊下にばたばたと女の足の音がしたかと思うと、思いがけなく待っていた彼の女が這入って来た。手紙を見たのか、と彼が聞くと、いいえ、との答で、彼女の云うには、今までいた座敷があいたので、帰って来ると、此家から掛っているということだったから、急いでやって来たとの話だった。が、何にしてもよかったというので、そこで間もなく勘定を聞いて、女に払ってもらって、翌朝もう少し女から金を借りる約束をして、それから近所の宿屋に行って私たちは泊ったのであった。その晩、二人が枕を並べて床に就いて、お茶屋での心配だった時の話などを回想して、つづいて色々の話をしていた時、何かのついでに彼が言うには、彼女は我儘な女で、彼の貧乏に愛想を尽かして、自分で好んでこんな所へ来ておきながら、来て見ると、東京にいた時のように自由が利かない事やら、何やら彼やらで、直に厭になったと見えて、彼のところへ帰りたい帰りたいと毎日程言って来るのだそうである。だが、帰るにしては、僅かながら、幾らかの借金をして這入っているので、今更止めると言うと、その借金に利息を添えた上に、やれ何の損害だとか、何の手数料だとか附加えて、相当の額に上るので、そんな金は到底彼に調達出来る筈がない、すると、彼女はそんなら折を見て逃亡して行くから、と彼に言うのだそうである。もし彼女が逃げ出して来るとすると、当然抱え主の方では彼を目あてに探しに来るに定っているから、彼も一緒に姿を隠さなければならない、そうすると、姿だけでは未だ見付け出される恐れがあるから、名前などを変えてしまわなければならぬ、困ったことだなどと言っていた。

その翌朝、約束通り、彼の女は着物を質入れしてこしらえて来たと言って、十六円かの金を持って来て、そっくり彼に渡して行った。彼はそれで私たちの宿賃を払って、大威張りで二等に乗って、私に一円の代りに二円返してくれた。彼は汽車の中で久しぶりで色々と文学の話をした、そして彼は相変らず当代の文学者たちを片っ端から軽蔑した口調で、例に依って辛辣な批評を浴びせた末に、「ね、君、」と彼はにやにや笑いながら「僕はこんな事を考えてるんだ。昨夜、君に一寸話したね、あの女がもし逃げて来たら、僕は仕様がないから、早速下宿を引上げて、何処か、浅草とか、渋谷とか、飛んでもない違った方角の、人口の稠密なところへ、名前を変えて二階借りでもして暮さなければならないんだ。ところで、僕は思いついたんだがね、今の文士なんて、みんな豪そうな顔をしているが、腹の中は何奴も此奴も甘くて、お目出度く出来てるに違いないんだ、そこで僕は思いついたんだが、その偽名の名前でだね、自分は外国から帰って来た者だと言うんだ、手紙でだよ。そうだね、外国も普通の外国では面白くない、そうだ、露西亜がいい、日本の文学者は、露西亜といえば赤本でも講談本でも、何でも彼でも素敵なもののように思ってるからね、その露西亜から帰って来たもので、直又露西亜に行くと書くんだ、露西亜で何処か学校にでも這入っていたことにするんだね。そしてその宛名の文士の著書のうちで何か一番値の安い本を調べて、それを此前露西亜にいた時に翻訳して、翻訳しただけじゃいけないから、誰か、誰でもいいよ、クウプリンでも、アルツイバアセフでも、ゴリキイでも、それぞれ向きのいい名前を選んで、それを見せたところが、クウプリン曰くサ、或いはアルツイバアセフ曰くサ、これは大変面白い、この作者の外のものをもっと翻訳してくれ給え、出版の方は自分が世話する、ことに依ったら序文を自分が書いてもいいと言っていた、で、自分は今度露西亜に行って急に貴下の外の書物を翻訳したいと思うから、失礼だが御寄贈に与かりたい、と大体斯ういう手紙をやるんだ。それや文士録を調べるのさ、そして、文士なんてものはどうせ暇で始終往来しているものだろうし、女のようにお喋りに違いなかろうし、殊にそんな手紙を貰おうものなら、喜んで吹聴して廻るだろうから、文士録に依って、同日同時刻に一度にそれぞれの文士にそういう手紙を出すんだ。どんな腐った縹緻《きりょう》の女でもそれぞれ自惚があるように、それ以上文士なんて言うものは自惚家が多いだろうし、甘い人間たちに違いないから、まあその手紙は八分まで成功するだろうと思うんだ、どうだ？　そこで彼等の小説本が一通り集まったら、早速引越して、もう一度名前を変えて、実際芸者家なんてものは逃亡人を調べることは馴れてるそうだから、二三度名前と居所を変える必要があるそうだから、で、引越して、その集まった本を売るんだね、先ずざっと五十人の文士にそういう手紙を出すとして、四十人から平均一冊半の割合で六十冊は集まるね、一冊平均五十銭として、五六三十円儲かる訳じゃないか。無論、詐欺だよ、だが一番愛嬌のある、一番罪のない詐欺じゃないか。アハハハ。」――

そして、それ切り私は彼、戸川介二を見ないのである。それから一週間程後、私がふと思い出して、彼を下宿に尋ねて行くと、そこの女中の言うのに、「昨日、お引越しになりました、」との答で、行先は分らないと言うのである。「いつか中、戸川君のところにいた女の人が引越す時に来なかったかい？」と私が聞くと「どうですか？　存じません、」と女中は無愛想に答えた。それ切り、私は彼を見ないのである。だから、前にも言ったように、私と彼との交際はこれ迄のところでは、その僅か半年足らずの間に過ぎないのである。

ところで、これは私の悪い癖で、話がすっかり脇道に這入ってしまったのであった、何故と言って、私は始めこの小説の表題の名前の、青木愛三郎に就いて話そうと試みたのである、そしてそれは私の今言った友達の、戸川介二が彼の竹馬の友達で、小学校からずっと、中学校を出て東京に来てからも一緒に勉強した仲で、即ち、彼から私は色々と青木愛三郎に就いて聞いたそれを伝えようとして、その前につい話手の戸川介二の話に溺れてしまった訳である。昔風に書くと、閑話休題、としなければならぬところである。

先にも言った通り、私は始めて彼、戸川介二に会った神田区の或る出版屋の店で、偶然彼がその家の主人との話の中で、彼とあの有名な青木愛三郎とが友達であるということを会い始に聞いた位だから、そして私たちは共に文学者になりたい希望をいだいていた者であるから、自然、彼から話すともなく、私から問うともなく、私たちの間には屢々青木愛三郎の話が出たものである。そこで、私は彼から時々、色々と聞いた青木愛三郎のことを、纏めて、彼の話として、次の章で読者諸君に紹介しようと思うのである。だから、次の章で『僕』というのは、私のことではなく、戸川介二のことであることを、油断なく読者の頭に含んでおいて頂きたい、従って、時々『僕』なるものが、『君、』と呼びかけるのは、それは私を差すものである。

二

僕は、以前はそうでもなかったが、此頃は滅多に青木愛三郎の話はしないようにしているんだ。と言うのは、つまり、要するに僕のひがみかも知れないが、実際、僕にして見ると、彼が今のようにえらくなり、有名にならなかった時分なら、或いは又僕が彼に匹敵する程の位置にでもいれば何だが、兎に角現在のように二人の社会的地位が違ってしまって見ると、「僕は彼の友達だ、而も一方ならぬ深い関係のある友達だ、」などと人に話すのは、僕自身に対しては別段何とも思わないが、そう言う僕に対する人の思わくを考えて、何とも知れぬ厭アな気持がするからだ。「何をこの男は出鱈目なことを言う奴だろう、」とか、「この男とあの有名な青木愛三郎とが友達だなんて、そんな筈がある ものか、」とか、或いは「ほお！　この男とあの人とが友達かなア。同じ友達でも随分違うものだな、」とか、人間なんて言うものは、それぞれ自分の心持に従ってしか物事を考えられないものだからね、それを思うと僕は、何とも、恥辱とも、憤慨とも知れぬ、厭アな気持を感じるものだから、自分から進んでは勿論のこと、人から聞かれてもなるべく彼のことは話さないようにしているのだ。実際彼は一昨々年だったか、彼があの『基督と彼等』を発表して、忽ち有名になってからは、誰にも彼と僕との長年の友達関係に就いて話したことはない、今が始めてだ、まあ、君なら話してもいいだろうと思って、実際のところ、僕にしても話したい慾求は心の中に十分あるのだから、それで話すんだ。

僕は、これは今に限ったことではない、ずっと以前から時々そんな事を思うのだが、彼と僕との存在を考えると、あの西洋秤《はかり》を思い出す、まん中に棒が一本立っていて、その棒の尖に横に一本の棒があって、その棒の左右の両端に各々一箇の皿を吊ってある、つまり西洋秤だ、そしてその皿の何方《どちら》かの席が彼、青木愛三郎ので、何方かの席が僕、即ち戸川介二の席なのだ。そしてその皿は、谷崎潤一郎の言葉を借りると、ひょっとすると、何方かが金製で、何方かが銀製かも知れない、だが、彼のが金か、僕のが銀か、それは翻訳小説の言葉を借りて言うと、神様より外に知る者がない。

僕と彼とは同じ国の同じ生れの者だが、詳しく言うと、僕の村は何某《なにがし》村大字北で、彼のは同じ何某村だが、大字南である、即ち僕の村と彼の村とは南と北とに二三町離れて立っていて、その境界に、随分遠くの方からでも目印になるような、何百年と経った、大きな一本の杉の木の突立っている森を持った鎮守の社と、その森の影に小学校とがある、あの鎮守の森の杉の木が、秤のまん中の棒だな、と僕は冗談に思うことがある、あの杉の木は、未だ雷にも風にも折られずに、無事に立っているか知ら？　僕はもう故郷を見ないこと、六七年になる。

僕の家は、村では一等の家柄の家で、それに昔から受継いで来た相当な財産もあった、田舎で、そういう家の子供は子供仲間の隠然たる大将になるか、でなければ所謂藤弁慶の、弱々しいお坊ちゃんであるかの、大抵二つに一つだ、そして僕は大体その後者に属するものであった。ところが、青木愛三郎の家は、彼の祖父の時代に何処からか流れ込んで来たもので、もっとも田舎のことだから、一寸した小作百姓の稼ぎもしていたが、大体は万屋《よろずや》が稼業であった、もっとも村に万屋は彼の家と合わして二軒あったが、彼の方がずっと店も小さく、売る物も粗悪で高いというので評判は悪かった。その家の一人息子である青木愛三郎は（上に二人も兄があったのだそうだが、悉く早世してしまった）非常な腕白で、悪戯子たちの中でも餓鬼大将であった。だから、僕は子供の時分はなるべく彼を避けるようにして、附合わなかった。村でも、例えば共同銭湯の女湯の窓から石が降って来たり、繋いであった馬の綱が切り離されたり、通り道に巧く土を被せた陥し穴がこしらえてあったり、何かそういう種類の子供の仕業に違いない悪戯が発見されると、そしてその悪戯の主《ぬし》が分らない時には、屹度その尻を愛三郎の家に持込んで行くのが常であった。だが又、彼はそういう悪戯子には珍しく、学校の成績も決して外の子供たちには負けなかった。僕は彼と尋常の一年二年と同じ組であったが、試験の成績はいつも級中で僕が一番で、彼が二番であった。彼はそういう家庭に育った割合に、さして学校の勉強を励むという程でもなかったが、人の話に依ると、彼はそういう悪戯をする一方、家にいる時は一寸でも暇があると勉強しているという噂であった、随分負けず嫌いな性質に違いなかった。ところが、僕たちが尋常三年になった時から、彼は村にいなくなったのであった。

いろいろ人から聞いた話を総合して見ると、彼の父という人は非常に良い人で、人の評判もよかったが、彼の母の方は、何でも余り素性のよくないという噂で、町のお茶屋の酌婦か何かだったらしい、殊に性質も悪くて、彼の店の品物が粗悪でそして高いのも、皆彼女の所為だという取沙汰だった、思うに、愛三郎はこの両親の血を半分ずつ受継いだのであろう。ところで、彼の父は耶蘇教の信心家だった、僕たちの地方は、どういう訳か、田舎に珍しく耶蘇教信者が多かった、それで、彼の父は多分子供の教育の為やら、経済上の都合やら、色々の思案の末に、彼を町の教会の子弟養成所というようなところに、彼が尋常二年を終ると、遣《や》ったものらしかった。それは何でも或る金持の信者の寄附になるもので、貧乏の為とか、或いはその他の事情で子弟の教育の出来ない信者の子弟を、小学校から中学校、或いは大学校へまでも入れて教育してやるという種類のものだった、その代り、無論強制的にではないが、それ等の子弟は行く行くは牧師とか、教師とかいう、成るべく耶蘇教の為の仕事に就かせるようになっていた。それは町の教会堂の隣に立っていて、牧師が監督の役目に当っているのである。

　余りはっきり言うと、誇張になるかも知らないが、僕はそういう訳で彼が村から、そして学校からいなくなったのを知ると、彼とは殆ど交際はしていなかったと言ってもいい位なのだが、何故という事なく、妙に心寂しい気がした。無論これは今から考えて推察した話であるが、言わば好敵手を失った形であった、何故と言って、学校で一年の時も二年の時も、いつも首席を争う相手は彼で、彼も僕を対象にしていたろうし、僕も彼を除いて眼中に置く外の子供はなかった。学校の成績ばかりでなく、そういう田舎のことだし、そんな子供のことだしするから、まあ大抵は分け隔てなくみんな友達として附合っていた中に、何故か彼と僕とだけは例外で、互いの消息なども互いの友達を通して聞く位のものであった、言わば彼は腕白で一方の大将だったし、僕の方は何と言っても村一番の家柄というだけに、多少僕は外の者より尊敬されていた形で、従って彼と僕とは一層何となく張合うような形勢に置かれていたからである。だが、それも暫くのことで、僕はいつとなく彼の存在を忘れてしまった、唯、年に二三度か四五度、彼は町から家に一寸帰って来ることがあったらしかったが、僕たちは家も離れていたしするので、お辛うじて年に一度位道で顔を合わすに過ぎなかった、が、いつも挨拶もしなかった、お互いに段々大きくなって来ると、益々気持が固くなって、つい挨拶する機会さえ失ってしまったのである。が、その度に僕が驚いたことには、外の子供たちからもそんな噂は耳にはしていたが、実際、彼が生れ変ったかと思われる程、音無しく、殊勝らしくなって見えたことである。今でこそ彼は、もっとも病気のせいでもあろうが、いつの雑誌の口絵の写真を見てももしゃもしゃと無精髯を生やしていて、変に物凄い鷹のような目付になってしまったが、あれで子供の時分は可成り美少年だったよ、品はなかったがね、お母さんに似て、それが、多分その教会の養成所の制服なんだろうが、紺の小倉の洋服を着て、鞄を肩から斜めに掛けて歩いている姿は、今でも僕の目の前に見える、実に田舎のことだから目立って、殊勝で、可愛らしく見えたものだ、それを見て、僕もその町の教会に行きたくなった位だった。

そのうちに僕は小学校を終って、町の中学校に入学することになった、僕は町で会社に勤めている伯父の家に寄宿して、毎日中学校に通った。そこで、僕は再び青木愛三郎に会ったのである、彼と僕とは同じ中学の一年生に這入ったのだ。が、僕たちの中学一年生は、丁度昔の僕たちの小学校時代のように、二人とも余り親しい口をきいた事なしに過ぎてしまった、それに一年生が三つの級に分れていて、彼と僕とは級が別だった。が、不思議なことに、各学期毎の試験の成績は、僕は僕の級で一番だったし、彼は彼の級で一番だった、そして、一年の終の学年試験の成績順は、三つの級を合わして、一年生全体の成績を扣所《ひかえじょ》の壁に掲示されたのであるが、それに依ると、一年生全体で僕が一番で彼が二番であった。ところで、多分、一年級の終の頃だったと記憶するが、僕たちの村にあった万屋の彼の親の家が、町に引越して行ったのである。村の人の話に依ると、あんなに流行らない店だったが、あのしっかり者のお上さんはどうして貯めたのであろう、多少の金をこしらえて、町で商売を始める為に引越して行ったとのことであった、果して、彼等は町に行って、小さな料理屋を始めたのであった。それには彼の善良な耶蘇信者の父親は、力の限り女房にそんな商売を始めることを止めたとのことであるが、彼女がどうしても聞かなかったのだそうである。その為に教会に対して都合が悪くなったのかどうか知らないが、愛三郎は例の教会の養成所を引上げて、両親の家から中学校に通うことになったのであった。

一年から二年に進んだ春の休暇の或日のこと、僕は或友達に誘われて、学校の運動場に庭球をしに行った。と、広いがらんとした運動場のテニス・コートの一つで、僕たちと同じ年頃の二人の学生が、僕たちより先に来てテニスをしていた、その一人が青木愛三郎であった。彼は外の三人と違って紺絣でなく、幾分か光った糸の這入った紡績絣の着物を着て、その下に黒いジャケツを着ているのが、襟からも手首のところからも窺いて見えた、黒いジャケツはその頃の中学生の流行だったのである、だが、彼はその流行を、僕の知っている限りでは最も早く追うた者であった。その時、僕たちはどんな会話を交して、どんな風に親しくなって行ったか、忘れもしたし、思い出し思い出し話されない事もないが、くどくなるのを恐れて省くが、それから暫くして、彼が誘うままに、テニスをしていた者四人で、彼の家に遊びに行ったのであった。それは丁度少年の春機発動の初期の初期に当る頃に違いない。というのは、僕はその時、それ等の友達の中で、妙に彼、青木愛三郎が好いたらしく思われたのである、その時の彼は、僕が知っている子供の頃の腕白な彼とも、又教会の養成所の洋服を着て村に帰って来た彼とも、或いは過去一年間の、中学の制服を着ていた彼とも、全く違った、色こそ黒かったが丸々した、可愛らしい大きな目をした、黒いジャケツを着て、光った紡績の着物を着た、今日始めてあった美しい少年であるような気がしたのである。僕はその時、中学に這入って以来、誰の口からともなく聞いていた、少年とか稚児さんとか言う言葉が、言葉でなく、感情として、僕の心に少しずつ萌《きざ》して来たことを感じた、そして彼が一種特別な気持で好きな気がして来たのである、それと同時に、何という事なく、彼も亦僕を好いているように感じられた。すると、これは屹度近いうちに、二人は普通の友達という以上に親しい仲になるに違いないと言う気がして来た、そしてひどく心の躍るのが感じられて来た。その心持は、料理屋の彼の家に行って、村で見覚えていた彼の父や母やに会った時、彼等に「おお、これは珍らしい、戸川さんの坊ちゃんですか、」と挨拶された時、少しばかり興ざめた気がしないではなかったが、然しやっぱり一旦起った気持は消えてしまわなかった。

そして、実際その通りになったのであった。それは又暫く後の、八月の休暇の間のことであった。実はもうそれより前に、僕たちは互いに好き合っていて、十分そういう機運に達していたのだが、誰も知ってる通り、この男同志の恋愛などというものは、何方かが年が若いとか、或いは十分兄分らしいとかすれば、それが自然で、従って早く成立する訳なのであるが、中学二年生で、同い年の僕たちは、言わば二人とも弟分の格で、つまり二人とも兄分を求めて、その所謂稚児さんになるべきものなのが、それが、そういう二人が恋愛的な気分を抱いたのであるから、何方も消極的で、容易に進行しなかったのも無理はない。その頃のことであるが、丁度絵葉書の流行した時分で、『葉書文学』

という雑誌があった。それを僕は愛読していたのであるが、その雑誌の何号かに、『郵便の切手の貼り方』という記事があって、普通の意味の手紙の場合には切手を正しく、真直に貼ること、そして人が死んだ知らせや、それの弔みや、総て願わぬ事を認めた時の手紙には、切手を逆まに貼ること、それから喧嘩とか、抗議する場合とか、絶交の場合などには真横《まよこ》にして貼ること、中でも僕が最も注意して読んだのは、恋を表わす場合には切手を斜めに曲げて貼ることという条であった。僕はその事を如何にも珍しい、良い知識を得たような気がして、学校の友達に触れ廻った、彼にも話したのは言う迄もない。さて、夏の休暇が来て、各々一ヶ月余り会わなくなると、僕たちは屢々葉書や手紙を出し合った、中にも僕は青木とは最も繁々文通した。僕は彼に手紙を書く度に、どうかして、思い切って切手を斜めに貼って出したいと思うのだが、どうしてもそれが出来なかった。ところが、或時、到頭彼からの葉書に、間違いなく切手が斜めに貼られてあった。僕も早速斜めに貼って返事をした。その次からは彼も僕も必ず斜めに貼って、そして手紙の内容が忽ち恋文になったのであった。

恥かしい話だが、先にも一寸言った通り、彼も僕も上級生から屢々、放課後など追っ駆けられた。で、彼は或る時、自分は、もしもの時の護身用に柔術を習っている、そして当て身とそれから復活させる法とを習ったから、君も万一の場合の用意に覚えて置き給え、教えておこうと言って、当て身をする時には拳固をかためて、相手の肋《あばら》の大凡どの辺を突くか、そして相手が気絶したら、その背中の方に廻って、こんな風に相手の体を後から抱えて、(と彼は僕に自分でその型をして見せて、) 此方の膝を立てて、何処に力を入れて、何処を締めるか、そしたら相手が息を吹き返すか、と言うような事を教えてくれたりした。そして、僕たちの恋は、実際、恋に違いないので、中学の殆ど卒業する時まで続いたと言ってよかった。考えて見ると、それは僕たちは屢々一緒に旅行したり、時とすると宿屋では一緒の蒲団の中で寝たり、色々とあったが、結局僕たちは、たった一度の接吻を除いては、同性間の何に見るような、そんな立入った交際は決してしなかったからであろう、(ああ、堪らない、堪らない、僕は彼と、青木愛三郎と、男同志の日本人の癖に、たった一度だが接吻をしたことがあるんだよ。ああ、思い出しても堪らない! もっとも、彼も今頃は、それを思い出して、ぞッとしているだろうが……と戸川介二は顔を顰めて言った。) が、だから、僕たちの恋はそんなに長い間、殆ど卒業する時分までも続いたんだね。もっとも、五年生になった頃からは、お互いに恋愛気分でいることが段々馬鹿らしく、何だか背中がむずむずする気分にはなっていたが、それでも然し、やっぱり仲のいい友達ではあった。ところで、学校の成績であるが、その後は彼と僕とは別に競争するような気持にはならなかったが、やっぱり五年の間ずっと僕が一番で、彼が二番であった。そして、これは自慢ではないが、僕は所謂勉強家という方ではなかった、(もっとも、これが悪かったのだ、これが僕の今の不運の基に違いないのだ）が、それに反して彼は糞勉強をする質だった、だから、彼は僕を恐れていたに違いない、が、僕はちっとも彼を恐れてはいなかった。

ところが、中学を卒業すると共に、彼にも、僕にも、申し合わしたように、変な一身上の事件が起った。僕の方を先に言うと、僕は直に東京に出たのだが、家の方でどうしても僕が文科に這入ることを許さない、どうでも三部に這入って、医者になれと言うのだ、国からわざわざ兄貴がやって来て、僕が狡猾な事でもするのを恐れたのか、自分で三部の方に願書を出して帰って行った。僕はうかうか試験にパスしたら大変だと思ったので、試験場に出ることは出たが、悉くわざと出鱈目な答案を書いて出して、無論落第した、そして家の方を誤魔化して、試験準備で一年東京でぐずぐずしているうちに、何とか兄貴を説き伏せて次の年には文科に這入る決心をしたのである。一方、青木の方の事件はと言うと、何でも彼の中学の五年の時からだったと思うが、人の話では彼の親父が密かに相場に手を出して失策したのだとも言うし、或いは無暗に人の請け判をして巻添えを食ったのだとも言うし、それにこれも人の噂だが、彼の母親が姦通したというような事もあって、到頭商売を止めたのだ、それで彼も危く学校を止さなければならぬところを、兎に角卒業間際だったので、やっとの事卒業したのだと言う話だった。そんな訳で、彼も亦中学時代に僕と一緒に楽みにしたように高等学校の文科に進むことが出来なかった。が、彼はその後、昔の教会に近づいて、色々と運動した結果、例の教会附属の養成所から学資を出してもらうことに定ったのは、夏になってからのことであった。するど、彼のことだから、何でも高等学校の試験にしくじらないように、且つ出来れば最もいい成績で入学したいと思ったのであろう、教会の寄宿舎に這入ると、朝から晩まで、真に血の出るような勉強をつづけたらしかった、僕のところへの手紙にも、いつも漢文くずしのような文章で、唯一心に勉強しているというような事ばかり、屢々報告して来たものである。

その一年の間、僕はどうしていたかと言うと、実は少しも勉強していなかった、僕は或る日、上野の図書館で、何か英語の探偵物のような本を借りて、頻りにそれを原稿紙に翻訳して居る男と、ふと知り合いになったのだ。（探偵小説の翻訳！　考えて見ると、悪い辻占だったね。英語の探偵小説よ、地獄に行け！）そしてその後その男と往来するようになって、その男を通して、色々とその男の友達とも交際するようになったのだ。実際、その男は根からの探偵小説の翻訳家ではなかったので、銭の為に、何とか言う翻訳家の下仕事をしていたのだった。その男たちの仲間に這入って、僕は始めて本場の文学書生の空気を吸った訳だった。彼等は当代の小説家や詩人たちを穢多のように軽蔑して、丁度自然主義の全盛時代だったが、従って自然主義というものには頭から反感を持って、頻りに新浪曼主義とか、象徴主義とか、廃頽主義とかいうような事を称《とな》えていた、無論僕も若気の至りでその渦巻の中に飛び込んでしまった。当時の僕たちの考では、勉強をしたり、早起きをしたり、三度の飯を三度それぞれ世間並の時間に食ったり、酒を飲まなかったり、健康の養生をしたり、そういう総て常識的な事は泥坊するよりも排斥すべきことであった。だから、一年後、僕はどうにか斯うにか国の兄を説き付けて、文学をやる許しは得たが、高等学校の試験には見事に落第してしまって、仕様がないから、国への申訳に、無試験の早稲田大学の文科に這入ったのである。

その時、青木愛三郎も高等学校の試験を受けに来たのであるが、彼は無論易々と及第した。僕は彼と久し振りで、つまり一年振りで東京で会ったのである。が、その時は僕と彼の頭は夜と昼と程違っていた。彼は一年足らず教会の養成所に戻っていた間に、すっかり耶蘇教信者になっていた。僕は彼をもう軽蔑し切って、頭から罵倒したものだ、そして一年間の間に仕込んだ新浪曼主義や、象徴主義や、悪魔主義や、廃頽主義を頭から振りかざして、彼を散々やっつけた。実際、彼の文学上の知識の遅れていることも驚くべきものであった、と言うのは、彼は頻りに自然主義を攻撃して、早い話が、自然主義というのは男女の変ないきさつを書いたものだ、というような、当時の新聞記者や、教育家たちの見解と少しも変らない立場で、そういう不道徳な、不健全な文学は価値がない、というような事を頻りに言うのである。

「君のいう、一体神というのは何だ？」と僕は言った、「神なんて言うものは、有るものを言うのではなくて、無いものを言うんだよ、有れば神じゃないよ、無いから神なんだ。無いからこそ、その言葉に何とも知れぬ力もあれば、又魅力もあるんだ。神というのは、即ち伝説なんだよ、お伽話なんだよ、架空なんだよ、ロマンスなんだよ、鐘なんだよ、教会の窓の色硝子なんだよ、つまり見えもしなければ、触ることも出来ない、要するに無だよ、無を象徴したものだよ、そういう意味でなら、僕も神というものを認めるよ、nihil in tenebrous としてだね、つまり『暗がりの中の無』としてだね。」

彼は僕の斯ういう言葉を聞いて、呆気に取られたように、その丸い、可愛らしい目を見開いて、答えるところを知らない有様だった。

もっとも、始めのうちは彼も色々自分の意見を吐いたが、無論僕のいうことも出鱈目見たいなものではあるが、彼のはもっと阿呆らしいんだからね。段々彼は僕の議論に対して沈黙するようになって、それが終には基督教を改宗して、だんだん僕と一緒に廃頽派の仲間入りをするようになったのだ。それが終いには、彼の方から僕に、逆捩《さかね》じを喰わせるようにさえなった、と言うのは、彼は例の糞勉強で、僕などが飲めない酒を飲んだり、無暗に夜更かしをしたり、朝寝坊をしたりしたいる間に、彼は切々《せっせ》と図書館に通って、廃頽派や、悪魔派や、象徴派に就いて英語で書かれてあるもの、日本語で書かれてあるもの、を悉く読んでしまったのだ。そして、彼も亦大いに酒を飲んだり、女を買ったりし始めた、よく考えて見ると、僕たちより、少なくとも僕よりは彼の方が真から酒も飲み始めて見ると好きだったようだし、女色も多少天成の好きのようだった。僕はこの時分から少しずつ、此奴《こいつ》、中々隅に置けない、油断のならない奴だ、と思い出したのである。けれども、要するに、やっぱり多分は彼を軽蔑していた。今になって分った訳ではないが、彼の場合に限らず、僕のこの軽蔑癖は僕の一生涯の致命傷だね。

それから暫く後のことだ、或いは半年ももっと後だったかも知れない、その時分は新劇団が方々に起った時分でね、その中にS——協会というのがあったが、その劇団の二番目所ぐらいの女優に、君などの記憶にはないかも知れないが、星野露子というのがあった。彼女は僕たちの国のもので、即ち僕や青木などの通っていた中学校のあった町の者なのだ、もっとも、丁度彼女が女優になった時分に、その一家は東京に引越して来ていたんだが。その女と先ず青木が知り合いになったのだ。というのは、よく何々県人会というものがあるだろう、僕は一切そんなものには出なかったが、彼は始終そんな所へも顔を出していたものらしいのだ、そこで知り合った或る男に紹介されて、それから彼女と知るようになったものと見えるが、或る日僕のところに来てその話をして、遊びに行って見ないかと言うので、それや面白い、行って見ようと言って、僕たちは彼女の家に出かけた、青木にはその訪問は何でも二度目か三度目らしかった。

星野露子の死んだ父親というのは、何でも相当な位置の官吏とか聞いたが、それで家族の者が遊んで食って行ける程の遺産があったらしいのである。家は彼女の母親と、出戻りの姉と、それに女中位の小人数の家庭だったが、実を言うと、僕は露子を始めて見た瞬間から忽ち心を取られてしまった。ところが、青木もどうやら僕と同じ心の状態であったらしかった。だから、僕等はその頃、何方から尋ね合った時でも、暫く話した末に散歩に出ようと言うことになって、暫く散歩した後に、何方から言い出すともなく、露子を訪問しようと言うことになった。が、そんな状態だったから、お互いに、実は僕は……と打明ける訳には行かなかったばかりか、お互いに毛頭そんな心持など抱いていないように見せ合わねばならなかった。――こんな風に一々の話をそれぞれ目鼻をつける迄に話していると大変だから、少し端折りながら話そう、(なアに、女のことになって来たからと言って、何も隠す訳じゃあないが。)その間に、そっと青木が一人で彼女を訪問したり、或いは又僕が少年のように心を震わしながら、彼女を一人で尋ねているところへ、彼が来合わして、二人でばつの悪い思いをしたり、そのうちに彼女が舞台に立ったり、僕たちは彼女の為に過分の連中切符を受持たされて奔走したり、そして結局のところ、決してそんなにはっきりとした形でこそはないが、又僕たちも、(もっとも彼のことは知らないが、)そんなにはっきりした形で恋を打明けた訳ではないが、要するに袖にされた訳であった。ああ、星野露子! 女なんて、男には想像も附かない程、大人びたところと、子供子供したところがあるものだなア。然し、そういうのも皆、彼女の手だったのか知ら? だが、恋なんて、ジャック・ロンドンの言い草じゃないが、充たされないからこそ永久に生きるのだろうが、満足されたらその瞬間に死ぬものかも知れんから、やっぱり振られて帰る果報者かね。

ところが、それに就いて斯う言う筋があるんだ、と言うのは、その後、否それと同時にかも知れないが、青木はその露子の出戻りの姉とくっ附いたことだ。その後で、彼は得々として僕に、どうして彼女と気脈を通じたか、交際して見ると、彼女の方が妹よりもどんなに姉さんらしくて、情が濃くて、苦労人らしい味があって、更にもっと立入ったことまでをも、色々と話したが、更に僕をもっと驚かし且つ羨しがらしたことには、彼は彼女から色んな品物をもらったり、果ては小遣をさえ貰っていることであった。僕はそういう話を聞くにつけて、段々彼が隅に置けない、油断のならない人物だ、と多少尊敬するような気さえ起って来たのである。彼は僕が唯口先だけで、発明したり、賞讃したり、宣伝したりすることを、いつの間に覚えてしまうのか、着々と実行して見せるのである、それがこの露子の姉のこととか、情事に就いてばかりではないのである。

　聞くところに依ると、彼は高等学校のクラス中で、学問も無論だが、一番才人で、一番芸術家肌で、そして外に比類のない象徴主義、廃頽主義の主張者だと言うことであった。そして僕が驚いたことには、彼のクラスの或る男の話から察すると、その彼の言うことは悉く僕の説を受売りするものであるらしく、中には僕の言うことに、彼自身がそれを三倍にも敷衍して話しているらしいのである。それ迄にも多少そんな事と推察しないではなかったが、そうはっきりと耳に這入ると、僕としては一寸微笑まれるような、或いは又不愉快なような、さては油断のならないような、一種変梃な気持がしない訳に行かなかった。彼が又同時に附加えて、自分の同郷の友達で、今早稲田大学の文科にいる男で、戸川介二という男は、実際、自分はああいう男こそ天才だと思う、少なくとも天才的な男だと思う、今に文壇の表面に一寸した機会を得て浮び上ったら、忽ち第一流の人物になれると思う、などと彼の同級の友達に始終言っていると言う話を聞くと、流石に又僕は甘い気持になるのであった。が、そのうち、彼にそういう女が出来たり、僕の方は又同級の友達との往来が段々激しくなって、結局彼などは余り眼中にないことになるので、いつとなく次第に会うことが少なくなった。それに、僕は僕自身その頃心持に可成り動揺をし出した時だった、どんな風に動揺して、どんな風に変って行ったか、それを詳しく話していると益々長くなるし、それに全然余談に亘る訳だから省くとして、その結果を言うと、さあ、その間に一年程経ったか、一年半も経過したか、僕は今迄と全然反対の思想にかぶれるようになって来たのである。即ち唯の芸術というものが馬鹿に空疎なものに見えて来て、もっと直接に人間の為になるもの、そして成るべく健全な方へ、道徳的な方へ、従って自分のする仕事は最大多数の最大幸福を致すようなもの、そこで、トルストイと共に、昨日まであんなに心酔していた象徴派や、廃頽派などの文学を呪うような傾向になって来たのであった。当然、これ迄親しく附合っていた友達とも、段々彼等のいう事が、つまり彼等の思想は僕と共に変った訳ではなく以前の通りなのだから、つまらなくなり、馬鹿らしく見え、気障に思われて来て、自然離れるようになった、或いは考えて見ると、何かの事情で段々彼等と離れて来て、次第にそういう思想に変って来たのかも知れない。

僕がそんなに苦心をしている間に、彼、青木愛三郎にも、もっと甚だ変った事が起ったのであった。或る日、突然、久しぶりで、多分半年目位で、彼が尋ねて来て、言うには、「僕は到頭教会から破門されたよ。」

「それや困るだろう、実際問題から？」と僕が稍々驚いて聞くと、

「いや、実際問題の方は、」と彼は案外落着いたもので、「捨てる神あれば拾う神ありサ、どうにか困らないで行ける方法が附いているんだ。」

聞いて見ると、彼の東京での乱行が、案外手近の学校当局の方はどうにか誤魔化して行ってたのだが、国の教会の方に聞えて、もっとも二三度忠告されたのだが、一向改心する模様がなかったので、破門と同時に、これ迄の仕送りを断って来たのだそうだ。が、そこで彼の所謂捨てる神あれば拾う神ありと言う方の事情は、どういう訳か、彼は余り話したがらない様子で、そういう事になった径路は抜きにして、何でも欧洲通いの船の事務長をしている人の家庭に、家庭教師旁《かたが》た這入って、そこから応分の学資を出してもらうことになったと言う話であった、「主人はそんな訳だから、殆ど年中家にいないのでいい都合だが、」と彼はにやにやしながら言った、「が、細君が生憎あまり美人でない

のが物足りないよ。もう少し若くでもあるといいんだがね、もう二十幾つというから、僕より十歳も上なんだよ。」

「贅沢言うなよ。」と僕はたしなめるように言って、そんな事は余り話しつづけるのを好まなそうにした。丁度、その時分にはもう殆ど僕の思想が変っていた時だったので、彼の上機嫌に拘らず、僕は始終の間不機嫌で通したので、彼は勝手が違ったような顔をして、そこそこに帰って行つた。築地の斯う斯ういう所だから、是非遊びに来いと、彼は言い残して行ったが、僕は到頭訪問しなかった、それから又半年程経ったのである。

するると、或る秋の日の午後、今度は彼と偶然町で遭ったのだった、彼は高等学校の制服を着ていた、そんなだらしのない生活をしていながらやっぱり、学校にだけは欠かさず出ているらしかった。それに反して、僕はそんな健全な思想にかぶれて、そんなに所謂真面目な気持になっていたのだが、その頃は前よりも一層甚しくなって、学校には唯籍があるというだけで、その門の恰好や、教室の有様さえ記憶にない程、ずっと無沙汰していたのである。彼は僕を見ると、僕は甚だ気が重くて、進まなかったが、久し振りだ、その辺のカフェーに寄ろう、と云って、僕を連れて行った。

「どうしたんだ、此頃は妙に沈んでいるじゃないか、」と青木はカフェーの卓子に向い合うと、斯う言った、「此前会った時もそうだったが、今日は殊に顔色が悪いようじゃないか、何処か悪いのか？」

「うむ、いや、」と僕は浮かぬ返事をした。

「僕は一度君に報告に行こう行こうと思っていたんだが、」と彼はそこで急に話を変えて言った、「僕は今、大変な事になっているんだ。」

「どうしたんだ？」と僕は気の乗らぬ声で、顔を上げた。

「例に依って女のことなんだがね、」と彼はしかし、口で言っている程困っているようにも見えない様子で、それよりも僕の気が附いたことは、露子の姉との関係があって以来、彼が、髪の毛の手入から、服装から、持物から、めっきり贅沢になったことであった。

「やっぱり露子の姉さんのことでかね？」と僕は形式的に尋ねた。

「いや、あの女は、君も知ってる通り、ああいう性質だから一寸も心配な事も、困った事もないんだがね、」と彼は言った。「もっと困った女と僕は関係してしまったんだ、と言うのはね、高津の夫人――そら、僕が今世話になっている家の夫人だ、……」

「その始終家にいない船長の奥さんか？」と僕は少なからず驚いて聞いた。

「船長じゃない、事務長だよ、」と彼は然しやっぱり割合に落着いたもので、「……その彼女と僕が特別な交際を結んだということは、それや、君、大した問題じゃないよ、ね、君、そうじゃないか？　ところが、困ったことと言うのは、彼女が夫が帰って来たら、離縁をしてもらって、僕と結婚したいと云い出したんだ。もっとも、それには無理もないところがあるんだ、彼女は始終海員の細君ほどつまらないものはない、夫は殆ど年中外に出て勝手な真似をしていて、その反対に年中内の中にくすぶっている妻に貞操を強いて、それも未だ我慢が出来るが、大抵気が荒くて、家庭的の温味がなくて、結局妻の得るところのものは、夫が外国から持参して来る悪性な病気位のものだ、殊に彼女の夫は品性が劣っていて、彼女と気が合わなくて、彼女も夫を理解しない代りに、夫も彼女を理解しないと言うような話を、僕は毎日程聞かされていたんだ。そして、同情という訳でもなく、何という訳でもなく、無論口先では僕は始終彼女に同情する言葉のありたけを吐いていたが、それで到頭そんな関係に陥ちてしまったのだから、彼女が僕にそういう提議をするのも、まあ無理はないんだがね。……」

「夫婦の間に子供はないのかい？」と僕は聞いた。

「子供があるからこそ、僕は家庭教師じゃないか、ハハハハ、」と彼は笑って、「しかし、無論、僕は逃げ出すつもりはつもりだよ。だがね、今すぐ逃げ出すと、忽ち困るのは学資の問題だからね、僕は密かに後《あと》の口を探していたんだが、斯うなると意地の悪いもので、中々見付からないんだよ。そこへ、又々一層困ったことが持上って来た、と言うのは、彼女が妊娠したんだ。これには流石の僕もあわてたね、多少。が、僕は早速、今のうちなら何でもないだろうから、処分してしまうことを提議したところが、彼女は青くなって怒るやら、泣くやら、実に困ったよ、妊娠しているものだから、ヒステリイになったんだね。しかし僕は……」

「止めてくれ、止めてくれ！」とその時僕はもう堪らなくなって怒鳴った。当時、僕はもうすっかり正義派で人道派になっていたからね。「君は何という悪魔だ！　君は僕なんかと違って、子供の時分から教会的な空気に育った男じゃないか、君は神を信じた男じゃないか？」と言っているうちに僕は嘗て彼の信仰を軽蔑して、神の存在を否定して、今の彼になるような思想を彼に鼓吹したことがあったのを思い出して少しばかり極りが悪くなった。が、又彼の今日《こんにち》は、言う迄もなく僕を模倣して発展したもので、僕に多少の責任があると共に、彼は僕が考が変ったら、即ち又僕に追従して来なければならぬ筈のような気がしたので、僕は元気を落さずにつづけた。「僕は近頃つくづく神様の存在ということを信じ出したよ。或いはやっぱり僕がいつかも言ったように、神様というものはないものかも知れない、又神様というものは人間の発明した最も美しい嘘かも知れない、が、この嘘はどんな真理にも匹敵する、どんな真理より以上に、人間にとって必要なものかも知れないと僕は思うんだ。獏が夢なしに生きられないように、人は、君、神なしには生きられないものだよ。僕等が座右の銘にしていた、芸術は長くて人生は短いと言う言葉にしても、浮か浮か文字通りに考えていると欺されるよ、所謂芸術なんて言うものは人生と同じことでやっぱり甚だ短いものだよ。今この地上にいる君にしても僕にしても、或いは彼処にいる赤ン坊にしても、君の愛する女にしても、僕や君の親父今から七十年――たった七十年だよ、今からたった七十年後にはみんなこの地上から消えてなくなるんだよ。そして僕等の芸術にしてもそれ以上のものじゃないよ、或いはもっと短命なものかも知れない。君、仮に明日にしても、今夜にしても、死神が僕等の枕元にやって来て、突然だが唯今即刻から俺の支配の下に這入るんだよ、と宣告されたとしたら、君はいつでも従容として神様の御意のままに、と言える用意があるか！　いや、実は、僕もないんだよ。考えて見ると中々芸術どころじゃないよ。芸術という言葉は、神様という言葉の次に造られた言葉に違いない、だから、まあ神様というものを先に研究してかかる必要があるよ。……」実は僕も次第に何を言っているのか分らなくなって来たのであった、が、何かを、何か知らを、熱心に話したものである。

すると、相手の青木愛三郎は次第に俯向いて来て、熱心に僕のいう事に耳を傾け始めた、が、多分、彼も亦僕自身がよく分らないように、何を聞いているのだか分らなかったに違いない、が又それと共に、僕の言おうとする何かの感じを彼も亦感じたに違いない。お互に青年時代の物の感じ方は大方その位のところに違いないから。そして、僕たちは別れたのであった。

それから後、彼は一ヶ月か二ヶ月位ずつおいて、二三度僕のところへ尋ねて来た。来てももう余りいつかの問題には双方から触れないようにしていた。それでも全然出ない訳でもなかった。が、最も僕の注意を引いたのは、来る度毎に、彼が段々僕の思想に近づいて来たことであった。それと、もう一つは、彼が次第に風采にかまわなくなって、君も写真で知ってる通り、生来毛深い男だが、髯なども大抵剃刀を当てないようだった、そして目付などもいつか当年の丸々した、可愛らしい面影はなくなって、だんだん凄味のようなものを含んで来た。僕はその時分は、例に依って学校にはちっとも出ないで、始終小説や戯曲の構想を凝らしたり、殆ど大抵完成しなかったが、原稿紙に向って頻りに書いていた。僕は何もそういう事の一番鎗を争う訳ではないが、その時分に僕に何か発表の機関があって、書き出していたら、現今の所謂人道主義的作家の中では随分古い看板の部になっていたかも知れないと思う、そして、人間というものは妙なもので、一旦そう言う旗印で世間に目見《まみ》えたら、世間でもそうしてしまうし、作家自身だって、自分のそういう方面だけ育くむようになって、つまりそういう流儀の作家になってしまうものだ、人間なんて案外不自由な、堅苦しいものだからね、それにはもっとも作家と共に、世間もその罪を半分背負わねばならぬと思う。兎に角、そういう訳で、僕は頻りに人道派の小説や戯曲に苦心していた際だから、彼が来ると、主《おも》に一般の文学の話から、当時の文壇の罵倒から、いつの間にか自分の構想している創作の梗概を一心不乱に彼をつかまえて話したものだ。自慢じゃないが、そうなると、僕は中々雄弁で、そして話上手だからね、それにその当時僕が話した小説なり戯曲なりの梗概はつまらないものじゃなかったしね、殊に聞き手の彼、青木愛三郎にして見ると、当時の彼の境遇なり、彼の心持なり、十分それに動かされる資格があった訳だから、彼は感嘆して、時々身震いしながら、聞いていたよ。そして、屢々心から感動した様子で、

「実にいい、実に素敵だ」と彼は叫んだ、「君は何故それを書き上げないのかね、その位の作なら、何処かの雑誌の編集者に宛てて、郵便で送りさえしたら、そしてその編集者が読みさえしたら、喜んで載せるよ。実にいいね、実に素敵だね、先の戯曲にしても、今の小説の方にしても……」

君はどうしてそれを発表しなかった、と言うが、僕のような性質のものは、どんなえらい事を考えたって、どんな良い事を思いついたって、結局駄目だね、つまり空花《あだばな》という奴だね、直に飽きるんだ、そして直に他人を軽蔑するように、自分を軽蔑してしまうんだ。……しかし、君、その時の僕の戯曲も小説も、発表したと同じことだよ、発表したと同じ結果になったよ。その事は後で話すがね。

それから、最後に僕と彼と会ったのは、又三四ヶ月程後だった。或る日、やっぱり彼の方からやって来たのだ。そして、いきなり彼が言うには、「僕は到頭あの女と結婚することにしたよ。此間、彼女の夫の高津氏が久しぶりで欧洲航路から帰って来たんだ、僕は彼と二度目に会った訳だ。そして、彼女はその晩、僕のいない時に、一切のことを夫に打明けたんだ。君、人は見かけに依らないものだね、常々彼女から聞いていた高津

い氏なら、そんな話を聞いたら、立ち所に彼女を髪を摑んで引据えて、殴り殺し兼ねない人のようだし、無論、僕などはピルトルで蜂の巣のように射抜かれる筈だが、君、実際はそうでないのだ。彼はそれを彼女から打ち明けられると、そうか、と別に顔色も大して変えないで言って、それは大分非常な問題だから、即答はし兼ねる、明日の朝まで待ってくれ、と言って、そしてその翌朝、彼女に、出来た事は仕様がないが、お前はどうしてもあの男、青木を思い切れないか、どうしても俺と別れたいか？　……よし、そんなら仕様がない、お前の思う通りにしろ、唯俺の方の条件としては、子供は俺の方に置いて行ってくれ、それからお前の今度生れる子はお前たちの都合で、置いて行くなり、連れて行くなりしろ、と斯ういう話なんだ。……」

「そうか、」と僕は唯黙って聞いていたがふと気がついて、「ところで、そうなったら、明日からの生活に困るだろう？」と聞くと、

「いや、その方は、」と青木は何故か、非常に恥かしそうにして、「女の家が相当な財産家なのだ、それで、その方はまあ心配がないんだ。……」

僕はそれを聞くと、何故か苦虫を嚙み潰したような、急に厭な気がした。で、じっと彼の目を見詰めた、と、彼は一寸狼狽したように目を落した。

「君、」と僕は言った、「そういう風な行きがかりの、そういう風な動機の結婚は、長く円満につづく自信があるかい？」

「いや、どうにか、僕も罪滅ぼしのつもりで、屹度つづけるよ、」と彼は半分口の中で言った。

——それ切り、僕は彼に会わないのだ。或いはもう一生会うことがないかも知れない。その後、人伝てに聞くところに依ると、その女との間に生れた男の子は、何でも俗に骨なしという種類の片輪者だそうだ。彼はその子とその母親とをひどく虐待しているといようなな話も聞いた、そして間もなく彼は高等学校を卒業間際にも拘らず止したのであるる。それはそういう家庭の事情からだとも言うし、体が悪くなったからだとも言うし、どういう事情だか知らないが、兎に角、その時分から彼は病身になったのは確からしい。もっとも、彼はあんな頑丈な体格はしているが、たしか遺伝性のものに違いない、彼の親父も、まだ生きてはいるが、同じ病気を持っているし、彼の小さい時分にそれぞれ死んだ二人の兄も、その病気だったと言うから。

随分長い話になってしまったね、もう止めよう。そして、それから一年程経って、彼が発表して、忽ち有名になった『基督と彼等』という小説や、その次に発表した『奇蹟』という戯曲や、それがつまり僕が先に、僕が昔構想した創作が、発表したと同じ結果になった、と言ったのがそれで、つまり僕が彼に話した梗概を彼が仕立て上げたものなのだ。いや、僕はそんなに大して憤慨も感じない、何故と言って、その時分には又、僕はああ言うものはつまらないと思っていたから、そして僕の思想にしても、又昔に逆戻りした形になって、君が今見る通り、今の僕は人道主義どころか、廃頽派に近いからね。

だが、僕は十分彼、青木愛三郎を認めているよ、無論、僕自身より彼の方がえらいとは決して思わないがね、いや、或いは結局彼の方が僕よりえらかったのかも知れない、彼があんな人道主義めいた作を発表していながら、細君や子供を虐待しているのはどうだ、彼は偽善者だ、などと彼を知っている人が往々憤慨しているのも耳にするが、しかし僕は彼を認めるよ。それは、或いは今の彼は偽善者かも知れない、だが、大抵の善なんて、偽善から這入るんじゃないだろうか？　それに、実際、彼は自分の境遇や自分の生活を考えて、神様や悪魔に始終嚇かされているのかも知れない、それで彼の作物にしても、僕の構想を借りて、それに多分に街頭で祈るような文句を附加えて書いたのであろう、そうでもしなければ慰められないのだろう、だが、そんな街頭の祈りでも、それが手引になって、本当の祈りに這入るかも知れないからね。殊に、それには都合のいいことに、彼は病気になった、病気が更に彼を洗練することになるに違いない。もっとも、現在の、今彼が叫んでいるような人道主義なんて、あんな人道主義なんて、仕様がないよ、いくら軽蔑したってかまわないよ、あんなものはせいぜい往来の群集を喜ばす位のものだ、「皆さん、左側をお歩きなさい、」という程度のものだ。もっともあんな人道主義でも、何かの役には立つには立つんだからね、世の中なんてお手軽なものだよ。――

そして戸川介二は勢のない声で高笑いをした。

——これでこの小説の表題の、青木愛三郎という人物に就いて、彼の友人の戸川介二に説明させるという、作者の計画は終った訳であるが、さて、もう一度、閑話休題、と言わなければならぬことを、読者、諒せよ。

三

静岡県の大——という海岸は、鉄道のステーションのある町から少し離れ過ぎている関係だろうが、これ迄余り都の人に顧みられなかった所であるが、それは太平洋に面していて、一寸した湾を囲む半島になった地勢の一部で、大——村はその半島の根元の辺にある小さな漁村である。近年、それも極く最近のことであるが、その辺が暖流の関係や何かから、静岡県の中でも最も気候の温い所というので、東京あたりの一部の、極く一部の人に避寒地として知られるようになったのである。そこへ行く一番近くのステーションを持っている伊——町の人々が、自分たちの町の繁栄策として、大——までの三里近くもある道を、町の経営で、余り利益にもならない乗合自働車を走らしたり、結局その町の一部分の人にしか読まれていない伊——新聞に、折さえあると避暑避寒の絶好の土地だと吹聴さしたり、果ては肺病の療養に最も適当な所だなどと書いて、大——村の人々を怒らしたり、そこに有志の資本家が集まって、株式組織で、臨海楼という多少都会式の旅館を建てたり、兎に角、色々と骨折っていた。

その臨海楼が出来て間もなくの、去年の十月末の或る日の夕方、ひょっこりとそこの玄関に一人の客が立ったのである。かねて、余り荷物などを持っていない、一人者の客を通すことになっている、二階の六畳の部屋にその客を案内して、帳場に帰って来た女中の話に、「あの、暫く滞在したいとお客様は言ってます、」とのことであった。客の這入って来た時、お上は丁度帳場にいなかったので、「どんな人？」と聞くと、「あの、何だか病人病人した人です、」と女中は答えた。

このお上の役目を勤めている三十七八歳の女は、伊――町の或る土木請負師の細君であるが、つまりこの株式会社臨海楼に雇われているものであった。「そうかい、」とお上は言った。「じゃあ、この宿帳を持って行ってお出で。」

女中がそれを持って、二階の部屋に這入って行くと、客は西側の窓の障子を開けて框の所に腰をかけて、ぼんやりと海の方を眺めていた。「あの、これをどうぞ、」と言って、女中が宿帳を卓子の上に持って行って載せて、それから半間の床の間の隅にある硯箱を取りに行った。すると、彼は黙ってのそのそと立上って、ぴしゃりと障子を閉めて、卓子の前に帰って来て坐ったが、やがて女中が硯箱を持って来て、水差しから水を注いで、墨を磨り始めても、彼はいつ迄も帳面の上をぼんやりと眺めているだけで、何にも言わなかった。彼女が墨を磨り終って、「あの、どうか、」と恐々催促するように言うと、彼は急に気が付いたように、「ペンで書いてもいいだろう?」と半分口の中で言って、いきなり立上って、例の半間の床の間に置いてあった小さな手提鞄を持って来て、中から万年筆を取り出した。が、暫く何か考えている風で、パラパラと帳面を繰って、前に書いてある人の名前などを見ながら小声で読んでいたが、やがて、「東京市何區何町、」と書いて、そして「青木愛三郎、三十四歳」と記したのである。それから、名前の肩に著述業と認め終ると、急に昴然とした様子で、帳面を蓋しないで、女中の方に押しやった。が、女中は音無しく頭を下げて、「じゃ、直に御飯の御仕度をいたします、」と言って、下に下りて行った。

が、暫くして、先の女中が火鉢を持って来た時、彼は又窓の所に立って、もうすっかり暮れてしまった海の方を眺めていたが、彼女が火鉢の火を直している傍に歩いて来て、「下で僕の名前を見て、何とか言っていなかったかい?」と聞いた。

「いいえ、何にも、」と女中は不思議そうに言った。彼女は今の先、宿帳を持って下に行って、その時も又お上が何か用に立ったのか、いなかったので、「何だか恐そうな人よ、」と番頭の常吉に言ったが、それを客が聞いていたのか知らと思って気味が悪かったのでそこそこに又下に下りて行った。

すると、膳を運んで来た時、彼は又先と同じことを聞いた。が、別に下で何とも言っていなかったし、そんな事を客が聞いたということも、ついお上にも番頭にも言い忘れていた位なので、やっぱり「いいえ、何にも、」と答えた。客の青木愛三郎は甚だ物足りなそうな顔をした。

だが、その宿帳の名前を、お上がもっと早く見ていたらよかったのであった。と言うのは、彼女は静岡の女学校を二年で止めたものであるが、性来大の文学好きであった。彼女は以前一度嫁いだのであるが、夫に死に別れた為に離縁して、そして今の夫に再婚したのであった。丁度青木愛三郎が彼女の臨海楼に来た時分二三日の間というものは、彼女は夫に頼まれて彼の商売上の帳面の調べやら、溜っている手紙の返事を書く事やらで、大変忙しい最中だったのである。で、彼が来てから三日目の午後、その時彼は海岸に散歩に出て留守だった、彼女はやっと忙しかった仕事を一通り済ましてほっとした気持で、書き終った手紙の数を読んだり、帳面を重ねたりしていると、

「どうもおかしな人だね、」と次の間で番頭が女中を相手に話していることに、何気なく耳をとられた。番頭の声で、「何をする商売の人だろう?」

「何か時々机に向って書き物をしてるようだが、」と女中の声が言った。

「それがね、どうもおかしいのは、」と番頭の声で、「滞在しているお客の癖に、絵葉書が欲しいとか、郵便を出してくれとか、そんな注文がちっともないね。」

「妙に鬱陶しい顔をしているから、私は嫌いさ、」と女中が言った、「何だか窮屈で、恐いような人ね。」

「まさか、死に神に取っ憑かれているんじゃあるまいね？」

「分らないよ、何だか……？」

そこで二人が笑った時は、もうお上は彼等の方を聞いていなかった、彼女は手近にあった宿帳を取って、その頁を繰って見た。そして、そこに思いがりなく、青木愛三郎という名前を見出して、先にも言ったように彼女は文学の愛好家だりに、非常に、驚いたのであった。「青木愛三郎、青木愛三郎！」と彼女は芝居の役者が驚いた時にするような表情をして、幾度も幾度も口の中で繰り返した。残念なことには、彼女は評判の『基督と彼等』も、『奇蹟』も、彼の著書は一つも未だ読む機会を得なかったが、然し彼が今どんなに有名な小説家であるかと言うことは勿論、数年前から胸の病気を患っているという噂まで、何かの雑誌を読んで承知していた。彼女はその瞬間、成る程、養生かたがた来られたんだな、と思った。

「あの、常さん！」と彼女は取敢ず番頭を呼んで、「あの二階の六番のお客様の部屋を一番に移してお上げ！　あの方は、お前さん、大した方なんだよ、東京の有名な小説家なんだよ。よく麁相《そそう》のないようにしておくれ、お繁にもそう言って、よく、ね。」

その言葉と入れ違いに、散歩から問題の青木愛三郎が帰って来た。彼の、少し歩き過ぎたせいか、がっかりしたような、不機嫌な顔付が、と同時に一種悄然とした恰好が、如何にも小説家らしく見えた。

「お帰りなさいませ、」とお上は玄関口に走り出て、叮嚀に挨拶した。彼女ばかりでなく無愛想な男だと不断思っていた番頭までが、いつになく晴れ晴れした声で、「お帰りなさい、」と叫んだので、青木愛三郎は多少狼狽した形で、「や、」と一寸頭を下げた。

「あの、つい不注意致して居りまして、先生とは一寸も存じませんものでしたから、誠に失礼いたしました、」とお上が詫《あや》まるように頭を下げて言った。

「や、」と青木は更に一層狼狽した様子で、又一寸頭を下げた。

「あの、一番のお座敷を急いで掃除しておくれ、お繁や、」と彼女は奥の方に叫んで、それから、「一寸お座敷をお掃除いたします間、むさくろしい所ですが、此方《こちら》で暫く……あの、お体の加減は如何でございます？　当地は御承知でもございましょうが、どんな冬でも、雪などは十年に一度も降りません位で、氷なぞも一年に一度か二度も張ることがあるかないかというような所で、お体には屹度お宜しいでしょうと存じます。」

「そうですか、」と青木は柱にもたれ掛ったまま言った。

「先生のお書きになって入らっしゃるものは始終拝見さして頂いて居ります、」とお上はそこで嘘を言って、「あの、むさくろしい所ですが、今直にお掃除が出来ますから、どうぞ暫く此方で……。お節や、先生にそちらからお座蒲団を。」

「いや、僕はここで結構です、」と言って、青木は袂から敷島を一本抜き出して、立ったままで火鉢から火を移した。

「何かお作がお出来になりますですか？」とお上は言った。「どうぞ此方へお出でになりますうちに、立派なものをお書き下さいますように。この土地の紀念にもなりまして、名誉でございますから……。」

青木はこのお上の挨拶に、顔が熱くなって、腋の下から冷汗が出るのを感じながら、返答に困っていると、そこへ折よく、「お座敷のお掃除が出来ましたから、」と女中のお繁が知らして来た。

「御案内いたしましょう、」と言って、お上は自分で立って、彼を二階の一番の部屋という方へ連れて行った。そこは東西に延びているその家の建物の、一番西の端になっていて、一間の床の間の付いた、八畳の座敷であった。北側の窓を開けると、富士山が額縁にでも入れたように眺められるし、又西の小窓を開けると、「此方の方はずっと海が見晴らしになって居りまして、あの右手の、一段高くなっている山の下の辺に家のかたまって見えるのが、伊――の町でございます、」と、お上が教えた。

「煙草を、敷島を三つ四つ持って来ておいて下さい、」と青木は少し煩さくなったので、追い払うつもりで注文した。「はい、唯今、」と言ってお上が下りて行った後で、彼は、始め来た時には、自分のそんなにも有名である筈の名前が、誰にも認められないのをひどく物足りない気がしたが、認められると又余りに大袈裟になったのを擽《くすぐ》ったく感じながら、此前の部屋と違って中々立派な、紫檀のに代えられている卓子に肘を突いて、見るともなしに床の間の方を見ると、頼山陽の天草の詩の、無論擬筆か何かだろうが、軸が掛ている下に、大凡一尺もある鋳物の布袋和尚の置物が据えられてあって、その片隅に、彼の唯一の荷物である、小型の革の手提鞄が一層肩身が狭くなったような表情をして置かれてあるのが、苦笑が頰に浮かんで眺められた。

暫くすると、お上が又、小学校の祝日の時に、校長の傍の卓子に具えられるような、大きな錦手模様の瀬戸物の花瓶に、菊を一ぱい盛ったのを運んで来て、あわてて手元にあった雑誌の頁を開いて読み入った恰好をしている青木に、「度々お邪魔いたします、」と挨拶して、暫く花瓶と布袋和尚の位置を対照しては、置き所に苦心していた。「ねえ、先生、」と彼女は立って行きがけに又声をかけた。「先生が此方に入らしっている事が、伊――町にでも聞えましたら、勿論新聞に出ますでしょうし、そしたら新聞記者が尋ねて来たり、色々な人が訪問して来てお困りでしょうね？」

「それや困りますね、困りますね、」と青木は雑誌の頁から目を離して、「……しかし、もうひょっとすると、東京の新聞の消息位には出たかも知れませんから、――もっとも誰にも言わずに来てるんですからね、――そしたら、……困ったな。あの、伊――町には新聞があるんですか？」

「ええ、ございます、伊――新聞というのが。」

「じゃ、そこへ手紙でも出して、新聞に書かないように、頼んでおこうか知ら……？」

と青木は迷惑そうに半分独言で言った。

それが、先にも言ったように、青木愛三郎が大——海岸に来てから三日目のことであった。彼は自分の名前がこんな辺鄙な海岸にまで知られていることが不快ではなかったろうが、それが余りの急な持てはやされ方なので、少なからず辟易した形であった。番頭の常吉の態度の変り方などは殊に甚しかった。実は、彼はお上から客の青木の身分を言い聞かされる迄は、余りいい客じゃない位に思って、殆どその存在を無視していたのだが、元々田舎者で、露骨な正直者の彼は、それに一口に言うと所謂おっちょこちょいで、お上にそう言い聞かされてからと言うものは、忽ち出来るだけの愛想を振り撒き出した。「先生、今日は少し寒いですね、」「今日はどちらの方へおぶらつきです、先生?」「先生、お風呂が沸きました。今日は私がお流ししましょうか、先生、」「先生は全く、失礼ですが、骨と皮ばかり見たいですね、先生、学問するとこんなに瘠せるのかね?」「ほんとに先生は始終何か心配してるように見えますね、先生見たいな学問する人は、みんなそんな顔になるのかね?」と喋っているうちに、段々持前の田舎言葉になって来るのだが、先生という言葉だけは、何か余程嬉しいことのように、挟むことを忘れなかった。

ところで、お上が言ったことが心配になったのか、青木はその翌日、伊——町の伊——新聞編集部宛に、「拝啓、突然ですが、私は目下養生旁た一寸した創作の仕事を兼ねて、大——海岸の臨海楼に来ていますが、もし東京の新聞の記事からでもその事が貴社のお耳に這入りましても、どうか御発表下さらぬようお願申します、早々。青木愛三郎、」と葉書に認めて、女中に投函させた。すると、その翌日の昼頃早速、伊——新聞社々員という肩書のある、須東多喜夫という男が名札を通じて、彼を尋ねて来た。

「おお、到頭来たか、」と彼は女中のお繁の手から名札を受取ると、迷惑そうに顔を顰めて独言った。「……仕様がない、通してくれ給え。」

やがて、瘠せた、色の黒い、鼻の下に小さな髭を貯へた、背広姿の新聞記者が這入って来て、「これは青木先生ですか、始めまして、私は伊——新聞の……」というような型通りの挨拶をした。青木も割合に叮嚀に挨拶を返した。須東は年はもう彼れ此れ三十歳を過ぎた位に見えたが、青木に対してはまるで初心な文学青年のような態度で、自分は早稲田大学の文科を出たもので、学校にいる時分には無論作家になるつもりだったが、家が貧乏なのと、それよりも才分を恵まれなかったのとで、いつの間にかこんな新聞記者になって、いつの間にかこんな田舎に流れ込んで来てしまって、もう……伊——新聞に這入ってから五年になるというような事を話した。

「君は、失敬ですが、お幾つです?」と青木は尋ねた。

「もう三十三になります、」と須東は恥入るように言った。

「中学を出て、直に早稲田の文科に這入ったのですか?」と青木は聞いてから、「じゃ、丁度その君の居られた時分でしょうな、君と同じクラス位かも知れませんよ、僕の友達がいた筈ですが……」

「何という方です？」と須東は聞いた。

「いや、しかし、学校に籍を置いてたと言うだけで、殆ど出てなどいなかったでしょうから、たとえ同じクラスだっても御存知ないでしょう。……名は、戸川介二という男ですが……？」

「戸川介二……聞いたことがあるような気もしますが……」と須東は鹿爪らしく首を傾けた。「いや、しかし、存じません。卒業の年は××年位ですか？」

「いや、多分卒業しなかったかと思います、」と青木は暗い顔をして言った、「よく出来た男でしたがな。実際、天才的な男でしたよ、僕なども多分にその男の影響を受けたものです、もっとも、僕はその男とは少年時代からの、ずっと友達でもありましたが……。」

「その方は今どうして居られるのです？」と須東は、しかし、別に興味なさそうに聞いた。

「どうしているか、それが分らないのです。僕たちが学生時分には……」と青木愛三郎は感慨深そうに、果てはその心持細い、切《きれ》の長い目に霑《うるお》いを生じたかと思えるような表情をしてつづけた。「実際、あの男こそどんなに頭抜けてえらくなるだろう、とみんなで羨望したり、嫉妬の感情を抱いた程でした。が、結局、あの男が僕たちの期待を裏切ったのは、今になって考えて見ると、……つまり彼は骨の髄までの虚無主義者だったからなんです。」

聞いている須東は、何故そんなに青木がそんな友達のことを感慨深そうに話すのか分らなかったが、唯斯ういう立派な人がそんなに感心している人というのは、どんな人間だろう、と一寸空想して見た、が、何の見当も付かなかった。

「先生は今何か御執筆中ですか？」と話が切れた時、須東は改まった様子で聞いた。

「書きたいとは思ってるんですが、」と青木は言った、「何より体が大事ですからね、つい ぶらぶらしていますよ。」

「ああ、そうでしたね、」と須東は思い出したように、「近頃はお体の加減は如何です？」と気が付くと青木が人の三倍も煙草をすうのを心配そうに見ながら聞いた。

「相変らずです、」と青木は無頓着な風で答えた。

それから又須東は、どんなに青木の『基督と彼等』や、『奇蹟』や、或いは最近の『世界人』やを愛読したかと言うような話から、それ等の作に対する感心した感想を述べたり、又作者の青木のそれ等に対する感想を叩いたり、一頻り文学とか、文壇とかいう種類の話で賑った。彼は青木が心おきなく、色々と話してくれたことを厚く感謝した、彼はだんだん馴れて来ると、青木が思いの外話題も多く、捌けていて、それに話上手であることにも驚かされた。だから、帰る前には可成りくつろいだ気持になって、「先生はお酒などお上りにならないでしょうな、無論、芸者とか何とか言うような者の出没するところへなど、お出かけになることも……?」というような話をした。

「ええ、酒は呑みません、」と青木は答えた、「従って、そういう所へ自分から進んで出かけて行くということは滅多にありませんが、友達に誘われて行くことも稀にはありますよ、これでも、」と言って、最後に取って付けたようにハッハハハと笑った。

「先生のような方のお座敷はむつかしいでしょうな、」と須東は眼鏡の中で、烟たそうに目をくしゃくしゃさせながら、相手の機嫌を伺うように言った。

「いや、そんなでもありませんよ、」と青木もその細い目をしばしばさして、「多少は観察する興味もありますからね。ハッハハハ。」

「じゃ、一度御案内いたしましょうかな、」と須東は言った、そしてあわてて附足した、「何かの御参考にもなりますでしょうから。……」

そして彼は夕方近くに帰って行った。

ところが、その翌日、須東は四時頃に乗合でない自働車を臨海楼に乗り着けて、青木を尋ねて来た。須東が女中の案内もなしに青木の部屋に這入って来ると、青木は丁度来た時の日のように、北側の窓框に腰かけて、腕組をしてぼんやりと富士山を眺めていた。「先生、」とその日は和服姿で、須東は部屋に入って来るなり叫んだ、「どうです、御退屈でしょうと思ってお迎いに上りました。今日は夕御飯を上りかたがた伊――町へお出かけになりませんか？」

「さあ、」と青木が生返事をしているところへ、お上が茶盆を持って上って来た。

「いらっしゃいませ、」と彼女は須東に言って、それから、「先生、お出かけですか？」

「さあ、」と青木はやっぱり生返事で答えて、一寸間をおいてから、須東へともお上へともつかずに、半分独言のように、「僕は一遍東京の方へ帰って来ようかと思ってたんだが……どんな所だか、一寸検分のつもりで、着換えも何にも持たずに出て来たものですから、然し非常に気に入りましたよ、実際、気に入った。」

「まあ、そんな事を仰有らずに……」と須東は言った、「着換えなどは郵便ででもお取寄せになったらいいじゃありませんか？」

「それもそうですね。」

「さあ、それより、御迷惑でしょうが、行って見ましょう、」と須東は言った。「折角自働車でお迎えに上ったんですから。」

「お迎えに入らしったんですか、」とお上は須東の方に向って云って、それから「じゃあ、先生、出かけなすって御覧なさいまし。どうせ田舎で、つまらない所ですけど、又御気分もお晴れになるでしょうから、」と勧めた。

そういう話で、愈よ伊――町に出かけることになった青木と須東とを、お上が自働車のところまで送って行くと、そこへ家の中から慌しく番頭の常吉が走り出て来て、「一寸待って下さい、一寸待って下さい、」と叫んだ。そして常吉はお上に、「あの、晩の用事を足しに、今次手にこの自働車に乗せて貰って、伊――へ行って来てもいいでしょう？」と言った。「乗せてやろう、乗り給え、」とお上が何とも答えないうちに、車の中から須東が叫んだ。で、番頭は大急ぎで又家の中に這入って、羽織を引っ掛けて、自働車に乗り込んだ。

「先生、お風を召さないようになさいませ、行って入らっしゃいませ、」と自働車の機械の廻り始める音がした時、お上が言った。

「じゃ、先生をお借りして行きます、」と自働車が動き出した時、須東がお上に叫んだ、

「ひょっとしたら、今晩一晩先生をお借りしますよ。」

「いや、それは……」と青木は口の中で言ったが、それは走り出した自働車の音で、誰にも聞えなかった。

その晩の一時過ぎてから、酒臭い息を吐きながら、番頭の常吉は一人で帰って来た。

「どうしたんだよ、お前さん、だらしがないねえ、」と顔を顰めて言うお上に、

「勧められたんだよ、勧められたんですよ、」と常吉は云った、「そして新聞屋さんがお上さんに宜しくと言ってたよ、先生を確かにお預りしたって、明日朝のうちにお送りするって……。」

「まあ、仕様がないね。お前さんも早くお休み、」とお上は舌打して言った。

然し、翌日の午過ぎになって、青木愛三郎は悄然として、一人で、丁度彼が始めてここに来た時を思わせるような恰好で、俥で帰って来た。風のある日で、往来に水を撒いていた番頭の常吉が最初に彼を見付けて、「先生、お帰りなさい」と片手に杓を持ったままで飛んで来て、「先生、昨晩は御馳走様でした」と彼は薄い毛の頭を撫でながら言った。

が、青木はそこそこにそれに答えて、逃げるように自分の部屋に帰ると、頭が痛いからと云って、女中に床を敷かして寝てしまった。

その翌日は青木はいつもの通り、十時頃に起きたが、何だか今迄よりも一層元気がなくなったように見えた。午後、散歩に出る時、玄関でお上が二言三言声をかけた時にも、唯簡単な返事をしただけで、直にぶらぶらと出かけて行った。暫くすると彼は急ぎ足に後戻りして来て、「敷島を二つばかりとマッチを下さい、」と言った、そしてそれを受取ると、外の事は何にも言わないで、直に又表に引返した。

「本当に小説家なんて言うものは変ってるわね、」とお上は、彼に煙草とマッチを渡したまま、その後を見送るように立っていたお繁の方に、話しかけるともなく、独言とも付かずに言った。「まったく、いつかお前たちが言ったように、始めて見たら、訳を知らない人が見たら、死ににでも入らしったように見えるわ。」

そこへ、玄関に伊――新聞記者の須東多喜夫がひょっこり這入って来た。「やあ、此間は失礼、」と彼は鼈甲縁の眼鏡の奥から、その善良らしい目をにこにこさせながら言った、「青木さんは？」

「たった今、海岸の方へ散歩にお出になりましたとこ、」とお上は得意の女学生言葉で言った。「あなた、先生のようなあんな真面目な方を変なとこへ引張ちゃあ厭ですよ。屹度迷惑して入らっしゃいますわよ。」

「ところが、ところが、」と、須東はにこにこ顔をつづけて、「どうして大もてなんですよ。伊――の芸者ですっかり青木さんに岡惚れしてしまったのがある位なんですよ。……海岸って、此方の方？」と須東は外海岸への方の道をさして聞いた。

「ええ、そう、たった今ですわ、」とお上は言った。

臨海楼の前を出て、小さな牧場のある角を曲ると、そこから畑の中の一本道が六七町で外海の岸に出るのであるが、海岸のところはずっと可成り高い松原の土堤になっていた。須東がその牧場の角を曲った時、向うを見ると、青木の姿が遥かにもうその土堤近くを歩いて行くのが眺められた。二三度「青木さーん！」と叫んで見たが、聞える筈がないのか、それとも青木が例に依って何か思いに沈んでいるので聞えないのか、要するに通じなかった。

松原のその土堤から、海面は又畑の方の三倍もの低さにあって、それがだらだらした傾斜の砂浜になっているので、見方に依ると、それは砂漠のように広く見えた。その土堤の頂上と波打際との丁度中間の辺に、青木はぼんやりした恰好で蹲んで、ぷかぷかと煙草の煙を吹いていた。須東が「青木さん！」と土堤の上から叫ぶと、今度は直に聞えた。それが余り突然だった為か、青木は何か悪い事でもしていたように、狼狽した恰好で振り返った。が、須東はそんな事には頓着なく、ざくざくと砂を踏んで、その傍に歩いて行って、

「此間は大変失礼しました。」と言った。「先生、松龍が……そら、あの富士額の、受け口の女ですよ、彼女があなたにすっかり岡惚れしてしまって、あなたの……あなたのお伽をした女ね、染次とか言いましたね、あの女に是非先生をくれって言うので、大騒ぎをしていますよ。」

が、青木は笑い顔もしないで、答えなかった。須東は余り心安立ての口をきいたので、青木の機嫌を悪くしたのに違いないと思って、

「この頃は富士山がいつも奇麗ですね、先生。ここの景色は一寸三保の松原という感じですが、――先生は三保を御存じですか？――彼処より確かに景色は大きいように思います。」

「そうですかね、」と青木は冷淡な答えをして、すい終った一本の敷島を口火にして、又新しいのをすい付けた。

「ところで、先生、今日は一寸改まったお頼みがあって参ったのですがね、」と暫くして須東が言い出した。「伊——の町に扶桑会という、あの町の者を中心にした、謂わば智識階級の青年会と言ったような団体があるんです。もっとも青年会じゃないんですから、現に会長などは医学士で、五十幾つになる人ですが、それに伊——には御承知の通り師範学校もありますから、そこの職員や生徒の有志とか、私たちのような職業のものとか、小学校の教員とか、変った顔触れとしては伊——町の警察署長なども会員の一人なんです、ですから、決してそんなに低級な人間の寄合いではないんです。ところで、お頼みというのは、その会から私が頼まれて来たんですが、先生に是非講演をして頂きたいというのです。如何でしょうか、無論、御迷惑でしょうが、私からも是非お願いしますから、曲げて御承諾願えませんでしょうか?」

「困ったなア、僕は講演なんて、経験も少ないし、下手なんですがね、」と青木は言った。

「いえ、どう致しまして、」と須東は熱心に言った。「もう、どんなお話でも結構なんです、もし御承諾が願えましたら、どんなに会員一同が喜ぶかも知れません。もっとも、お礼の方は大したことも出来ないかと思いますので、面目ありませんが……」

「困ったなア、」と青木はくり返した、が、お礼という言葉を聞いて、確かに一寸気を動かしたように見えた。無論、須東にはそんな事は気が付かなかったが、

「ね、先生、是非お願いいたします、どんなお話でも……いえ、極端に言えば先生のお顔さえ見せて頂いたらいいようなものなんですから。」

「会場など定っているんですか？」と青木は聞いた。

「ええ、実は気の早い話ですが、師範学校の講堂を借りる事までもう定めてあるんです。ですから、どうぞ、是非、御迷惑でしょうが……」と須東は頼んだ。

「日はいつなんです？」

「それが、どうも急な話なんですが、明日が丁度土曜日なものですから、その、明日の午後六時という時間でお願いしたいんです、」と須東は恐縮そうに、肩を縮めて言った。

「実に急な話ですね、」と青木は又煙草に火をつけながら言った。「じゃあ、まあ、何かやりましょう。」

やがて、二人は立上って、ぶらぶらと宿の方への途を並んで歩いた。何かの話の次手の時、青木がふと思い出したように、

「ところで、僕は君も御存知の通り、着のみ着のままで来ている訳ですから、袴も何もないんですが……」

「それで結構ですよ、」と須東は言った。「もっとも袴は、失礼ですが、私のをお穿き下すったら結構です。」

言う迄もなく、その翌日の伊――町での青木愛三郎の講演は大変な人気であった。定

刻を殆ど違えずに、聴衆席の向って左側の特別席には、会長の医学士は無論のこと、特別会員の警察署長も、師範学校教頭も悉く鹿爪らしい顔を並べて坐っていた。演壇の背景の中央には型の如く一枚の細長い紙が掛っていて、それには「神の愛と人の愛と青木愛三郎氏」と認められてあった。その青木愛三郎は彼の所謂着のみ着のままの、大島絣の着物に同じ羽織を着て、須東からの借物のセルの袴を穿いて、心持ち前屈みの姿勢で、始終右手に持った手巾を口に――というよりも鼻の辺から口の辺一体にかけて蔽うようにして、如何にも『基督と彼等』の作者らしい落着きを以て喋っていた。始めは稍々声が低過ぎて、全体の聴衆に聞え兼ねる恨みがあったが、それも段々話し進むに従って、講堂全体が鳴りを鎮めた為か、彼の声が底力を持って来たのか、低い調子が却って重々しさを見せて、満堂に沁み渡った。彼は始め、ほんの二三十分で許して頂きます、と前置したにも拘ず、演説は一時間つづき、一時間半つづき殆ど二時間近くに渡った。而も、聴衆が真面目であったのと、演説そのものも、実際『基督と彼等』の著者として、決して恥しくない立派な内容のものだったので、非常に熱心に聞かれた。彼の講演が終った時、当日の司会者の、例の師範学校の教頭が演壇に上って、

「今日の青木先生の御講演は実に有益な、有難い講演だったと思います、」と彼は感動のこもった声で言った、「青木先生が御病中にも拘らず、我々の為めに斯ういう結構な講演をして下すったことは、我が扶桑会のみならず、伊――町民の心から感謝する所で

あります。殊に今日、私が最も嬉しく、愉快に存じましたのは、あの長い、何方かというと内容の深い、難しい御講演を、皆さんが咳払い一つせずに、熱心に耳を澄まして聞かれたことであります、これは私たちは勿論のこと、屹度講演者の青木先生も御満足に思って下さったことと思います。私は皆さんの頭が、あの青木先生の御講演を、あんなに熱心に、あんなに耳を澄まして聞かれる程、皆さんの頭が進んでいることを思うと、満腔の喜びに堪えません。では、これで今夜の会を終ります。」

会が終ってから、青木を中心にして、会の主立《おもだ》った人々が集まって、学校の教員室で簡単な茶話会が催された。その席で、席の末席に列なっていた、その学校の卒業生で、当時伊――町の小学校に勤めていた若い教員の甲が乙に、

「君、どうして青木先生はあの長い講演の間、始終半巾を口に当てて居られたんだろう？」と小声で囁いた。

「あれはね、君、僕も考えていたんだが、」と乙が甲に囁いた。「先生は肺病なんだろう？　だから、病気が聴衆にうつらないように気を附けられたんじゃないかね？」

「なる程ね、」と甲は感心したように云った。そして卓子の上の菓子をそっと一つつまんで、それをむしゃむしゃと食ってから、暫くして、「君、そうじゃないよ、」と忘れた時分に又先の話をつづけた。「何ぼ何でも、あんな演壇の上にいて、口から鼻から、まるで顔を半分隠すようにして、自分の息を注意しなくたって、聴衆に伝染するなんて筈

がないよ。僕が一昨年の夏、東京でやっぱりあの先生の講演を聞いたことがあったが、その時はあんな事はなかったよ。多分、その時分より、こんな所へ養生に来て居られる位だから、もっと病気が進んだので、会場の汚い埃を吸わない用心をされたに違いないよ。」

「なる程ね、」と乙は感心したように言った、そして二人はそっと含み声で笑った。その話はそれ切りで済んだが、茶話会が解散になった時、この甲教員が、学校の出口のところで、青木愛三郎を後から追っ駆けて、「先生！」と呼びかけた。そして名札を出して、「失礼ですが、私は斯ういう者で。……先生の御講演は東京で二度と、今度で丁度三度目に拝聴いたしました、有難うございます、」と言って、お辞儀をして、そして暗がりの中へ消えてしまった。青木愛三郎は暫くその場に突立って、呆気に取られたようにぼんやりしていた。

「青木さん、どうぞ此方へ、」とその時警察署長が声をかけた。と言うのは、今し方茶話会の席上で、「もう今夜は時間も遅いしするから、これから大――まで帰るのは、自働車にしても大変だから、今夜は此地《こちら》でお泊りになったらいいでしょう、」と誰かが言ったのであった。すると、「それがいいです。もう九時過ぎですから、どうぞ、一寸もおかまいは出来ませんが、どうか私の所へ、」と扶桑会長の医学士が言った。「いや、私の宅が一番近いんですから。どうぞ私の方へ、」と師範学校の教頭が言った。「いや、実は私の方にそのつもりで用意がしてあるんです、」と警察署長がその毬栗頭を振って言うには、「実は、その一寸先生にお頼みしたいことがあるもんですから、私は今夜は遅くなってもならなくてもそのつもりで、家に用意をさせてあるんです。」それで、署長が勝ったのであった。が、実の所、青木にして見れば、署長の家は勿論のこと、教頭の家にしても、医学士の家にしても、そんな窮屈な所で泊るのは甚だ迷惑なことに違いなかった。で、一応も二応も辞退したのであるが、それが通じなかった。此際、せめて須東が何とか血路を開いてくれるだろう、と時々彼の方を見たのだが、そういう席に出ると、一向存在を主張することが出来ないらしく、彼は何にも言わなかったどころか、「じゃあ、先生、署長さんのお家で御厄介になられたらいいでしょう、」と言うのである。「中々立派なお家ですよ。」――そんな訳で、彼は仕様なしに、署長の家へ泊ることになった次第なのであった。

署長は、然し、二人切りになって話して見ると、実にいい人間らしかった。青木は始めてこの署長の顔を見た時から、何処やら見たことのあるような気が頻りにするのに、どうしても思い出せないで多少苛々さえして居たが、「青木さん此方ですよ、」と学校の門のところで声を掛けられて振り返った時、門灯の光で明暗の出来たその顔を見て、思わず可笑しくなった、というのは、署長の顔は臨海楼の彼の部屋の、床の間の置物の布袋和尚に似ていたのであった。が、署長はそんな事を察しる筈もないから、快活な声で色んな雑談をしながら、彼を案内して、暗い町筋を右に左に曲って行った。余り幾度も道を曲るので、流石に知らない町とは言いながら、青木が少し不審に思い出した時、いつの間にか何だか見馴れた町に来たと思うと、署長がすたすたと這入って行った家は、此間須東に連れられて行った『大勝』という宿屋兼業の料理屋だった。青木は一寸当惑を感じたが、仕方がないと思って、署長に附いて玄関を上った。と、署長は始終来ているものと見えて、出て来た女中たちは「先日は失礼、」とか、「此間のはどうなりまして？」とか、馴れ馴れしい挨拶をしていたが、その中の一人がふと青木を認めて、「おや、先生、よく入らっしゃいました、先日は失礼しました。松龍さんが、先生がお出でになったら、是非呼んでくれとくれぐれも言伝てしていましたよ、」と叫んだ。

「これはこれは、」と署長はその毬栗頭の布袋顔を嬉しそうに振って、「青木さんも隅に置けませんなア。もうそういう調子では……ワハハハハ、」と如何にも署長らしい笑い方をした。

「家へと思いましたけど、家などつまりませんからな、窮屈なばかしで……」と署長はやがて座に着いてから言った。「で、失礼と思いましたが、こんな所へ御案内しました。始めて御案内するつもりだったら、もう先に御承知とは驚きましたね、ワハハハハ。」

「松龍が先生に惚れているのかい？」とそこで署長は一転して、女中に向って聞いた。

「じゃあ、松龍を呼んでくれ。それからさん子、新駒、吉奴、まあそんな所を、いいように掛けてくれ。」

「もうどうか、」と青木は恐縮して言った。「僕はあんまり賑かなのを好きませんので……」

「成る程、先生はしんねこの方ですな、」と署長は言った、「如何にも。おいおい、じゃあ、松龍と……さあ、吉奴でも。二人だけにしてくれ。青木さんはお酒は？」

「僕は一滴も、」と青木は言った。

「実は、私もこんな恰好をしていて、酒は余りいけない方なんです。それでどうして斯うなるんでしょう？　ワハハハハ、」と署長は言った。

それから色々あって、「ところで、先生、さっき一寸お耳に入れましたお頼みというのはですね。いや、何でもない事なんです。」と署長が言うには、「その、今度この伊――の町役場が改築になりまして、その明後日落成式があるのです。それに就きまして、先生に、一つ、その祝文をお願いしたいんですが。その、私が祝文を読むことになって居りましてな、それをどうぞ、ええ、極く短いもので、何でも結構です、是非作っていただきたいのですが。次手にそれを先生のお筆で書いて頂きましたら、尚重畳ですが、そしたら役場に写しをやって、取り返して来て、私の家の家宝にしたいと思いますんですが……。どうぞ、先生、是非どうぞ。」

無論、その位のことを断る訳には行かなかったので、それに講演などよりはずっと手軽なことでもあったから、彼は署長の申出を承諾した。署長は大変喜んで、十二時頃、青木を残して帰って行く時、「では、そんな訳ですから、明日中に何とかお考えを願います、ここの家には私からよく申し付けておきますから、どうぞ二日でも三日でもお飽きにならないうちは御ゆっくりなすって下さい。そして明日の晩、又私が伺いますから、それ迄はどうかお嫌いでもお止まりを願います。明朝用紙などは私の方からお届けしますから、どうぞ何分よろしく、」と言った。

その翌朝の十時頃、青木が松龍と二人で朝飯を食っているところへ、鼈甲眼鏡の須東がやって来て、襖を開けるなり、「よお、御両人!」と叫んだ。それから、「今朝署長の家へ行ったら、此方だと言うので、やって来たんですが、流石にあの署長は通人だけに味をやりますね。松龍、本望だろう?」

「ええ、本望ですわ、」と松龍はその大きな体を媚びるように曲げて、味噌歯をにっと見せながら言った。「須東さん、あなた、御飯は?」

「朝飯は夙に済んだよ、」と須東は言った、「今度は昼飯の番だよ。」

やがて、松龍が何かの用事で下に立って行った時、須東は青木に、「昨夜の講演のお礼は幾ら出ました、少なかったでしょうな?」

青木は茶話会の席上で、会長の医学士から西洋封筒に這入った包を受取ってから、署長と一緒に『大勝』に来て、便所に行った時そっと開いたので、それがたった二十円であることを知っていたが、「まだ開けて見ません、」と冷淡に答えた。

その時、署長の家からの使が用紙などを届けて来たので、「何を頼まれたんです？」と須東に聞かれて、祝文の話をすると、

「色々御面倒な事が増えますな、」と須東は言った、「じゃあ、今日はお邪魔でしょうから失礼します、又都合に依りまして、夕方でもお伺いします。」

ところが、彼も亦愈よ帰りがけに、青木に又一つ面倒な事を増やして行った。というのは、三枚でも四枚でもいい、十枚か二十枚書いて下すったら尚結構だ、元より恥かしい程のお礼しか出せないが、是非紀念の為に伊――新聞に何か書いてほしい、と言うのである。青木は迷惑そうな顔をして、この度は署長の時と違って一二度断ったが、結局、気の弱い男に違いないので、承諾してしまった。「先生、本当に御迷惑でしょうが、どうぞ宜しくお願い申します、」と須東は幾度も幾度も頭を下げて帰って行った。

午後、青木が芸者を返して、一時間余りかかって、例の署長から頼まれた町役場の落成式の祝文を丁度書き終った時分に、伊――新聞社の須東からの使という者が、「先程お願いしました事、何卒宜しく御願い申上げ候」云々という手紙を添えて、新聞社用の原稿紙を届けて来た。青木はそれを見ると、一寸苦笑を浮かべたが、次手にこれも書いてしまおうと思って、直に構想にかかった。じっと机の前に坐っていては構想の出来ない質《たち》とみえて、彼は部屋の中を檻の中の動物のように、彼方此方と歩き廻った。表を一

寸散歩して来たいと頻に考えたが、何だか昨夜の講演会で町中の人に顔を知られてしまったような気がして、大――でのように気軽に外に出る気が起らなかった。で、部屋の中を歩きながら、幾度も幾度も窓の前に立止まって、そこの障子を細目に開けては、往来の方を窺いて見たりした。田舎町の料理屋にしては中々立派な家で、その窓の下から門の所まで、十間ばかりの間は御影の石畳が敷いてあって、両側には八ツ手や桜の木や楓などが植えられてあった。その向うに、丁度門と往来を隔てて相対した位置に、可成り大きな菓子屋があった。彼は二三度その菓子屋の店頭を遠望しているうちに、菓子が食いたくなったので、女中を呼んでそれを命じてから、愈よ須東に頼まれた原稿を書き始めた。それには『海辺の哲学的逍遥』という題をつけた。が、それは今日直に渡さないつもりで、書き終ると、隠すように懐の中に収めてしまった。それに二時間ばかり費したので、やがてすっかり日が暮れて、電灯が点る時分になって来ると、何となしに心細くなって来たので、青木は署長のところへ電話を掛けようかと二三度考えたが、なるべく落着きを見せている方がいいと思って、思い止まって又部屋の中を彼方此方と歩き出した。やがて、例の往来の方へ向った窓の障子からそっと窺いていると、昨日の和服姿とは全く面目を改めた署長が、剣をがちゃがちゃ鳴らしながら這入って来るのが見えた。神経衰弱の加減か、その警察の制服姿に青木はひどく驚かされた様子だったが、そッと障子を閉めておいて、机の前に帰って、わざと落着いて坐って見ると、手持無沙汰なので、先に書いておいた祝文を机の上にひろげて、読み直しているところへ、女中と一緒に署長が声だけは昨夜と同じ調子で、「や、昨晩は失礼いたしました。おや、お一人ですか、御退屈でしたでしょう、」と言って、帽子を脱いだ所を見ると、又だんだん昨夜の好人物らしい感じが出て来たので、青木はやっと胸を撫で下した形で、「粗末なものですが、どうやら書いておきましたから、」と言って、それを署長の方に押しやった。

「これはこれは、どうも、これはどうも、」と署長は洋服の膝を窮屈そうに折って、どっかりと胡坐を掻いて、卓子の向う側に坐った、そして青木の書いたものを手に取って、一寸拝んでから拡げて見て、「これはどうも、結構です、見事な御手蹟ですな、流石に、……結構です、」と嬉しそうに言った。彼はそれを叮嚀に幾つかに畳んで、もう一度拝んでから、小学生徒が免状をしまうように、洋服の上衣のポケットに挟んだ、それから思い出したように「松龍は?」と聞いた。

「いえ、午前中に返しました切りです、」と彼が恐縮そうに云うと、

「それやいけない、おいおい、」と署長は言いながら、手を叩いて女中を呼んだ、「松龍をどうした? 早く呼べ、早く。御飯の仕度はまだなのかい?」

「僕は一度大――の方に帰ろうと思います、」と青木は言った、「昨日出た切りですから、宿で心配してるだろうと思いますから。」

「かまうもんですか、まあ、そう言わずに御ゆっくりなすったらいいでしょう。おい、御飯の用意はいいかい？」

「じゃあ、御飯だけいただいて、兎に角、今夜は一度帰ります、」と青木は主張した。が、そのうちに飯を食ったり、芸者が来たりして、いつの間にか時間が過ぎて、愈よ帰り仕度を始めたのはもう八時前であった。が、署長は松龍を連れて、わざわざ自働車で彼を臨海楼まで送って来た。

新聞で彼の講演の記事を読んでいた臨海楼のお上は、その晩、彼の部屋にやって来て、一時間近くも色んなお喋りをして行った。彼女は新聞の記事に依って、彼を賞める新しい言葉を覚えたものと見えて、お世辞の言い方がいつもより一層流暢で、変ったハイカラな言葉を混ぜて述べた。青木も始めのうちこそ何だったが、この二三日の間に、急に新聞記者が来たり、お茶屋に招待されたり、講演会に出たり、署長に尊敬されたり、まるで政治家の受けるような歓迎と喝采とに馴れて来ると、いつかそれが当然のように、又別に驚くべきことでも、変ったことでもなく、実際、自分はそういう風に扱われても、何の間違ったことでないと言う気がして来た。だから、その晩はお上の彼に対する言葉がいつもより一層尊敬を以て語られたように、彼がお上に対する態度や言葉附もこれ迄とは少し変って見えた、つまり、昨日までのように妙におずおずした所や、悄然とした所がなくなって、言葉にしても、例えば「どうも田舎の人は何かにつけて大袈裟でね、」

とか、「署長はいいようですが、あれじゃ少し調子が軽過ぎるようですな、」とか、「どうも先生先生じゃあ、芸者遊びも唄一つうたう訳にも行きませんからな、」と言う風に、幾らか尊大な言い廻しになったように思えた。

彼は一人寝床の中に這入ってからも、長い間、訳もなく愉快で、世の中が組し易いような、この世が住むに値するような、楽しい気持で興奮して来て、容易に眠りにつけなかった。で、枕元に放り出してあった、『海辺の哲学的逍遥』の原稿を拾い上げて、読み直して見ると、それも亦「どんなものだい？」と思える程いい文章に見えて、「うまい、うまい！」と幾度か自分で独言ちて、終には声を上げて朗読して見たりした。が、一昨日からの疲れで、いつとなくうとうと眠りに落ちた。

「先生、先生！」と枕元に女中の声がして、彼が起されたのは翌日の昼前のことであった、「お客様です、先生！」

青木愛三郎は夢中で、蒲団の中から両手を突張って、伸をして、ぼーッと目を開くと、入口の障子が夢の中でのように静かに開いて、そこに松龍が微笑みながら這入って来る姿が眺められた。彼はあわてて、両手を蒲団の中に収めて、それから本式に目を開いて、「やあ、失敬、失敬、」と声をかけた。彼は朝の目覚めから幸福であった。そこで、急いで起き出して、顔を洗って、松龍とさし向いで朝飯兼の昼飯を食っていると、須東多喜夫がやって来た。

「君、書いておきましたよ」と彼は須東を見ると、てれ隠しを兼ねて斯う叫んだ、そして床の間の布袋の置物の前にあった原稿を、箸を持った手で指さした。

「これはどうも有難うございました、早速に、」と須東も早速職業的な言葉で礼を言った、が、直にやにやと顔を笑わせて、「大分お羨ましい光景ですな」と言った。

「私が押しかけて来たのよ、」と松龍は味噌歯をむき出して叫んだ。

「君は御飯はどうです？」と青木は未だ幾分か極りの悪そうな様了で聞いた。

「今、食べて来たばかりのところですから、まだお腹が空きません。どうぞ御遠慮なく、」と須東は答えた。

そして結局一二時間程後、三人は、番頭の常吉に伊——まで自働車を呼びに行ってもらって、それに乗って伊——に出かけて行ったのであった。青木は此間の講演会の礼金があるので、番頭への使賃や自働車代などを、惜しげもなくおまけを附けて払った。彼は腹の中で、近日受取る筈の警察署長からの礼金と、須東の新聞社からの原稿料とを考えて、だんだん気持が増長して来るのを覚えた。——そして、その日から、四五日、ずっと続けて彼は臨海楼に帰らなかったのである、恰もそこから『大勝』の方へ宿を変えてしまったような形で、彼は十分いい気になって根を下ろしてしまって、その間松龍は彼の傍に附き切りだったし、彼自身酒こそ飲まなかったが、夜になると、大抵須東を電話で呼び寄せたり、或る時などは臨海楼の常吉を自働車で迎いにやって呼んだり、そしてそういう時は賑かに四五人も芸者を呼んで、豪勢に遊んでいたのであった。

ところが、四日目だか、五日目だったかの午後、彼が丁度一人いた時を見計らって、そーッと女中頭が襖を開けて彼の座敷に這入って来た、そして、「先生様、誠に恐れ入りますが、」と彼女は上目使いで彼の方をちらちらと見上げながら言った。「此辺の定《きま》りになって居りますので、恐れ入りますが、一度御勘定をお下げ下さいますように……へえ……誠に恐れ入りますが……？」

すると、青木は忽ち顔色を変えて、「そんなものは宿の方から、常吉でも呼んで取ってくれ給え、」と叫んだ、だが、何処か力の抜けた声で、「宿の方に千円ばかり預けてありますから。」

「どうも、誠に失礼いたしました、」と女中頭は蜘蛛のようにお辞儀をして、部屋を出て行った。

すると、極端に神経が鋭敏になっていた青木の気持に、どうやら下の帳場の方から、使を出して、大――の臨海楼に調べにでもやった気配が感じられた、確かにそうとは分らなかったが、どうもそんな風な気がされた。彼はこの四五日来の元気な顔色をすっかり失って、実際、千円の金なんぞ預けた様子はないのであるから、急に苛々した様子で、いつかその同じ部屋の中で、署長の祝文や、須東の新聞への原稿を書いた時と同じように、それよりももっと苛々した恰好で、部屋の中を頭を振りながら彼方此方と歩き出した。彼はもう障子の隙間から往来を覗く余裕さえ持たないように見えた。暫くすると、彼は自棄《やけ》のように手を叩いて、女中に、「大急ぎで自働車を呼んでくれ給え。これから大――に帰るから、」と叫んだ。

が、どうしたのか、自働車は二十分待っても三十分待っても来ないので、彼は幾度も幾度も気狂のように手を叩いて催促したが、その度毎に唯今直にとか、何処のも皆出払っていますから一寸お待ち下さい、とか云う返事だった。そう斯うしているうちに一時間も経って、未だ自働車が来なかった前に、慌しく階段を上って来る気配がしたので、青木がはッとしてその方に注意していると、それは女中でなくて、伊――新聞の須東多喜夫で、

「青木さん？」と彼は青木の姿を見ると、いつになく鋭い声で、『今日、社にこんな手紙が参りましたんですが、あなたに覚え……か、お心当りがありますか？』と言って、彼の前に一通の手紙を突きつけるようにして見せた。

青木はその時は多少落着いた形をして、卓子の前にわざと威厳を作って坐っていたが、須東の言葉に何事かはッとした様子で、突きつけられた手紙を震える手で受取って、一目見るなり「あ――」と彼は消え入るような声で叫んで、両手で頭を抱えて、卓子の上に顔を伏せてしまったのであった。彼は一言の弁解も反駁もしなかった。それは東京にいる、本当の『基督と彼等』の著者の青木愛三郎から、伊――新聞社に宛てた、彼のあ

ずかり知らない講演や、文章に対する抗議状なのであった。

伊――新聞社の須東多喜夫がどんなに狼狽したか、又扶桑会がどんなに面目を潰したか、その外警察署長、(彼の手下の者がその贋の青木愛三郎を警察に連れて行ったのであった。) それから臨海楼の文学好きのお上、味噌歯芸者の松龍 (然し、彼女はたとえ彼がどんな泥棒でも、追剝でも、やっぱりどうしても私はあの人が好きでならぬと言って、朋輩の話の種になった。) 等々の人たちがどんなに恐縮したか、又その後、須東は新聞社を解雇されて、就職口に困った末、臨海楼に暫く世話になりに行ったり、布袋顔の署長が進退伺を出したり、師範学校の教頭が恥で病気になったり、さては臨海楼のお上が亭主の土木請負師に殴打されて叱られた上に、株式会社の社長から一週間謹慎を命じられたり、――そう言う色々なその後の事件は、幾ら私が骨折って書いても、今迄の私の経験からすると、それは徒らに読者を怒らすだけであろう。やがて、どんなそういう事件を書いても、読者を怒らさないように書ける迄、私の修業が積んだら改めてそれ等は書く事にして、又実際、そういう事件がこの小説の主題ではないので、実は今年の秋、私がその同じ大――海岸の臨海楼に行って、そこで見聞きした事を書こうとしたのがこの小説の本体なのであるが、いつの間にか『はしがき』がこんなに長くなってしまったので、残念ながら、私が諸君に言おうとする事を、最後に、一口に簡単に述べておこう。閑話休題。

その贋の青木愛三郎は、本当の青木愛三郎の竹馬の友達で、そして又私の尊敬していた友達の、戸川介二であったことを、私はそこで聞いたのであった。結局、その時の色々の金銭上の不始末は、青森県の戸川の実家から支払われて、だから彼は別に法律上の罪人になることは免れて、又来た時のように小さな手提鞄を一つ持って、飄然と消えてしまったと言うことであった。そして臨海楼のお上が私に、それ等の話の末に、言うには、「今年の夏、本当の青木さんがやっぱり此地にお見えになりましたが、斯う申しちゃ失礼ですが、あの別の青木さんの方がずっと品などもおありになって、番頭などもやっぱりそう申すんですが、あんな者の言う事など的《あて》になりませんが、ずっと好きだなんて言ってる位なんでございますよ。そう言えば、須東さんなんかも、負け惜みかも知れませんが、前の青木さんの方がずっとえらいように思えるがな、本当はどうだか知らないが、話なんかしていると、前の青木さんの方がずっと文士らしくて、えらいような気がするがな、と言ってらっしゃいました。須東さんと言えば、あの方も到頭今年の夏東京にお出になって、何でも今では詩人会という会に這入って、近々に詩集をお出しになるというような話です、却ってあんな事があって、よくおなりになった訳ですよ。おほほほ。」

無論、私はその時、自分がその贋の青木愛三郎の友人であることは言わなかったが、それ等の話を聞きながら、やっぱり未だあの男は、そういう何も知らない人が見ても、そんな風に見えるのかな、と一寸嬉しいような気がした、一度会って見たいとも思った。恐らく彼が書いたと言う、警察署長の代作をした祝文にしても、伊――新聞に出した『海辺の哲学的逍遥』にしても、屹度相当にいいものだったに違いない、と私は信じるのである。そして又お上が言うには、「本当にあの方は、実際何か厭世思想に沈んで、若しかしたら死ぬようなつもりで入らしったんじゃないか、と私は思うんですが……。ですから、始めからあんな事をするつもりじゃあなくて、ふッとした出来心で、青木さんの名前を宿帳につけたのが、（どうせ有名か有名でないかだけで、やっぱり同じような職業の方でしょうから）それがみんなが大騒ぎをしたので、自分でも引くに引かれず、あんな事になってしまったんじゃあないかと思うんでございますよ、それには私なども罪があるんですわね、」と彼女の所謂女学生言葉で言うのにも、私は半分の信を置くのである。

それは兎も角、多分、この一時東京にまで聞えて来た青木愛三郎の贋者が、戸川介二という男で、その戸川介二という男がどんな人物であるかという事は、騙られた本人の青木愛三郎と、そして私位を除いては、世に余り知っている者はないだろうと思う、そして、彼奴、まだいるな、と思って、多少とも気味の悪い思をしたのも、恐らく青木愛三郎と私とであろうか。何故と言って、青木が戸川から彼の一部分を学んだように、私も亦彼から彼の一部分の確に影響を受けて、今日に到ったものである。若し何処かで彼がこの小説を読んだら、あの細い切《きれ》の長い目を細くして、苦笑をするだろうと思う、そして若しかすると、彼自身と青木と私とを材料にして、「三人の戸川介二」と言うような小説でも工夫するかも知れない。だが、無論、彼は要するに、生何にも書かずに終るだろう。

エトランジェ

堀辰雄

七月二十三日

夕方だのに汽車は大へん混んでいた。大部分は軽井沢へ行く人たちらしい。私の前には「天国新聞」というのを束にしてかかえている牧師さんがひとり。向隣りの席には、洋装をした十九ぐらいのお嬢さんと、その連れらしいゴルフ服を着た中年の紳士の二人づれ。その紳士はそのお嬢さんの叔父さんぐらいの年輩だが、そうじゃないらしい。ほんの知合と云ったような様子である。……それにしても高崎までの汽車の中の暑苦しいことと言ったら！　私は明日からどうしても書き出さなければならない小説の構想を汽車の中ですっかり組立ててしまうつもりだったけれど、それどころじゃないのである。私はしようがないので、自分の前の牧師さんが軽井沢でする講演の材料にでもするのか、「天国新聞」の束を一つずつめくりながら、その一駒を丁寧に折り畳んでは、その折目のところを舌でなめて、指先で切り抜いているのをぼんやり眺めていた。が、それにも見倦きると今度はお隣りのゴルフ服の紳士とお嬢さんの会話に耳をかたむけた。紳士、「去年の夏は何処でお暮らしになりましたか？」お嬢さん、「瑞西《スイス》のチロルで——」なかなか味をやるぞ。しかしお嬢さんは軽井沢は始めてだと見えて、今度は紳士に向って軽井沢のことをいろいろ質問している。軽井沢のことなら俺に聞いて呉れりゃいいのに。

「私の別荘など人力車も這入らないくらいですよ……（紳士がお嬢さんの質問に答えている）……子供たちは自転車で往復します……私もずいぶん練習したですが、どうもうまく乗れんですな……もう年が年ですからな……うちの百合子などの方が私よりずっとうまいですよ……あなたは自転車はどうです？」

「自転車はまだ乗ったことがありませんの……けれど、オートバイなら少し……」

「ほほう！」

「でも、こちらで乗りましたら皆さんに笑われましたわ。」

「しかし軽井沢じゃようござんす。婦人がみんな馬や自転車に乗りますからな……」

なかなか愉快なことを言うお嬢さんである。

「あちらで山登りでもなさいましたか？」

紳士が質問する。

「ええ、ユングフラウへ一度……」

「ユングフラウ？　……妙義山があれによく似ていると西洋人が言いますがね……昼間だとこのへんから丁度見えるんですが……」

あいにくもう日が暮れていた。碓氷峠にかかった。アプト式になる。がたん、がたん、がたんと車体が無気味に揺れる。

「だいぶ揺れますな」

「ええ、でもこれには慣れていますの……シベリア鉄道が丁度こんなでしたから。」

夜の九時ごろ軽井沢駅に着く。連れの紳士がそのお嬢さんの黒いトランクを下してやっている。私はそれにM.T.A.という頭文字《イニシアル》のついているのをちらりと見る。

七月二十六日

今年は軽井沢ホテルに陣取っている。

仕事があるので散歩は夕方一回きりにして、あとはホテルに閉じこもっているのである。ホテルには日本人は私ひとりだ。食堂でもサロンでも私の顔をつき合わせるのは西洋人ばかり。こうなると此処ではどっちがエトランジェなのだか解らない。それが私にはいっそ気軽である。自分の部屋で書きものに退屈すると、私はよく階下のスモオキング・ルウムに下りて行って其処のデスクを占領して、蓄音機でもかけたつもりで西洋人たちのお喋舌りを聞きながら、原稿の手入れをしたりする。ときどき婦人たちが手紙を書きにくるが、其処に私がいるのを見ると、何も言わないでそのまま引きかえす。中には私の原稿をのぞいて行くものもあるが、何を書いているんだか解るまいと高をくくって、私は知らん顔をしている。

高原の日中はなかなか暑い。私の部屋は二階の一番奥の西向きの部屋で、ヴェランダがあって午前中はそこが明るくって涼しいので、そこへテエブルを出して仕事をするが、午後はそこには日が射すし、それに仕事にもすこし倦きてくるので、私は書きかけの原稿と万年筆を持って階下のサロンへ降りて行くのである。エトランジェの気軽さよ！

夕方、散歩に出たらブレッツ・ファルマシイの前で阿比留《あびる》君に出会う。今年は愛宕山の麓《ふもと》のバンカムさんという西洋人の別荘を借りている由、ちょっと立ち話をする。阿比留君のその別荘の裏には大きな樅の林があるが、今日はあんまり暑かったので、鶯がその木蔭から出られずに一日中啼いていたそうである。

七月二十八日

食堂で毎日顔をつき合わせるおかげで、私はもうこのホテルに泊っている西洋人たちとすっかり顔馴染だ。一日か二日ぐらいでそれっきり顔を見せない人達もあったが、大抵はこのホテルにずっと長く滞在しているらしい。食堂は山百合が幾株となく見事に咲いている中庭に面している。南と西に開かれた窓。その窓ぎわのNo. 4のテエブルが私の定席。No. 1は近くに別荘があって食事だけをしにくる、ドイツ生れの、そしてドイツで一流の画家として知られていて今でも向うの雑誌に挿絵を描いているそうなNという日本の老紳士とその夫人。――但しその夫人はドイツ人で何がし侯爵夫人とでも言いたいくらいに押し出しの立派な老婦人。（ボオイたちもその二人には特別に丁寧にしているのでどんな人かと思っていたが、阿比留君がよく知っていてそういう素姓をあとで聞いたのである。）二番目のテエブルはスウエデン公使館の書記とかいう男、――この男だけは食事の時仏蘭西式にかならず葡萄酒を飲んでいる。三番目はドイツ人の若い夫婦づれ、――細君は身重だ、亭主がいつもその細君の皿から肉をとっては自分の皿の野菜と代えてやっている。四番目には私が窓の方に背を向けて小ぢんまりと。それから五番目には写真で見るバアナアド・ショオによく似た元気のよいイギリスの老紳士、――彼のテエブルにはいつも芹を山盛りにした皿が出ている。この先生はその芹と一しょにして何でも食べてしまうのである。その次は、*etc*……。それから五つ六つの空いたテエブルを隔てて向うの壁ぎわに、いつも寂しそうに見える無口なロシア人の夫婦づれが一組と、銀色の髪をした可愛らしい顔のアメリカ人のお婆さんが一人と、それからその隣りに、おとなしそうな顔をしたアメリカ娘が一人と、――この最後の二人はよく隣同志で話し合っていたが、そのうち親密になったと見えて何時の間にか一しょのテエブルで食事をとるようになった。その可愛らしいお婆さんはもうとっくに七十を越しているそうだが、こんな山の中にたった一人で来ていながら何時も大へん愉快そうにしている。どこかその私がそれを見ていると何故か悲しくなるくらい始終にこにこと笑っている。

面差しが私の死んだお祖母さんに似てでもいるのか知らん。そのお婆さんだけは廊下などですれちがうと、なつかしげに私の方を見てにこにこと笑いかける。向うでも私が外国に残してきた自分の孫に似ているとでも思っているのかも知れん。

七月三十日

夕方、櫻の澤へ散歩がてら明君《あきら》の別荘による。当分新夫人と二人ぐらしの由。その美《み》耶子《やこ》夫人がこんなもの召上るかしらと言ってボンボンの皿を持って出てくる。おや、おや、この人達はまだボンボンなんか食べて居るのかしらと思いながら、そこは私のことだからそんな顔をしないで、「結構。……僕はいま丁度ボンボンの味のする少年時代の小説を書きかけているんだけれど、なかなかその味が出ないで弱っていたところだ。ひとつ頂戴するぜ。」――そう言って私はそのボンボンを二つ三つ口に入れた。それから三人で一しょに櫻の澤を散歩する。美耶子さんが二三日前、白昼、このへんで英国大使のお嬢さんが強盗に襲われてハンド・バッグを奪られた話をする。それ以来なんだか物騒でこのへんをひとり歩きが出来なくなったという。その時向うから二人づれのお嬢さんが元気よく歩いてくる。そこは径が大へん狭かったので私たちは傍にどいてそのお嬢さん達を先きに通らせた。私はその一人が四五日前自分と一しょの汽車でこっちへ来たお嬢さんであることをとっくに認めていたからである。私の心臓は少しばかりだがドキドキした。が、向うではこっちの顔を空気のように見たきり、そのまま私たちの前をすうと通りすぎた。

「まあ可愛らしい方ね！」美耶子さんがそのお嬢さんの方をふりかえりながら言う。私はどうも異性の年齢はよくわからないのでそのお嬢さんと美耶子さんとがどのくらい年が違うのか知らないけれど、その「可愛らしい方ね」にはちょっと面くらった。美耶子さんにはそのお嬢さんがよっぽど子供子供して見えるのかも知れない。そこで私も用心しいしい汽車の中のことを話した。うっかり夢中になって話すと私まで美耶子さんに子供扱いにされるかも知れないので。――私は明君にAという字の頭文字《イニシアル》のついた外交官を知っているかと問うた。彼は最近帰朝したベルギイ公使がAと言やしないかと答えた。そうして見ると、そのA公使のお嬢さんかも知れない。（私はもう何処かの外交官のお嬢さんと一人ぎめにしているのである。）――その時分から私の歯はかすかに痛みだした。

さっきのボンボンのたたりらしい。

晩飯《ディナア》のあとで、舌に火傷をするほど熱い出来立てのアップルパイを頰ばったら、私の歯の痛みが猛烈になった。アダリンをいつもより少し余計に飲んだらいくぶん楽になったので、そのまま寝台に横になった。そうしたら疲れていたと見えてぐっすり寝入った。

夜中の二時ごろだったろう。私は急に何かにびっくりしたように飛び上った。歯がとても痛み出しているのである。私はタオルを濡らしてそれで局部を冷やした。それでも我慢し切れないので部屋中を歩き廻った。気がついて見ると、私はいつのまにかホテルの廊下に出ていて其処を行ったり来たりしている。西洋人の体臭みたいなにおいが漂っている。どこかの部屋からへんな音が洩れる。よっぽど私も寝ぼりていると見えて、それを一層へんなものに感ずるらしい。鼾にしては……だが西洋人の鼾というものは、みんなこんなものかも知れない。まるでゴム風船をふくらまそうとして力んででもいるような、オペラ・コミックの一節のような。私はそのとき不意に、一月ばかり前に読んだラジィゲの「ドニイズ」というコントの結末を思い出す。――田舎娘とあいびきの約束をする。その夜、旅籠屋の一室でその娘を待っているが何時までたっても彼女は来ない。夜が明けかかる。ついうとうとする。ふと目をさまして見ると卓の上にいつのまにか娘の置き手紙が載っている。「鼾なんかかく人は大嫌い。」……そいつも西洋人だから、その鼾もきっとこんなだったのかも知れない。これじゃ田舎娘にだって嫌われようさ。――私はひとりでくすくす笑っている。頬にタオルを両手であてがって、しかめ面をしながら、そんな思い出し笑いを笑っている。もし誰かが私を見ていたら、こいつもまたさぞオペラ・コミックめいて見えたことだろう！

八月一日

ヴェランダから見ているると、ホテルの中庭に他の山百合の群から離れて一つだけがぽつんと咲いている山百合の奴が、さっきから小止みなく跳っているのが、どうも目に立つのである。私はその花が何をうれしがっているのかを知りたいと思って、わざわざ其処まで下りて行ったら、そこからは庭の奥の四阿屋の中でもういい年をした一組の男女の戯れ合っているのが丸見えになった。黒眼鏡をかけた女が腰をかけて本を読んでいると、その前に男が膝をついてその女の足を撫でているのである。食堂やサロンなどではいつも無口で寂しそうな様子をしている、あのロシア人の夫婦であった。

八月二日

午後、いつものようにスモオキング・ルウムで原稿の手入れをすませて、それからぼんやりホテルの玄関を眺めていた。ホテルの玄関くらい私の書きものに疲れた目をまぎらしてくれるものはない。そこには二匹の七面鳥が放飼いにされていた。彼等は慌しい客の出這入りを至極のんびりと監視していた。取次ボオイのいい標本だ。そいつが今日はどうしたのか門からはいって来た男を見るが早いか、何処かに姿をかくしてしまった。その男は刑事だった。

「このホテルの雇人のうちに誰れかE屋へ夏帽子を買いに行ったものは居らんか？」刑事が横柄に聞いた。

あいにく其処には取次ボオイと部屋ボオイが二人きりしか居合わさなかった。彼等は唯、まごまごしていた。

「分らんかね？　一体、このホテルには雇人はいくたり居るね？」

「さあ……（ボオイの一人が指折りながら答えた）……部屋ボオイが三人と、食堂ボオイが四人と、それに取次と、風呂番と、ポオタアと、それからコックが四人に、庭師が二人だから……都合十六人になります……」

「十六人か？　……それじゃ、そいつを皆調べて夏帽子を買った奴がいたら、あとで署まで知らせてくれんか？」そう云って刑事は帰っていった。

そうすると何処からともなく他の雇人達が集ってきてその二人のボオイを取り巻きながら何かがやがや喋っていた。そこへひょっくりホテルのポオタア君が姿を現わした。君はおとといE屋で夏帽子を買って来たろうとボオイの一人に言われると、彼はきょとんとした顔をして「うん買ったよ」と答えた。「じゃ刑事がいま呼びにきたぞ！　すぐ警察へ行ってこいよ。」ボオイがそういうと、ポオタア君は、なあんだ、その事か、と言わんばかりの顔をした。彼はその事件はすでに知っていた。——さっきホテルの五島というボオイが自転車に乗っていたところを急に捕って警察へ引っぱられて行った。その自転車が二三日前から紛失していたE屋の自転車だったのだ。——それでこのホテルの雇人で二三日前にE屋に夏帽子を買いに行ったものがあったのでその男に嫌疑がかかったのだ。その男がE屋の自転車を故意にか、間違えてか乗って来たのだろうと言うのである。それに知らずに乗ったボオイこそいい面の皮だ。しかし今しがた支配人が警察へ貰いに行ったから直ぐ帰されるだろう。——だが俺はE屋で夏帽子は買ったがそんな他《ひと》のところの自転車になぞ乗ってくるもんか！　大方、うちの門の前におっぽり出されていたのを誰かうちの奴が気を利かして門の中に入れて置いてやったんだ。それに知らずに乗った五島の奴が間抜けなんだ。……とポオタア君がいきまいている。

そんないかにも避暑地の出来事らしい間の抜けた話——夏帽子、ボオイ、自転車とまるで三題噺じみた話を聞きながら、私はひとりで微苦笑していた。そうして突然、それまで題をつけなやんでいた、自分の少年時代の夏休みを主題にした製作中の小説に「夏帽子」という題をつける事を思いつく。いっそのこと「麦藁帽子」というのにしてやろうかな。……

ラジィゲは彼の少年時時の詩集に「休暇の宿題《ドヴォワル・ド・ヴァカンス》」と題した。私もいま少年時の思い出を、いやいやながら休暇の宿題を片づけて行く生徒のように、書き綴っている。

八月四日

夕方、なんだかお腹が空いてしまって仕事に身が入らないので、スモオキング・ルウムに行って其処で誰か忘れて行ったらしい「*BALLYHOO*」というポンチ絵の雑誌を見ながら煙草を吸っていると、玄関の前にうずくまっていた七面鳥がけたたましく客を取次いだ。そこには、あれっきり私の見かけなかったA公使のお嬢さんと、いつか櫻の澤を一しょに散歩していたもう一人のお嬢さんとが立っている。いままで何処かで居眠りしていたらしいボオイが慌てて出て行った。

そのお嬢さんが何か早口にそのボオイに言っていた。するとボオイはかの女たちを私のいるスモオキング・ルウムに案内しておいてからすぐ何処かへ出て行った。私はこの数日というもの髭もろくすっぽ剃らないから無精髭がだいぶ伸びているので、恐縮して「*BALLYHOO*」で私の顔を隠していた。さっきのボオイが水を入れたコップを二つ橡細工の盆の上に載せて運んできた。そしてそれをお嬢さんたちの前に置こうとすると、

「あら、水なんかそう云やしないことよ」

「は？　……でも、さきほど飲み水と……」お嬢さんたちは顔を見合わせて笑った。

「まあ……さっき農民美術展覧会はここでしているのかって聞いたんだわ」

寝ぼけていたボオイが農民美術というのを飲み水と聞きまちがえたと見える。

「は、どうもこれは……」ボオイは頭をかきながら、「……その展覧会なら、それはパ

アク・ホテルの方でございますが……」そう言って、そのままお盆を手にして恐縮しながら引きさがって行った。

これが普通のお嬢さんだったら、こっちで却って気まりを悪がって顔を赤くしながらそこそこにホテルを引上げて行くだろうに、そこは外交官のお嬢さんだけあって慣れたもので、平気で其のまま其処の長椅子に二人で坐り込んで、ボオイの粗忽を愉快そうに笑いながら、しばらくそのスモオキング・ルウムの壁の上におそらく二三十年前からかっているらしいスコットランド風の古ぼけた額などを眺めまわしていた。そうして「*BALLYHOO*」なんという猥褻な雑誌で顔をかくしている男が私であることもとっくに見抜いているらしく、そのため私の方でまごまごしてしまっているくらいだった。

そのうち頃を見はからって、その二人のお嬢さんはすうと立ち上って、さつきのボオイと七面鳥に軽く一揖しながら、落附き払ってホテルを出て行った。

八月七日

午前中にやっと脱稿。ろくに読み返しもしないでそれを大きな封筒に突込んで、大股で郵便局へいそぐ。郵便局から出る途端に私は一人の可愛らしい少女とすれちがう。私の目はひとりでにその下から金髪のはみ出している麦藁帽子の上に止まる。おや、あの飾りは可愛らしいな。マアガレットだな。ちぇッ、私は私の小説の中でさくらんぼの飾りのある帽子をつかって置いたが、そんな気の利かないさくらんぼなんかよりもこの大きなマアガレットの方がずっとよかったのに！　そしてこの方がずっとお前にも似合っただろうに！　私の小説の中に出てくる初恋の少女よ、しかしもう何もかも遅い。

　麦藁帽子なんぞ勝手にしやがれ！　すっかり仕事をすませてしまった跡の気持の何というすがすがしさ。町の中を屈託なさそうに散歩している人々がみんな私の親類のように見える。そして誰もかも美しい。私だけが無精髭を生やしている。早くホテルへ帰って、午睡をして、髭をさっぱり剃り落して、それから皆のように何の屈託もなげに散歩をしよう。

　午後、丁度明君が美耶子夫人をつれて散歩に誘いに来る。プウルへ行って見ようという事になる。すこし空模様があやしい。みちみち私の名前の知らない花束を手にした二人の村の女の子に行き遇う。それは何の花だと問うたら、ガンピと答える。じゃ、それは紙なのかい？　と私が聞くとその女の子はへんな顔をしている。ガンピという花もありますのよ、まあ綺麗だこと、何処で採ったの？　とそばから美耶子さんが問うと、女の子たちは自分たちよりも丈高く伸びている芒の中を指さして置いてから、それを実地に教えでもするように二人ともいそいでその芒の中に分け入ったかと思うと、たちまちその姿を見失った。そこから少し行くと芹が密生しているためにすっかり埋まって水の見えなくなっている大きな池へ出た。雲場の池の一部だ。私は毎日のように芹を三皿けろりと食べてしまうショオ先生を思い出した。此処にこんなにあるんなら、あの先生がいくら頑張ったってとても食い切れやしないだろう。

いまにも夕立がしそうだのに、プウルの中ではドイツ人らしい一組の男女が泳ぎもしないでふざけ合っている。寒いと見えて女の脣が紫色になっているのを見ながら、明君曰、「ありゃ風呂を使っているんだぜ。山の上の別荘にいる奴等は風呂を沸かすのが面倒くさいんでみんな此処へ這入りにくるんだとさ。」――ニュウ・グランド・ロッジでアイスクリイムを食べているうちに、とうとう夕立になった。

八月九日

昼飯《ティフィン》のときである。相変らず隣の先生は芹ばかり食べている。雲場の池があらあ。いくらでもお食べなさい。右隣りのドイツ人の夫婦はこの頃私たちの食事のすんだ時分にやっと食堂に這入ってくる。やはり妻君の奇妙な花籠が気になると見える。……「×××××！」窓の外からだしぬけに食堂の中へ声をかけた女がいる。私の分らない外国語だ。するとそれに応じたのは二番目のテエブルで食事をしていたスウエデンの書記君だった。彼の返事も私には何語だか見当がつかなかったが多分これがスウエデン語なのかも知れぬ。すると今度は、窓のそとの女がぺらぺらと早口に何かを訴えでもするように喋舌りだした。私は窓の方に背中を向けているので、さっきからどんな女かと気になっていたが、ひょいと振り向いたら、窓の外には青いしゃれた帽子がちらりと見えたきりだ。……書記君は食卓から立ち上って心持顔を赤らめながら食堂を出て行った。食べかけのライス・カレエには蠅が一匹とまった。

八月十日

めずらしく霧の深い晩だ。阿比留君と一しょに本通り《メエン・ストリート》をぶらぶらする。今夜は集会堂《オーディトリアム》に音楽会があったのでその帰りの人らしいのが霧の中をちらほら歩いている。西洋人が多い。郵便局の角のところにさっきから二人のエトランジェが立っている。その彫像のような女の姿が霧のために私たちからすうっと見えなくなる。すぐ霧の中にすうっと現われてくる。それがへんに美しい。一人の女は白いベレ帽をかぶっている。もう一人は青い帽子だ。……どうも見覚えのある青い帽子だと思っていたら、それは昨日ホテルの食堂からちらりと見た奴だった。阿比留君は阿比留君で、白いベレ帽の方をこれまで何度も見かけたという。それが妙に東京軽井沢間の汽車の中でばかりだそうだ。その度ごとに異った男を連れていたが、或る時は有名なハンガリイ人のピアニストと一しょに乗っていたそうである。……ひょっとしたら、横浜あたりの女たちかも知れない。が、それにしては少し品がよすぎる。ときどきその小意気な女たちにドイツ語らしい訛りで声をかけたり、中にはちょっと立ち話をしてゆく西洋人たちもいる。いかにも親しげでしかも慇懃な態度でである。が、それはともかくも、こんな霧のふかい夜の郵便局の角などにこの女たちは一体何のために立っているのであろう？　もうかれこれ一時間になる。誰を、何を、待っているのであろう？

私は阿比留君に別れて、そんな謎めいた気持を抱いたまま、百合のぷんぷん匂っている裏門からホテルに帰ってくると、ホオルの片隅に例のドイツ人がひとりで気むずかしい顔をしてビイルを飲んでいた。彼の身重の妻はもう休んでいるのであろう。私はまだ寝る気がしないのでスモオキング・ルウムに這入ってまずい煙草をふかしていた。すると廊下を隔てた向うの酒場の中から酒気を帯びているらしい若い男女の低声で流行歌などをうたっているのが洩れてきた。いつにないことなので私は手を洗うふりをして其処まで行って酒場の中をちょいと覗いてみた。すると半分開いているドアから、ビイルのコップなどの散らかったテエブルを隔てて、男も、女も、二つ椅子をくっつけてその上に行儀悪く寝そべりながら陽気そうに唄を合わせているのが見られた。意外だったのは、その女が食堂でいつもあのお婆さんのお相伴をしてやっている大人しそうな顔の娘だったことである。男の方は一遍もこのホテルで見たことがなかった。――再びスモオキング・ルウムに帰って私が二本目のチェリイをすっていると、それまで気むずかしそうにビイルを飲んでいたドイツ人がやおら立ち上って、ちらっと酒場の方へ目をやりながら、眠そうなボオイ達に「おやすみなさい」とぎごちない日本語で言って、自分の部屋へ帰って行った。まだ低唱は聞えてくる。私ももう部屋へ帰ろうと思って帳場の時計を見たら、もう十一時を過ぎていた。私は午前中書きものをする習慣だったからこれまで毎夜のように早寝をしてしまったので、こんな時刻まで起きていたことがなかったのにその時始めて気がついた。私がすやすやと自分の部屋で眠っている間、ホテルの内外は毎晩こうだったのであろうか？　もう私の書きものもすんだことだから明日からはひとつ夜更しをしてやろうと思いながら、私もそのドイツ人について自分の部屋に引上げた。

虎狩

中島敦

一

私は虎狩の話をしようと思う。虎狩といってもタラスコンの英雄タルタラン氏の獅子狩のようなふざけたものではない。正真正銘の虎狩だ。場所は朝鮮の、しかも京城から二十里位しか隔たっていない山の中、というと、今時そんな所に虎が出て堪《たま》るものかと云って笑われそうだが、何しろ今から二十年程前迄は、京城といっても、その近郊東小門外の平山牧場の牛や馬がよく夜中にさらわれて行ったものだ。もっとも、これは虎ではなく、豺（ぬくて）という狼の一種にとられるのであったが、とにかく郊外の夜中の独り歩きはまだ危険な頃だった。次のような話さえある。東小門外の駐在所で、或る晩巡査が一人机に向っていると、急に恐ろしい音を立ててガリガリと入口の硝子《ガラス》戸を引掻くものがある。びっくりして眼をあげると、それが、何と驚いたことに、虎だったという。虎が――しかも二匹で、後肢《あとあし》で立上り、前肢の爪で、しきりにガリガリやっていたのだ。巡査は顔色を失い、早速部屋の中にあった丸太棒を門《かんぬき》の代りに扉にあてがったり、ありったけの椅子や卓子を扉の内側に積み重ねて入口のつっかい棒にしたりして、自身は佩刀《はいとう》を抜いて身構えたまま生きた心地もなくぶるぶる顫《ふる》えていたという。が、虎共は一時間ほど巡査の胆《きも》を冷させたのち、やっと諦めて何処《どこ》かへ行って了《しま》った、というのである。此《こ》の話を京城日報で読んだ時、私はおかしくておかしくて仕方がなかった。ふだん、あんなに威張っている巡査が――その頃の朝鮮は、まだ巡査の威張れる時代だった。――どんなに其《そ》の時はうろたえて、椅子や卓子や、その他のありったけのがらくたを大掃除の時のように扉の前に積み上げたかを考えると、少年の私はどうしても笑わずにはいられなかった。それに、そのやって来た二匹連れの虎というのが――後肢で立上ってガリガリやって巡査をおどしつけた其の二匹の虎が、どうしても私には本物の虎のような気がしなくて、脅《おびやか》された当の巡査自身のように、サアベルを提《さ》げ長靴でもはき、ぴんと張った八字髭《ひげ》でも撫上げながら、「オイ、コラ」とか何とか言いそうな、稚気満々たるお伽話《とぎばなし》の国の虎のように思えてならなかったのだ。

二

さて、虎狩の話の前に、一人の友達のことを話して置かねばならぬ。その友達の名は趙大煥といった。名前で分るとおり、彼は半島人だった。彼の母親は内地人だと皆が云っていた。私はそれを彼の口から親しく聞いたような気もするが、或いは私自身が自分で勝手にそう考えて、きめこんでいただけかも知れぬ。あれだけ親しく付合っていながら、ついぞ私は彼のお母さんを見たことがなかった。兎《と》に角《かく》、彼は日本語が非常に巧《たく》みだった。それに、よく小説などを読んでいたので、植民地あたりの日本の少年達が聞いたこともないような江戸前の言葉さえ知っていた位だ。で、一見して彼を半島人と見破ることは誰にも出来なかった。趙と私とは小学校の五年の時から友達だった。その五年の二学期に私が内地から龍山の小学校へ転校して行ったのだ。父親の仕事の都合か何かで幼い時に度々《たびたび》学校をかわったことのある人は覚えているだろう。ちがった学校へはいった初めの中《うち》ほど厭《いや》なものはない。ちがった習慣、ちがった規則、ちがった発音、ちがった読本の読み方。それに理由もなく新来者を苛《いじ》めようとする意地の悪い沢山の眼。全く何一つするにも笑われはしまいかと、おどおどするような萎縮した気持に追い立てられてしまう。龍山の小学校へ転校してから二三日経ったある日、その日も読方の時間に、「児島高徳」のところで、桜の木に書きつけた詩の文句を私が読み始めると、皆がどっと笑い出してしまった。赧《あか》くなりながら一生懸命に読み直せば読み直すほど、みんなは笑いくずれる。しまいには教師までが口のあたりに薄笑いを浮かべる始末だ。私はすっかり厭な気持になって了って、その時間が終ると大急ぎで教室を抜け出し、まだ一人も友達のいない運動場の隅っこに立ったまま、泣出したい気持でしょんぼり空を眺めた。今でも覚えているが、その日は猛烈な砂埃《すなぼこり》が深い霧のようにあたりに立罩《たちこ》め、太陽はそのうす濁った砂の霧の奥から、月のようなうす黄色い光をかすかに洩らしていた。あとで解ったのだけれども、朝鮮から満洲にかけては一年に大抵一度位はこのような日がある。つまり蒙古《もうこ》のゴビ砂漠に風が立って、その砂塵が遠く運ばれてくるのだ。その日、私は初めて見るその物すさまじい天候に呆気《あっけ》に取られて、運動場の界《さかい》の、丈《たけ》の高いポプラの梢《こずえ》が、その白い埃の霧の中に消えているあたりを眺めながら、直ぐにじゃりじゃりと砂の溜ってくる口から、絶えずペッペッと唾を吐き棄てていた。すると突然横合から、奇妙な、ひきつった、ひやかすような笑いと共に、「ヤアイ、恥ずかしいもんだから、むやみと唾ばかり吐いてやがる。」という声が聞えた。見ると、割に背の高い、痩せた、眼の細い、小鼻の張った一人の少年が、悪意というよりは嘲笑に充ちた笑いを見せながら立っていた。成程《なるほど》、私が唾を吐くのは確かに空中の埃のせいではあったが、そういわれて見ると、また先程の「天勾践《こうせん》を空しゅうする勿れ《なか》」の恥ずかしさや、一人ぼっちの間《ま》の悪さ、などを紛《まぎ》らすために必要以上にペッペッと唾を吐いていたことも確かに事実のようである。それを指摘された私は、更に先程の二倍も三倍もの恥ずかしさを一時に感じて、カッとすると、前後の見境もなしに、その少年に向ってベソを掻きながら跳びかかって行った。正直にいうと、何も私はその少年に勝てると思って跳びかかって行ったわけではない。身体の小さい弱虫の私は、それまで喧嘩をして勝ったためしがなかった。だから、その時も、どうせ負ける覚悟で、そしてそれ故に、もう半分泣面をしながら跳びかかって行ったのだ。所が、驚いたことに、私が散々叩きのめされるのを覚悟の上で目をつぶって向って行った当の相手が案外弱いのだ。運動場の隅の機械体操の砂場に取組み合って倒れたまま暫《しばら》く揉《も》み合っている中に、苦もなく私は彼を組敷くことが出来た。私は内心やや此《こ》の結果に驚きながらも、まだ心を許す余裕はなく、夢中で目をつぶったまま相手の胸ぐらを小突きまわしていた。が、やがて、あまり相手が無抵抗なのに気がついて、ひょいと目をあけて見ると、私の手の下から相手の細い目が、まじめなのか笑っているのか解らない狡《ずる》そうな表情を浮かべて見上げている。私はふと何かしら侮辱を感じて急に手を緩《ゆる》めると、すぐに立上って彼から離れた。すると彼も続いて起き上り、黒いラシャ服の砂を払いながら、私の方は見ずに、騒ぎを聞いて駈付けて来た他の少年達に向って、きまり悪そうに目尻をゆがめて見せるのだ。私は却《かえ》って此方《こちら》が負けでもしたような間の悪さを覚えて、妙な気持で教室に帰って行った。

それから二三日たって、その少年と私とは学校の帰りに同じ道を並んで歩いて行った。その時彼は自分の名前が趙大煥であることを私に告げた。名前をいわれた時、私は思わず聞き返した。朝鮮へ来たくせに、自分と同じ級に半島人がいるということは、全く考えてもいなかったし、それに又その少年の様子がどう見ても半島人とは思えなかったからだ。何度か聞き返して、彼の名がどうしても趙であることを知った時、私はくどくどと聞き返して悪いことをしたと思った。どうやらその頃私はませた少年だったらしい。私は相手に、自分が半島人だという意識を持たせないように——これは此の時ばかりではなく、その後一緒に遊ぶようになってからもずっと——努めて気を遣《つか》ったのだ。が、その心遣いは無用であったように見えた。というのは、趙の方は自分で一向それを気にしていないらしかったからだ。現に自ら進んで私にその名を名乗った所から見ても、彼がそれを気に掛けていないことは解ると私は考えた。併《しか》し実際は、これは、私の思い違いであったことが解った。趙は実は此の点を——自分が半島人であるということよりも、自分の友人達がそのことを何時《いつ》も意識して、恩恵的に自分と遊んでくれているのだ、ということを非常に気にしていたのだ。時には、彼にそういう意識を持たせまいとする、教師や私達の心遣いまでが、彼を救いようもなく不機嫌にした。つまり彼は自ら其《そ》の事にこだわっているからこそ、逆に態度の上では、少しもそれに拘泥《こうでい》していない様子を見せ、ことさらに自分の名を名乗ったりなどしたのだ。が、この事が私に解ったのは、もっとずっと後になってからのことだ。

とにかく、そうして私達の間は結ばれた。二人は同時に小学校を出、同時に京城の中学校に入学し、毎朝一緒に龍山から電車で通学することになった。

三

その頃——というのは小学校の終り頃から中学校の初めにかけてのことだが、彼が一人の少女を慕っていたのを私は知っている。小学校の私達の組は男女混合組で、その少女は副級長をしていた。（級長は男の方から選ぶのだ。）背の高い、色はあまり白くはないが、髪の豊かな、眼のきれの長く美しい娘だった。組の誰彼が、少女倶楽部《クラブ》か何かの口絵の、華宵《かしょう》とかいう挿絵画家の絵を、よく此《こ》の少女と比較しているのを聞いたことがあった。趙は小学校の頃から其《そ》の少女が好きだったらしいのだが、やがてその少女もやはり龍山から電車で京城の女学校に通うこととなり、往き帰りの電車の中でちょいちょい顔を合せるようになってから、更に気持が昂《こう》じてきたのだった。ある時、趙はまじめになって私にその事を洩らしたことがあった。はじめは自分もそれ程ではなかったのだが、年上の友人の一人がその少女の美しさを讃《ほ》めるのを聞いてから、急に堪《たま》らなく其の少女が貴く美しいものに思えてきたと、その時彼はそんなことを云った。口には出さなかったけれども、神経質な彼が此の事についても又、事新しく、半島人とか内地人とかいう問題にくよくよ心を悩ましたろうことは推察に難《かた》くない。私はまだはっきりと覚えている。ある冬の朝、南大門駅の乗換の所で、偶然その少女に（全く先方もどうかしていて、ひょいとそうする気になったらしいのだが）正面から挨拶され、面喰ってそれに応じた彼の、寒さで鼻の先を赤くした顔つきを。それから又同じ頃やはり電車の中で、私達二人とその少女とが乗合せた時のことを。その時、私達が少女の腰掛けている前に立っている中《うち》に、脇の一人が席を立ったので、彼女が横へ寄って趙の為に（しかし、それは又同時に私のためとも取れないことはないのだが）席をあけてくれたのだが、その時の趙が、何という困ったような、又、嬉しそうな顔付をしたことか。………私が何故こんなくだらない事をはっきり憶《おぼ》えているかといえば——いや、全く、こんなことはどうでもいいことだが——それは勿論、私自身も亦《また》、心ひそかに其の少女に切ない気持を抱いていたからだった。が、やがて、その彼の、いや私達の哀《かな》しい恋情は、月日が経って、私達の顔に次第に面皰《にきび》が殖《ふ》えてくるに従って、何処《どこ》かへ消えて行って了《しま》った。私達の前に次から次へと飛出してくる生の不思議の前に、その姿を見失って了った、という方が、より本当であろう。この頃から私達は次第に、この奇怪にして魅力に富める人生の多くの事実について鋭い好奇の眼を光らせはじめた。二人が——勿論、大人に連れられてのことではあるが、——虎狩に出掛けたのは丁度其の頃のことだ。併《しか》しついでだから、順序は逆になるが、虎狩は後廻《あとまわ》しにして、その後の彼について、もう少し話して置こうと思う。それから後の彼について思い出すことといえば、もう、ほんの二つ三つしか無いのだから。

四

元来、彼は奇妙な事に興味を持つ男で、学校でやらせられる事には殆ど少しも熱心を示さなかった。剣道の時間なども大抵は病気と称して見学し、真面目に面をつけて竹刀《しない》を振廻している私達の方を、例の細い眼で嘲笑を浮べながら見ているのだったが、ある日の四時間目、剣道の時間が終って、まだ面も脱《と》らない私のそばへ来て、自分が昨日三越のギャラリイで熱帯の魚を見て来た話をした。大変昂奮した口調でその美しさを説き、是非私にも見に行くように、自分も一緒に、もう一度行くから、というのだ。その日の放課後私達は本町通りの三越に寄った。それは恐らく、日本で最も早い熱帯魚の紹介だったろう。三階の陳列場の囲いの中にはいると、周囲の窓際に、ずっと水槽を並べてあるので、場内は水族館の中のような仄《ほの》青い薄明りであった。趙は私を先ず、窓際の中央にあった一つの水槽の前に連れて行った。外《そと》の空を映して青く透った水の中には、五六本の水草の間を、薄い絹張り小団扇《うちわ》のような美しい、非常にうすい平べったい魚が二匹静かに泳いでいた。ちょっと鰈《かれい》を——縦におこして泳がせたような恰好《かっこう》だ。それに、その胴体と殆ど同じ位の大きさの三角帆のような鰭《ひれ》が如何《いか》にも見事だ。動く度に色を変える玉虫めいた灰白色の胴には、派手なネクタイの柄のように、赤紫色の太い縞《しま》が幾本か鮮かに引かれている。

「どうだ！」と、熱心に見詰めている私の傍で、趙が得意気に言った。

硝子の厚みのために緑色に見える気泡の上昇する行列。底に敷かれた細かい白い砂。そこから生えている巾の狭い水藻。その間に装飾風の尾鰭を大切そうに静かに動かして泳いでいる菱形の魚。こういうものをじっと眺めている中《うち》に、私は何時《いつ》の間にか覗《のぞ》き眼鏡で南洋の海底でも覗いているような気になってしまっていた。が、併し又、其《そ》の時、私には趙の感激の仕方が、あまり仰々しすぎると考えられた。彼の「異国的な美」に対する愛好は前からよく知ってはいたけれども、此《こ》の場合の彼の感動には多くの誇張が含まれていることを私は見出し、そして、その誇張を挫《くじ》いてやろうと考えた。で、一通り見終ってから三越を出、二人して本町通を下って行った時、私は彼にわざとこう云ってやった。

――そりゃ綺麗でないことはないけれど、だけど、日本の金魚だってあの位は美しいんだぜ。――

反応は直ぐに現れた。口を噤《つぐ》んだまま正面から私を見返した彼の顔付は――その面皰《にきび》のあとだらけな、例によって眼のほそい、鼻翼《びよく》の張った、脣の厚い彼の顔は、私の、繊細な美を解しないことに対する憫笑《びんしょう》や、又、それよりも、今の私の意地の悪いシニカルな態度に対する抗議や、そんなものの交りあった複雑な表情で忽《たちま》ち充たされて了《しま》ったのである。その後一週間程、彼は私に口をきかなかったように憶えている。………

五

彼と私との交際の間には、もっと重要なことが沢山あったに相違ないのだが、それでも私はこうした小さな出来事ばかり馬鹿にはっきりと憶えていて、他《ほか》の事は大抵忘れて了っている。人間の記憶とは大体そういう風に出来ているものらしい。で、この他に私のよく憶えていることといえば、——そう、あの三年生の時の、冬の演習の夜のことだ。それは、たしか十一月も末の、風の冷たい日だった。その日、三年以上の生徒は漢江南岸の永登浦《えいとうほ》の近処で発火演習を行《おこな》った。斥候《せっこう》に出た時、小高い丘の疎林《そりん》の間から下を眺めると、其処《そこ》には白い砂原が遠く連なり、その中程あたりを鈍い刃物色をした冬の川がさむざむと流れている。そしてその遥か上の空には、何時《いつ》も見慣れた北漢山のゴツゴツした山骨《さんこつ》が青紫色に空を劃っていたりする。そうした冬枯の景色の間を、背嚢《はいのう》の革や銃の油の匂、又は煙硝《えんしょう》の匂などを嗅ぎながら、私達は一日中駈けずり廻った。

その夜は漢江の岸の路梁津《ろりょうしん》の川原に天幕を張ることになった。私達は疲れた足を引きずり、銃の重みを肩のあたりに痛く感じながら、歩きにくい川原の砂の上をザックザックと歩いて行った。露営地へ着いたのは四時頃だったろう。いよいよ天幕を張ろうと用意にかかった時、今まで晴れていた空が急に曇って来たかと思うと、バラバラと大粒な雹《ひょう》が烈しく落ちて来た。ひどく大粒な雹だった。私達は痛さに堪えかねて、まだ張りもしないで砂の上に拡げてあったテントの下へ、我先にともぐり込んだ。その耳許へ、テントの厚い布にあたる雹の音がはげしく鳴った。雹は十分ばかりで止んだ。テントの下から首を出した私達は——その同じテントに七八人、首を突込んでいたのだ。——互いに顔を見合せて一度に笑った。その時、私は趙大煥もやはり同じテントから今、首を抜き出した仲間であることを見出した。が、彼は笑っていなかった。不安げな蒼《あお》ざめた顔色をして下を向いていた。側に五年生のNというのが立っていて、何かけわしい顔をしながら彼を咎《とが》めているのだ。一同があわててテントの下へもぐり込んだ時、趙が肱《ひじ》でもって、その上級生を突飛ばして、眼鏡を叩き落したというのらしかった。元来私達の中学校では上級生が甚だしく威張る習慣があった。途《みち》で会った時の敬礼はもとより、その他何事につけても上級生には絶対服従ということになっていた。で、私は、その時も趙が大人《おとな》しくあやまるだろうと思っていた。が、意外にも――あるいは私達がそばで見ていたせいもあるかも知れないが――仲々素直にあやまらないのだ。彼は依固地《いこじ》に黙ったまま突立っているばかりだった。Nは暫《しばら》く趙を憎さげに見下していたが、私達の方に一《いち》瞥《べつ》をくれると、そのままぐるりと後を向いて立去って了った。

　実をいうと、此《こ》の時ばかりでなく、趙は前々から上級生に睨《にら》まれていたのだ。第一、趙は彼等に道で逢っても、あまり敬礼をしないという。これは、趙が近眼であるにも拘《かかわ》らず眼鏡を掛けていないという事実に因《よ》ることが多いもののようだった。が、そうでなくても、元来年の割にませていて、彼等上級生達の思い上った行為に対しても時として憫笑を洩らしかねない彼のことだし、それにその頃から荷風の小説を耽読《たんどく》する位で、硬派の彼等から見て、些《いささ》か軟派に過ぎてもいたので、これは上級生達から睨まれるのも当然であったろう。趙自身の話によると、何でも二度ばかり「生意気だ。改めないと殴るぞ。」と云って、おどかされたそうだ。殊《こと》に此の演習の二三日前などは学校裏の崇政殿という、昔の李王朝の宮殿址の前に引張られて、あわや殴られようとしたのを、折よく其処を生徒監が通りかかったために危く免れたのだという。趙は私にその話をしながら口のまわりには例の嘲笑の表情を浮かべていたが、その時、又、急にまじめになってこんな事を云った。自分は決して彼等を恐れてはいないし、又、殴られることをこわいとも思っていないのだが、それにも拘らず、彼等の前に出ると顫《ふる》える。何を馬鹿なとは思っても、自然に身体が小刻みに顫え出してくるのだが、一体これはどうした事だろう、と其《そ》の時彼は真面目な顔をして私に訊ねるのだった。彼は何時も人を小馬鹿にしたような笑いを浮かべ、人から見すかされまいと常に身構えしているくせに、時として、ひょいとこんな正直な所を白状して見せるのだ。もっとも、そういう正直な所をさらけ出して見せたあとでは、必ず、直ぐに今の行為を後悔したような面持《おももち》で、又もとの冷笑的な表情にかえるのではあったが。

上級生との間に今云ったような経緯《いきさつ》が前からあったので、それで彼も、その時、素直にあやまれなかったのであろう。其の夕方、天幕が張られてからも、彼はなお不安な落《お》著《つ》かない面持をしていた。

幾十かの天幕が河原に張られ、内部《うち》に藁《わら》などを敷いて用意が出来ると、それぞれ、中で火をおこしはじめた。初めの中は薪《まき》がいぶって、とても中にはいたたまれなかった。やがて、その煙もしずまると、朝から背嚢の中でコチコチに固まった握飯の食事が始まる。それが終ると、一度外へ出て人員点呼。それがすんでから各自の天幕に帰って、砂の上に敷いた藁の上で休むことになる。テントの外に立つ歩哨《ほしよう》は一時間交代で、私の番は暁方《あけがた》の四時から五時までだったから、それまでゆっくり睡眠がとれるわけだった。その同じ天幕の中には私達三年生が五人と（その中には趙も交っていた。）それに監督の意味で二人の四年生が加わっていた。誰も初めの中は仲々寝そうにもなかった。真中に砂を掘って拵《こしら》えた急製の炉《ろ》を囲み、火影に赤々と顔を火照《ほて》らせ、それでも外からと、下からと沁みこんでくる寒さに外套《がいとう》の襟《えり》を立てて頸を縮めながら、私達は他愛もない雑談に耽《ふけ》った。その日、私達の教練《きようれん》の教官、万年少尉殿が危く落馬しかけた話や、行軍の途中民家の裏庭に踏入って、其の家の農夫達と喧嘩したことや、斥候に出た四年生がずらかって、秘かに懐中にして来たポケット・ウイスキイの壜を傾け、帰ってから、いい加減な報告をした、などという詰まらない自慢話や、そんな話をしている中に、結局何時の間にか、少年らしい、今から考えれば実にあどけない猥談《わいだん》に移って行った。やはり一年の年長である四年生が主にそういう話題の提供者だった。私達は目を輝かせて、経験談かそれとも彼等の想像か分らない上級生の話に聞き入り、ほんの詰まらない事にもドッと娯しげな歓声をあげた。ただ、その中で趙大煥一人は大して面白くもなさそうな顔付をして黙っていた。趙とても、こういう種類の話に興味が持てないわけではない。ただ、彼は、上級生の一寸《ちよつと》した冗談をさも面白そうに笑ったりする私達の態度の中に「卑屈な追従《ついしょう》」を見出して、それを苦々しく思っているに違いないのだ。

話にも飽き、昼間の疲れも出てくると、めいめい寒さを防ぐために互いに身体をくっつけあいながら藁の上に横になった。私も横になったまま、毛のシャツを三枚と、その上にジャケツと上衣と外套とを重ねた上からもなおひしひしと迫ってくる寒さに暫く顫えていたが、それでも何時の間にかうとうとと睡って了ったものと見える。ひょいと何か高い声を聞いたように思って、眼を覚ましたのは、それから二三時間もたった後だろうか。その途端に私は何かしら悪いことが起ったような感じがして、じっと聞耳を立てると、テントの外から、又、妙に疳高《かんだか》い声が響いて来た。その声がどうやら趙大煥らしいのだ。私ははっと思って、宵に自分の隣に寝《ね》ていた彼の姿をもとめた。趙はそこにいなかった。恐らくは歩哨の時間が来たので外へ出ているのだろう。が、あの、妙におびやかされた声は？　と、その時、今度はハッキリと顫えを帯びた彼の声が布一枚隔てた外から聞えてきた。

——そんなに悪いとは思わんです。

——なに？　悪いと思わん？——と今度は別の太い声がのしかかるように響いた。

——生意気だぞ。貴様！

それと共に、明らかにピシャリと平手打の音が、そして次に銃が砂の上に倒れるらしい音と、更にまた激しく身体を突いたような鈍い音が二三度、それに続いて聞えた。私は咄嗟《とっさ》に凡《すべ》てを諒解した。私には悪い予感があったのだ。ふだんから憎まれている趙のことではあり、それに昼間のような出来事があったりしたので、或いは今夜のような機会にやられるのではないかと、宵の中から私はそんな気がしていた。それが今、ほんとうに行われたらしいのだ。私は天幕《テント》の中で身を起したが、どうする訳にも行かず、ただ胸をとどろかしたまま、暫くじっと外の様子を窺《うかが》っていた。(外《ほか》の友人達は皆よく眠っていた。)やがて外は、二三人の立去る気配がしたあとはしいんとした静けさにもどった。私は身仕舞をして、そっと天幕を出て見た。外は思いがけなく真白な月夜だった。そうしてテントから二間《けん》ほど離れた所に、月に照らされた真白な砂原の上に、ポツンと黒く、小さな犬か何かのように一人の少年がしゃがんだまま、じっと顔を俯《ふ》せて動かないでいる。銃は側の砂の上に倒れ、その剣尖《けんさき》がきらきらと月に光っていた。私は傍に行って彼を見下したまま「Nか?」と訊ねた。Nというのは昼間彼といさかいをした五年生の名前だった。趙は、しかし、下を向いたまま、それに答えなかった。しばらくして、突然、ワッという声を立てて身体を冷たい砂の上に投出すと、背中をふるわせながら、おうおうと声をあげて赤ん坊のように泣き始めた。私はびっくりした。十米《メートル》ほど距てて、隣の天幕の歩哨も見ているのだ。が、趙の、この、平生に似ない真率《しんそつ》な慟哭《どうこく》が私を動かした。私は彼を扶《たす》け起そうとした。彼は仲々起きなかった。やっと抱起すと、他の天幕の歩哨達に見られたくない心遣いから、彼を引張って流れの近くへ連れて行った。

十八九日あたりの月がラグビイの球に似た恰好をして寒空に冴えていた。真白な砂原の上には三角形の天幕がずらりと立並び、その天幕の外には、いずれも七八つずつ銃剣が組合わされて立っている。歩哨達は真白な息を吐きながら、冷たそうに銃の台尻を支えて立っている。私達はそれらの天幕の群から離れて漢江の本流の方へと歩いて行った。気がついて見ると、私は何時の間にか趙の銃を（砂の上に倒れていたのを拾って）彼の代りに担《にな》っていた。趙は手袋をはめた両手をだらりと垂らして下を向いて歩いて行ったが、その時、ポツンと——やはり顔を俯せたままで、こんなことを言出した。彼はまだ泣いていたので、その声も嗚咽《おえつ》のためにも時々とぎれるのであったが。彼は言った。あたかも私を咎めるような調子で。

——どういうことなんだろうなあ。一体、強いとか、弱いとか、いうことは。——言葉があまり簡単なため、彼の言おうとしていることがハッキリ解らなかったが、その調子が私を打った。ふだんの彼らしい所は微塵《みじん》も出ていなかった。

——俺はね、（と、そこで一度彼は子供のように泣きじゃくって）俺はね、あんな奴等に殴られたって、殴られることなんか負けたとは思いやしないんだよ。ほんとうに。それなのに、やっぱり（ここでもう一度すすり上げて）やっぱり俺はくやしいんだ。それで、くやしいくせに向って行けないんだ。怖《こわ》くって向って行けないんだ。——

ここ迄言って言葉を切った時、私は、ここで彼がもう一度大声で泣出すのではないかと思った。それ程声の調子が迫っていた。が、彼は泣出さなかった。私は彼のために適当な慰めの言葉が見付からないのを残念に思いながら、黙って、砂の上に黒々と映った私達の影を見て歩いて行った。全く、小学校の庭で私と取組み合った時以来、彼は弱虫だった。

――強いとか、弱いとかって、どういうことなんだろう……なあ。全く。――と、その時、彼はもう一度その言葉を繰返した。私達はいつの間にか漢江の本流の岸まで来ていた。岸に近い所は、もう一帯に薄い氷が張りつめ、中流の、汪洋《おうよう》と流れている部分にも、かなりな大きさの氷の塊がいくつか漂っていた。水の現れている所は美しく月に輝いているけれども、氷の張っている部分は、月の光が磨硝子《すりガラス》のように消されて了っている。もう、ここ一週間の中にはすっかり氷結して了うだろう、などと考えながら水面を眺めていた私は、その時、ひょいと彼の先刻《さっき》言った言葉を思い出し、その隠れた意味を発見したように思って、愕然《がくぜん》とした。「強いとか弱いとかって、一体どういうことだろうなあ」という趙の言葉は――と、その時私はハッと気が付いたように思った――ただ現在の彼一個の場合についての感慨ばかりではないのではなかろうか、と其の時、私はそう思ったのだ。勿論、今から考えて見ると、これは私の思いすごしであったかも知れない。早熟とはいえ、たかが中学三年生の言葉に、そんな意味まで考えようとしたのは、どうやら彼を買被《かいかぶ》りすぎていたようにも思える。が、常々自分の生れのことなどを気にしないように見せながら、実は非常に気にしていた趙のことではあり、又、上級生に苛《いじ》められる理由の一部をもその点に自《みず》ら帰していたらしい彼を、よく知っていた私であったから、私がその時そんな風に考えたのも、あながち無理ではなかったのだ。そう考えて、さて、自分と並んだ趙のしおれた姿を見ると、そうでなくても慰めの言葉に窮していた私は、更に何と言葉をかけていいやら解らなくなり、ただ黙って水面を眺めるばかりだった。が、それでも私は何かしら心の中で嬉しかった。あの皮肉屋の、気取屋の趙が、いつもの外出行《よそ》きをすっかり脱いで――前にも言ったように、これ迄にも時として、そういう事もないではなかったが、今夜のような正直な激しさで私を驚かせたことはなかった。――裸の、弱虫の、そして内地人ではない、半島人の、彼を見せてくれたことが、私に満足を与えたのだった。私達はそうして暫く寒い河原に立ったまま、月に照らされた、対岸の龍山から毒村県《とくそんけん》や清涼里《せいりようり》へかけての白々とした夜景を眺めていた。

………………

此の露営の夜の出来事のほかには、彼について思い出すことといっては別に無い。というのは、それから間もなく（まだ私達が四年にならない前に）彼は突然、全く突然、私にさえ一言の予告も与えないで、学校から姿を消して了ったからだ。いうまでもなく、私はすぐに彼の家へたずねて見た。彼の家族は勿論そこにいた。ただ彼だけがいないのだ。支那《しな》の方へ一寸《ちよつと》行ったから、という彼の父親の不完全な日本語の返事の外には、何の手掛りも得られなかった。私は全く腹を立てた。前に何とか一言《ひとこと》ぐらい挨拶があってもいい筈なのだ。私は、彼の失踪の原因を色々と考えて見ようとしたが、無駄だった。あの露営の晩の出来事が直接の動機となったのだろうか。あのことだけで、学校を廃《や》めるほどの理由になろうとも思えなかったが、やはり幾分は関係があるような気もした。そう考えると、いよいよ、例の、彼の言った「強い、弱い」云々《うんぬん》の言葉が意味のあるものに思われてくるのだった。

やがて、彼に関する色々な噂《うわさ》が伝わって来た。彼がある種の運動の一味に加わって活躍しているという噂を一しきり私は聞いた。次には、彼が上海《しゃんはい》に行って身を持崩しているというような話も——これはやや後になってではあるが——聞いた。その何《いず》れもがあり得ることに思えたし、又同時に、両方とも根の無いことのように考えられもした。斯《こ》うして、中学を終えると直ぐに東京へ出て了った私は、其の後、杳《よう》として彼の消息を聞かないのだ。

六

虎狩の話をするなどと称しながら、どうやら少し先走りしすぎたようだ。さて、ここらで、愈々《いよいよ》本題に戻らねばならぬ。で、この虎狩の話というのは、前にも述べたように、趙が行方をくらます二年程前の正月、つまり私と趙とが、例の、日の切れの長く美しい小学校の時の副級長を忘れるともなく次第に忘れて行こうとしていた頃のことだ。ある日学校が終って、いつもの様に趙と二人で電車の停留所まで来ると、彼は私に、いい話があるから次の停留所まで歩こうと言った。そうして、その時、歩きながら、私に虎狩に行きたくないかと言い出した。今度の土曜日に彼の父親が虎狩に行くのだが、その折、彼も連れて行って貰うことになっているという。で、私なら、かねて名前も言ってあるので、彼の父親も許すに違いないから、一緒に行こうじゃないか、というのだ。私は、虎狩などということは今迄まるで考えて見たことがなかっただけに、その時暫《しばら》く、驚いたような、彼の言葉が真実であるかどうかを疑うような眼付で彼を見返したものらしい。まったく、虎などという代物が、動物園か子供雑誌の挿絵以外に、自分の間近に、現実に——しかも自分が承知しさえすれば、ここ三四日の中《うち》に——現れてこようなどとは、それこそ夢にも考えられなかったからだ。で、私は先ず、彼が私をかつごうとしているのではないことを、再三、——彼がやや機嫌を悪くしたくらい——確かめてから、さて、其《そ》の場所や、同勢や費用などを尋ねたのだった。そうして、その揚句《あげく》、彼の父親が承知したら、——というよりも、是非頼むから、無理にも連れて行って貰いたいと、私が言出したのは言うまでもない。趙の父親は元来昔からの家柄の紳士で、韓国時代には相当な官吏をしていたものらしい。そうして、職を辞した今も、いわゆる両班《ヤンバン》で、その経済的に豊かなことは息子の服装からでも分った。ただ趙は——自分の家庭での半島人としての生活を見られたくなかったのであろう——自分の家へ遊びに来られるのを嫌ったので、私はついぞ彼の家へ——その所在は知っていたが、行ったことはなく、従って彼の父親も知らなかった。何でも虎狩へは殆ど毎年行くのだそうだが、趙大煥が連れて行かれるのは今年が始めてなのだという。だから、彼も興奮していた。その日、二人は電車を降りて別れるまで、この冒険の予想を、殊《こと》に、どの程度まで自分達は危険に曝《さら》されるであろうかという点について色々と語り合った。さて、彼に別れて家に帰り、父母の顔を見てから、私は迂闊《うかつ》にも、始めて、此《こ》の冒険の最初に横たわる非常な障碍《しょうがい》を発見しなければならなかった。如何《いか》にすれば私は両親の許可を得ることが出来ようか？困難はまず其処《そこ》にあった。元来、私の家では、父などは自ら常に日鮮融和などということを口にしていたくせに、私が趙と親しくしているのを余り喜んでいなかった。まして虎狩などという危険な所へ、そういう友達と一緒にやるなどとは、頭から許さないにきまっている。色々考えあぐんだ末、私は次の様な手段をとろうと決心した。中学校の近所の西大門に、私の親戚——私の従姉の嫁いでいる先——がある。土曜日の午後、そこへ遊びに行くと称して家を出て、その時、ひょっとしたら今晩は泊ってくるかも知れない、と言って置く。私の家にもその親戚の家にも電話はなかったし——少くとも、之《これ》でその晩だけは完全にごまかせる訳だ。勿論、後《あと》になってばれるにはきまっているが、その時はどんなに叱られたっていい。とにかく其の晩だけ何とかごまかして行ってしまうと、私は考えた。珍しい貴い経験を得るためには親の叱言《こごと》ぐらいは意に介しない底の小享楽家だったのである。

その翌朝、学校へ行って、趙に、彼の父親が承諾を与えたかと聞くと、彼は怒ったような顔付で「あたりまえさ」と答えた。その日から私達は課業のことなどまるで耳にはいらなかった。趙は私に彼が父親から聞いた色々な話をして聞かせた。虎は夜でなければ餌をあさりに出掛けないこと、豹は木に登れるけれども虎は登れないこと、私達が行こうとしている所は、虎ばかりでなく豹も出るかも知れないということ、その他、銃はレミントンを使うのだとか、ウィンチェスタアにするのだとか、あたかも自分がとっくの昔から知ってでもいたかのような調子で、種々の予備智識を与えるのだった。私もふだんなら「何だ、又聞《またぎき》のくせに」と一矢酬いる所なのだが、何しろ其の冒険の予想で夢中に喜ばされていた際なので、嬉しがって彼の知ったかぶりを傾聴した。

金曜日の放課後、私は一人で（これは趙にも内緒で）昌慶苑に行った。昌慶苑というのは昔の李王の御苑で、今は動物園になっている所だ。私は虎の檻《おり》の前に行って、佇《たたず》んだ。スティイムの通っている檻の中で私から一米と隔たらない距離に、虎は前肢を行儀よく揃えて横たわり、眼を細くしていた。眠っているのではないらしいが、側に近づいた私の方には一顧だに呉《く》れようとしない。私は出来るだけ彼に近づいて、仔細に観察した。確かに仔牛ぐらいはありそうな盛上った背中の肉付。背中は濃く、腹部に向うに従って、うすくなっている、その黄色の地色を、鮮かに染抜いて流れる黒の縞《しま》。目の上や、耳の尖端に生えている白毛。身体にふさわしい大きさで頑丈に作られたその頭と顎。それにはライオンに見られるような装飾風な馬鹿馬鹿しい大きさはなく、如何にも実用向きな獰猛《どうもう》さが感じられた。このような獣が、やがて山の中で私の眼の前に躍り出してくるのだと思うと、自然に胸がどきどきして来るのを禁ずることが出来なかった。暫く観察していた私は今まで気がつかないでいた事を発見した。それは、虎の頬と顎の下が白いということだ。それから又、彼の鼻の頭が真黒で、猫のそれのように如何にも柔かそうで、一寸手を伸ばしていじって見たいように出来ていることも私を喜ばせた。私はそれらの発見に満足して立去ろうとした。が、私が此処《ここ》に佇んでいた小一時間の間、この獣は私に一瞥《いちべつ》さえ与えなかったのだ。私は侮辱を受けたような気がして、最後に、獣の唸《うな》るような声を立てて、彼の注意を惹こうと試みた。併し無駄だった。彼は、その細く閉じた眼をあけようとさえしなかった。

いよいよ土曜日になった。四時間目の数学が終るのを待ちかねて、私は急いで家に帰った。そうして昼飯をすますと、いつもより二枚余計にシャツを着込み、頭巾《ずきん》やら耳当《みみあて》やら防寒の用意を充分にととのえてから、かねての計画どおり「親戚の家に泊ってくるかも知れぬ」と言って表へ出た。四時の汽車には少し早過ぎたけれども、家にじっと待っていられなかったのだ。約束の南大門駅の一、二等待合室に行って見ると、だが、もう趙は来ていた。いつもの制服ではなく、スキイ服のような、上から下まで黒ずくめの暖かそうな身軽ななりをしている。彼の父親と、その友人もじきに来る筈だという。二人がしばらく話をしている中に、待合室の入口に、猟服にゲートルを巻き、大きな猟銃を肩に掛けた二人の紳士が現れた。それを見ると、趙は此方《こちら》から一寸《ちよつと》手を挙げ、彼等がそばへ来た時に、その背の高い、髭《ひげ》のない方に向って、私を「中山君」と紹介した。それが初めて見る彼の父親だった。五十には少し間のありそうな、立派な体格の、血色のいい、息子に似て眼の細い小父さんだった。私が黙って頭を下げると、先方は微笑で以て之に応《こた》えた。口をきかなかったのは、息子の趙が前以て言っていたように、日本語があまり達者でないために違いない。もう一人の、茶色の髭を伸ばした、これは一見して内地人ではないと解る方の男にも私は一寸頭を下げた。その男も黙ったまま之に応じ、趙の朝鮮語での説明を聞きながら、私の顔を見下して微笑した。

発車は丁度四時。一行は私をいれて四人の他に、もう一人、これはどちらの下僕か知らないが、主人達の防寒具やら食糧やら弾薬やらを荷《にな》った男がついて来ていた。

汽車に乗ってからも、並んで席を取った趙と私とは二人きりで話しつづけ、大人達とは殆ど口を交えなかった。趙は私の前であまり朝鮮語を使うのを好まないようであった。時々向い側から与えられる父親の注意らしい言葉にも極く簡単に返事するだけだった。

冬の日は汽車の中ですっかり暮れてしまった。鉄道が山地にはいるに従って、窓の外に雪の積っているらしいのが分った。汽車が目的の駅――それは沙里院の手前の何とかいう駅だと思うのだが、それが、今どうしても思い出せない。一つ一つの情景などは実にはっきり憶えているのだが、妙なことに、肝腎の駅の名前は、ど忘れして了《しま》っているのだ。――に着いた時は、もう七時を廻っていた。燈火の暗い、低い木造の、小さな駅の前におり立った時、黒い空から雪の上を撫《な》でてくる風が、思わず私達の頸をちぢめさせた。駅の前にも一向人家らしいものはない。吹晒《ふきさら》しの野原の向うに、月のない星空を黒々と山らしいものの影が聳《そび》えているだけだ。一本道を二三町も行った所で、私達は右手にポツンと一軒立っていた低い朝鮮家屋の前に立止った。戸を叩くと、直ぐに中から開いて、黄色い光が雪の上に流れた。みんながはいったので、私も低い入口から背をこごめて這入《はい》った。家の中は全部油紙を敷詰めた温突《オンドル》になっていて、急に温い気がむっと襲った。中には七八人の朝鮮人が煙草を吸いながら話し合っていたが、此方を向くと一斉に挨拶をした。と、その中から、此の家の主人らしい赤髯《あかひげ》の男が出て来て、暫く趙の父親と何やら話をしてから、奥へ引込んだ。話は前からしてあったと見えて、やがてお茶を一杯飲むと、二人の本職の猟師と、五六人の勢子《せこ》が――猟師と勢子とは同じような恰好《かっこう》をしていて、見分け難いのだが、私は趙の注意によって、彼等の持っている銃の大小でそれを区別することが出来た――私達について表へ出た。表には犬も四匹ほど待っていた。

雪明りの狭い田舎道を半里ばかり行くと、道は漸《ようや》く山にさしかかって来る。疎林の間を、まだ新しい雪を藁靴《わらぐつ》でキュッキュッと踏みしめながら勢子達が真先に登って行く。その前になったり後になったりしながら、犬が——雪明りで毛色ははっきり判らないが、あまり大型でない——脇道をしては、方々の木の根や岩角の匂を嗅ぎ嗅ぎ小走りに走って行く。私達はそれから少し遅れて一かたまりになり、彼等の足跡の上を踏んで行く。今にも横から虎がとび出してきはしまいか、後からかかって来たらどうしよう、などと胸をどきどきさせながら、私は、もう趙とも余り話をせずに黙って歩き続けた。上《のぼ》るに従って道は次第にひどくなる。しまいには、道がなくなって、尖《とが》った木の根や、突出た岩角を越えて上って行くのだ。寒さはひどい。鼻の中が凍って、突張ってくる。頭巾をかぶり耳には毛皮を当てているのだが、やはり耳がちぎれそうに痛む。風が時々樹梢を鳴らす度に一々はっとする。見上げると、疎《まば》らな裸木の枝の間から星が鮮かに光っている。こうした山道が凡《およ》そ三時間も続いたろうか。小山程の大きな巌の根を一廻りして、もう可成《かなり》疲れた私達は、其の時、林の中の一寸した空地に出て来た。すると、私達より少し前に其処に着いていた勢子達が、私達の姿を見て、手を挙げて合図をするのだ。みんなはそちらへ駈出した。私もハッとして、おくれずに走って行った。彼等の一人の指す所を見ると、成程、雪の上にはっきりと、直径七八寸もありそうな、猫のそれにそっくりな足跡が印《しる》されている。そして其の足跡は少しずつ間隔をおいて、私達の来た方角とは直角に空地を横ぎって、林から林へと続いている。しかも、勢子達の一人の言葉を趙が翻訳してくれた所によると、此の足跡はまだ非常に新しいというのだ。趙も私も極度の昂奮と恐怖のために口も利《き》けなくなって了った。一行はしばらく其の足跡について、木立の中を、前後に怠りなく注意を配りながら進んで行った。まもなく其の足跡が林間のもう一つの空地へ導いて行った時、私達はその林のはずれに、多くの裸木に交った二本の松の大木を見つけた。案内人達はしばらくその両方を見比べていたが、やがて、そのくねくね曲った方の一方に攀《よ》じのぼると、背中に負って来た棒や板や蓆《むしろ》などを、その枝と枝との間に打付けて、忽《たちま》ち其処に即製の桟敷《さじき》をこしらえ上げて了った。地面から四米ぐらいの高さだったろう。その中へ藁を敷詰めて、そこで私達は待つのだ。虎は往きに通った途《みち》を必ず帰りにも通るという。だから、その松の枝の間にそうして待っていて虎の帰りを迎え撃とうというのだ。三本の曲った太い枝の間に張られた其の藁敷の桟敷は案外広くて、前に言った私達四人の他に、二人の猟師もそこへはいることが出来た。私はそこへ上った時、もう、少くとも後から跳びかかられる心配はなくなったと考えて、ほっとした。私達が上ってしまうと、勢子達は犬を連れ、各々銃を肩に、松明《たいまつ》の用意をして、何処《どこ》か林の奥に消えて了った。

時は次第に経《た》つ。雪の白さで土地の上はかなり明るく見える。私達の眼の下は五十坪ほどの空地で、その周囲にはずっと疎らな林が続いている。葉の落ちていないのは、私達ののぼっている木と、その隣の松の外には余り見当らないようだ。その裸木の幹が白い地上に黒々と交錯して見える。時々大きな風が吹いてくると林は一時に鳴りざわめき、やがて風が去るにつれて、その音も海の遠鳴のように次第にかすかになって、寒い空の何処かへ消えて行ってしまう。松の枝と葉の間から見上げる星の光は私達を威《おど》しつけるように鋭い。

そうした見張をしばらく続けている中に、先程の恐怖は大分失《な》くなって行った。が、そのかわり今度は寒気が容赦なく押寄せて来た。毛の靴下をはいた足の先から、冷たさとも痛さともつかない感覚が次第に上ってくる。大人達は大人達でしきりに話を交しているが、私には時々聞えてくる虎（ホランイ）という言葉の他《ほか》はまるで解らない。私も、無理にも元気をつけようと、キャラメルを頬張って、ふるえながら趙と話を始めた。趙は私に、先年此の近所で虎に襲われた朝鮮人の話をした。虎の前肢の一撃でその男の頭から顎へかけて顔の半分が抉《えぐ》ったように削《そ》ぎとられて了ったそうである。明らかに父親からの受売に違いない此の話を、趙はまるで自分が眼の前で見て来たことのように昂奮して語った。その調子は、あたかも彼が、そんな惨劇の今にも目の前で行われるのを切望しているかのようだった。そして実は私もその話を聞きながら、自分に危険のない範囲で、そのような出来事が起ればいい、というような期待をひそかに抱いたのであった。

が、二時間待っても、三時間待っても、一向虎らしいものの気配も見えぬ。もう二時間もすれば夜が明けてくるだろう。趙の父親の話によると、こうやって虎狩に来ても、いきなり新しい足跡を見付けるなんぞというのは余程運がいい方で、大抵は二三日麓《ふもと》の農家に滞在させられるということだから、これはことによると、今晩は出て来ないのではないかな。そうすると、学校や家の都合で逗留《とうりゅう》できない私は、何にも見ないで帰らなければならないことになる。そうなったら、趙は一体どうするだろう。父親と一緒に虎が出てくるまで此処《ここ》へ何日でも残るつもりだろうか。自分一人で帰るのは詰まらないな。

……………そんな事を考え出すと、宵の中《うち》からの緊張も次第に弛《ゆる》んで来る。

趙はその時、持って来た鞄《かばん》の中からバナナを一房取出して私にも分けてくれた。その冷たいバナナを喰べながら、私は妙な事を考えついた。今から思うと、実に笑い話だけれど、其の時私はまじめになって、此のバナナの皮を下へ撒《ま》いておいて、虎を滑らしてやろうと考えたのだ。勿論私とても、屹度《きっと》虎がバナナの皮で滑って、そのためにたやすく撃たれるに違いないと確信したわけではなかったが、しかし、そんな事も全然あり得ないことではなかろう位の期待を持った。そして喰べただけのバナナの皮は、なるたけ遠く、虎が通るに違いないと思われた方へ投棄てた。さすがに笑われると思ったので、此の考えは趙にも黙ってはいたが。

さて、バナナは失《な》くなったが、虎は仲々出て来ぬ。期待の外れた失望と、緊張の弛緩《しかん》とから、私はやや睡気《ねむけ》を催しはじめた。寒い風に顫《ふる》えながら、それでも私はコクリコクリやりかけた。そうすると、趙一人おいて向うにいた趙の父親が私の肩先を軽く叩いて、覚束《おぼつか》ない日本語で、笑いながら、「虎よりも風邪の方がこわいよ」と注意してくれた。私はすぐに微笑を以て、その注意に応《こた》えた。が、また間もなく、ウトウトやって了ったものらしい。そうして、それから、どの位時が経ったものか。私は夢の中で、さっき趙に聞いた話の、朝鮮人が虎に襲われている所を見ていたようだった。…………

さて、それが、どのようにして起ったか。私は不覚にもそれを知らない。ただ、鋭い恐怖の叫びに耳を貫かれてハッと我にかえった時、私は見た。すぐ眼の下に、私達の松の枝から三十米《メートル》とへだたらない所に、夢の中のそれとそっくりな光景を見た。一匹の黒黄色の獣が私達にその側面を見せて雪の上に腰を低くして立っている。そして其の前には、それから三四間程の間をおいて、一人の勢子らしい男が、側に銃をほうり出し、両手を後につき、足を前方に出したまま躄《いざり》のような恰好で倒れて、眼だけ放心したように虎の方を見据《みす》えている。虎は――普通想像されるように、足をちぢめ揃えて、跳びかかるような姿勢ではなくて――猫がものにじゃれる時のように、右の前肢をあげて、チョッカイを出すような様子で、前に進み出そうとしている。私はハッとしながらも、まだ夢の続きでもあるような気で、眼をこすって、もう一度よく見なおそうとした。と、その時だ。私の耳許《みみもと》からバンと烈しい銃声が起り、更にバン・バン・バンと矢継早に三つの銃声がそれに続いた。鋭い烟硝《えんしょう》の匂が急に鼻を衝《つ》いた。前へ進みかけた虎は、そのまま大きく口をあけて吼《たけ》りながら後肢で一寸立上ったが、直ぐに、どうと倒れて了った。それが、――私が眼を覚ましてから、銃声が響き、虎が立上って、又倒れるまでが、僅々十秒位の間の出来事であったろう。私はただ呆気に取られて、遠くのフィルムでも見ているような気持で、ぼうっとして眺めていた。

すぐに大人達は木から下りて行った。私達もそれについて下りた。雪の上では、獣もその前に倒れている人間も共に動かない。私達ははじめ棒の先で、倒れている虎の身体をつついて見た。動く気色もないので、やっと安心して、皆その死骸に近寄った。その近所は一面に雪の上を新しい血が真赤に染めていた。顔を横に向けて倒れている虎の長さは、胴だけで五尺以上はあったろう。もう其の時は、空も次第に明けかけて、周囲の木々の梢の色もうっすらと見分けられる頃だったから、雪の上に投出された黄色に黒の縞は、何とも言えず美しかった。ただ背中のあたりの、思ったより黒いのが私を意外に思わせた。私と趙とは互いに顔を見合せて、ホッと吐息をつき、もはや危険がないとは知りつつも、まだビクビクしながら、今の今までどんな厚い皮でもたちどころに引裂くことの出来たその鋭い爪や、飼猫のそれとまるで同じな白い口髭《くちひげ》などに、そっとさわって見たりした。

一方、倒れている人間の方はどうかというと、これはただ恐怖のあまり気を失っただけで、少しの怪我《けが》もなかった。あとで聞くと、此の男はやはり勢子の一人で、虎を尋ねあぐんで私達の所へ帰って来たのだが、あの空地の所で一寸小用を足している時に、ひょいと横合から虎が出て来たのだという。

私を驚かせたのはその時の趙大煥の態度だった。彼は、その気を失って倒れている男の所へ来ると、足で荒々しく其の身体を蹴返して見ながら私に言うのだ。

――チョッ！　怪我もしていない――

それが決して冗談に言っているのではなく、いかにも此の男の無事なのを口惜《くちお》しがる、つまり自分が前から期待していたような惨劇の犠牲者にならなかったことを憤っているように響くのだ。そして側で見ている彼の父親も、息子がその勢子を足でなぶるのを止《と》めようともしない。ふと私は、彼等の中を流れている此の地の豪族の血を見たように思った。そして趙大煥が気絶した男をいまいましそうに見下している、その眼と眼の間あたりに漂っている刻薄《こくはく》な表情を眺めながら、私は、いつか講談か何かで読んだことのある「終りを全うしない相」とは、こういうのを指すのではないか、と考えたことだった。

やがて、他の勢子達も銃声を聞いて集って来た。彼等は虎の四肢を二本ずつ縛り上げ、それに太い棒を通し、さかさに吊して、もう明るくなった山道を下りて行った。停留場まで下りて来た私達は一休みして後――虎はあとから貨物で運ぶことにして――すぐに其の午前の汽車で京城に帰った。期待に比べて結末があまりに簡単に終ってしまったのが物足りなかったけれども——殊に、うとうとしていて、虎の出て来る所を見損ったのが残念だったが、とにかく私は自分が一かどの冒険をしたのだ、という考えに満足して家にもどった。

一週間ほどして、西大門の親戚の所からして、私の嘘がばれた時、父から大眼玉を喰ったことは云うまでもない。

七

さて、これでやっと虎狩の話を終ったわけだ。で、此《こ》の虎狩から二年程経《た》って、例の発火演習の夜から間もなく、彼が私達友人の間から黙って姿を消して了《しま》ったのは、前に言ったとおりだ。そうして、それからここに十五六年、まるで彼とは逢わないのだ。いや、そう云うと嘘になる。実は私は彼に逢ったのだ。しかも、それがつい此の間のことだ。だからこそ、私もこんな話を始める気になったのだが、併《しか》し、その逢い方というのが頗《すこぶ》る奇妙なもので、果して、逢ったといえるか、どうか。その次第というのはこうだ。

三日程前の午過《ひるす》ぎ、友人に頼まれた或る本を探すために、本郷通りの古本屋を一通り漁《あさ》った私は、かなり眼の疲れを覚えながら、赤門前から三丁目の方へ向って歩いていた。丁度昼休みの時間なので、大学生や高等学校の生徒や、その他の学生達の列が、通り一杯に溢れていた。私が三丁目の近くの、藪《やぶ》そばへ曲る横丁の所まで来た時、その人通りの波の中に、一人の背の高い――その群集の間から一際、頭だけ抜出ているように見えた位だから、余程高かったに違いない――痩せた三十恰好の、ロイド眼鏡を掛けた男の、じっと突立っているのが、私の目を惹《ひ》いた。其《そ》の男は背が人並外れて高かったばかりではなく、その風采が、また著しく人目を惹くに足るものだった。古い羊羹《ようかん》色の縁の、ペロリと垂れた中折を阿弥陀《あみだ》にかぶった下に、大きなロイド眼鏡――それも片方の弦《つる》が無くて、紐《ひも》がその代用をしている――を光らせ、汚点《しみ》だらけの詰襟服はボタンが二つも取れている。薄汚ない長い顔には、白く乾いた脣のまわりに疎《まば》らな無精髭《ぶしようひげ》がしょぼしょぼ生えて、それが間の抜けた表情を与えてはいるが、しかし、又、其の、間の迫った眉のあたりには、何かしら油断の出来ない感じをさせるものがあるようだ。いって見れば、田舎者の顔と、掏摸《すり》の顔とを一緒にしたような顔付だ。歩いて来た私は、五六間も先《さき》から、すでに、群集の中に、この長すぎる身体をもてあましているような異様な風体の男を発見して、それに眼を注いでいた。すると、向うもどうやら私の方を見ていたらしかったが、私がその一間ほど手前に来た時、その男の、心持しかめていた眉の間から、何か一寸《ちよつと》した表情の和《やわ》らぎといった風のものがあらわれた。そして、その、目に見えない位の微《かす》かな和らぎが忽ち顔中に拡がったと思うと、急に彼の眼が（勿論、微笑一つしないのだが）私に向って、あたかも旧知を認める時のように、うなずいて見せたのだ。私はびっくりした。そうして、前後を見廻して、其のウインクが私に向って発せられたものであることを確かめると、私は私の記憶の隈々を大急ぎで探しはじめた。その間も、一方、眼の方は相手からそらさずに怪訝《けげん》そうな凝視を続けていたのだが、その中《うち》に、私の心のすみっこに、ハッキリとは解らないが何か非常に長い間忘れていたようなあるものが見付かったような気がした。そして、その会《え》体《たい》の知れない或る感じが見る見る拡がって行った時、私の眼は既に、彼の眼差に答えるための会釈《えしゃく》をしていたのだ。その時にはもう私には、此の男が自分の旧知の一人であることは確かだった。ただそれが誰であったかが疑問として残ったに過ぎない。

相手は此方《こちら》の会釈を見ると、此方も向うを思い出したものと思ったらしく、私の方へ歩み寄って来た。が、別に話をするでもなく、笑顔を見せるでもなく、黙って私と並んで、自分の今来た道を逆に歩き出した。私も亦《また》黙ったまま、彼が誰であるかを、しきりに思い出そうと努めていた。

五六歩あるいた時、その男は私に嗄《しわが》れた声で、――私の記憶の中には、どこにも、その様な声はなかった――「煙草を一本くれ」と言い出した。私はポケットを探して、半分程空になったバットの箱を彼の前に差出した。彼はそれを受取り、片方の手を自分のポケットに突込んだかと思うと、急に妙な顔をして、そのバットの箱を眺め、それから私の顔を見た。暫《しばら》くそうして馬鹿のような顔をして、バットと私とを見比べた後、彼は黙って、私が与えたバットの箱をそのまま私に返そうとした。私は黙ってそれを受取りながらも、何だか狐につままれたような腑に落ちない気持と、又、一寸、馬鹿にされたような腹立たしさの交った気持で、彼の顔を見上げた。すると、彼は、その時初めて、薄笑いらしいものを口の端に浮かべて斯《こ》う独り言のように言った。

——言葉で記憶していると、よくこんな間違をする。——

勿論、私には何の事か、のみこめなかった。が、今度は彼は、極めて興味ある事柄を話すような、勢こんだせかせかした調子で、その説明を始めた。

それによると、彼が私からバットを受取って、さて、燐寸《マッチ》を取出すために右手をポケットに入れた時、彼はそこに矢張り同じ煙草の箱を探りあてたのだという。その時に、彼はハッとして、自分の求めていたものが煙草でなくて燐寸であったことに気がついた。そこで彼は、自分が何故、この馬鹿馬鹿しい間違いをしたかを考えて見た。単なる思い違いと云ってしまえば、それまでだが、それならば、其の思い違いは何処《どこ》から来たか。それを色々考えた末、彼はこう結論したのだ。つまり、それは、彼の記憶が悉《ことごと》く言葉によったためであると。彼ははじめ自分に燐寸がないのを発見した時、誰かに逢ったら燐寸を貰おうと考え、その考えを言葉として、「自分は他人《ひと》から燐寸を貰わねばならぬ」という言葉として、記憶の中にとって置いた。燐寸がほんとうに欲しいという実際的な要求の気持として、全身的要求の感覚——へんな言葉だが、此の場合こう云えば、よく解るだろう、と、彼はその時、そう附加えた。——として記憶の中に保存して置かなかった。これがあの間違いのもとなのだ。感覚とか感情ならば、うすれることはあっても混同することはないのだが、言葉や文字の記憶は正確なかわりに、どうかすると、とんでもない別の物に化けていることがある。彼の記憶の中の「燐寸」という言葉、もしくは文字は、何時の間にかそれと関係のある「煙草」という言葉、もしくは文字に置換えられて了っていたのだ。……彼はそう説明した。それが、此の発見がいかにも面白くて堪《たま》らないというような話ぶりで、おまけに最後に、こういう習慣はすべて概念ばかりで物を考えるようになっている知識人の通弊だ、という思い掛けない結論まで添えた。実をいうと、私は、その間、彼自身は非常に興味を感じているらしい此の問題の説明に、あまり耳を傾けてはいなかった。ただ、そのセカセカした早口なしゃべり方を聞きながら、確かに、これは（声こそ違え）私の記憶の何処かにある癖だ、と思い、しきりに、その誰であったかを思い出そうとしていた。が、丁度、極めてやさしい字が仲々思い出せない時のように、もうすっかり解って了ったような気がしながら、渦巻の外側を流れる芥《あくた》の如く、ぐるぐる問題のまわりを廻ってばかりいて、仲々その中心にとび込んで行けないのだ。

　その中に私達は本郷三丁目の停留所まで来た。彼がそこで立止ったので、私もそれに倣《なら》った。彼は電車に乗るつもりかも知れない。私達は並んで立ったまま、眺めるともなく、前の薬局の飾窓を眺めていた。彼はそこに何か見付けたらしく、大胯《おおまた》に其の窓の前に歩いて行った。私も彼について行って覗《のぞ》いて見た。それは新発売の性器具の広告で、見本らしいものが黒い布の上に並べられていた。彼はその前に立って、微笑を浮かべて暫く覗いていた。その彼を、私は横に立って眺めていた。と、その時、彼のそのニヤニヤした薄笑いを横あいから覗き込んだ時、突然、私はすっかり思い出した。今まで私の頭の中で、渦巻のまわりの塵のようにぐるぐる廻ってばかりいた私の記憶が、その時、忽ち渦巻の中心に飛び込んだのだ。皮肉げに脣を曲げたあの薄笑い。眼鏡を掛けてはいるが、その奥からのぞいている細い眼。お人良しと猜疑《さいぎ》とのまざりあった其の眼付。――おお、それが彼以外の誰だろうか。虎に殺され損った勢子《せこ》を足で蹴返していまいましげに見下した彼以外の誰の眼付だろうか。その瞬間、一時に私は、虎狩や熱帯魚や発火演習などをごたごたと思い浮かべながら、これが彼であるのを見出すのに、どうしてこんなに手間を取ったろうか、と自分ながら呆《あき》れてしまった。そうして私は今や心からの喜びを以て、後から彼の肩を打とうとした。所がその時、真砂町の方から来た一台の電車が停留所に停った。それを見た彼は、私の手がまだ彼の高い肩に達しない前に、そして、私の動作に一向気づきもしないで、あわただしく身を翻《ひるがえ》して、その電車の方へ走って行った。そして、ひらりと飛乗ると、車掌台から此方《こちら》を向いて右手を一寸挙げて私に会釈し、そのまま、長い身体を折るようにして車内にはいって了った。電車はすぐに動き出した。かくして私は、十何年ぶりかで逢った我が友、趙大煥を、——趙大煥としての一言《ひとこと》をも交さないで、再び、大東京の人混みの中に見失って了ったのだ。

猫町

萩原朔太郎

散文詩風な小説《ロマン》

蠅《はえ》を叩《たた》きつぶしたところで、蠅の「物そのもの」は死にはしない。単に蠅の現象をつぶしたばかりだ。――

ショウペンハウエル。

1

旅への誘《いざな》いが、次第に私の空想《ロマン》から消えて行った。昔はただそれの表象、汽車や、汽船や、見知らぬ他国の町々やを、イメージするだけでも心が躍《おど》った。しかるに過去の経験は、旅が単なる「同一空間における同一事物の移動」にすぎないことを教えてくれた。どこへ行ってみても、同じような人間ばかり住んでおり、同じような村や町やで、同じような単調な生活を繰り返している。田舎《いなか》のどこの小さな町でも、商人は店先で算盤《そろばん》を弾《はじ》きながら、終日白っぽい往来を見て暮しているし、官吏《かんり》は役所の中で煙草《たばこ》を吸い、昼飯の菜《さい》のことなど考えながら、来る日も来る日も同じように、味気ない単調な日を暮しながら、次第に年老いて行く人生を眺《なが》めている。旅への誘いは、私の疲労した心の影に、とある空地《あきち》に生《は》えた青桐《あおぎり》みたいな、無限の退屈した風景を映像させ、どこでも同一性の方則が反覆している、人間生活への味気ない嫌厭《けんえん》を感じさせるばかりになった。私はもはや、どんな旅にも興味とロマンスを無くしてしまった。

久しい以前から、私は私自身の独特な方法による、不思議な旅行ばかりを続けていた。その私の旅行というのは、人が時空と因果の外に飛翔《ひしょう》し得る唯一の瞬間、すなわちあの夢と現実との境界線を巧みに利用し、主観の構成する自由な世界に遊ぶのである。と言ってしまえば、もはやこの上、私の秘密について多く語る必要はないであろう。ただ私の場合は、用具や設備に面倒な手数がかかり、かつ日本で入手の困難な阿片《あへん》の代りに、簡単な注射や服用ですむモルヒネ、コカインの類を多く用いたということだけを附記しておこう。そうした麻酔によるエクスタシイの夢の中で、私の旅行した国々のことについては、ここに詳しく述べる余裕がない。だがたいていの場合、私は蛙《かえる》どもの群がっている沼沢《しょうたく》地方や、極地に近く、ペンギン鳥の居る沿海地方などを彷徊《ほうかい》した。それらの夢の景色の中では、すべての色彩が鮮《あざ》やかな原色をして、海も、空も、硝子《ガラス》のように透明な真青《まつさお》だった。醒《さ》めての後にも、私はそのヴィジョンを記憶しており、しばしば現実の世界の中で、異様の錯覚を起したりした。

薬物によるこうした旅行は、だが私の健康をひどく害した。私は日々に憔悴《しょうすい》し、血色が悪くなり、皮膚が老衰に澱《よど》んでしまった。私は自分の養生《ようじょう》に注意し始めた。そして運動のための散歩の途上で、ある日偶然、私の風変りな旅行癖を満足させ得る、一つの新しい方法を発見した。私は医師の指定してくれた注意によって、毎日家から四、五十町(三十分から一時間くらい)の附近を散歩していた。その日もやはりいつも通りに、ふだんの散歩区域を歩いていた。私の通る道筋は、いつも同じように決まっていた。だがその日に限って、ふと知らない横丁を通り抜けた。そしてすっかり道をまちがえ、方角を解《わか》らなくしてしまった。元来私は、磁石の方角を直覚する感官機能に、何かの著るしい欠陥をもった人間である。そのため道のおぼえが悪く、少し慣れない土地へ行くと、すぐ迷児《まいご》になってしまった。その上私には、道を歩きながら瞑想《めいそう》に耽《ふけ》る癖があった。途中で知人に挨拶《あいさつ》されても、少しも知らずにいる私は、時々自分の家のすぐ近所で迷児になり、人に道をきいて笑われたりする。かつて私は、長く住んでいた家の廻《まわ》りを、塀《へい》に添うて何十回もぐるぐると廻り歩いたことがあった。方角観念の錯誤から、すぐ目の前にある門の入口が、どうしても見つからなかったのである。家人は私が、まさしく狐《きつね》に化かされたのだと言った。狐に化かされるという状態は、つまり心理学者のいう三半規管の疾病であるのだろう。なぜなら学者の説によれば、方角を知覚する特殊の機能は、耳の中にある三半規管の作用だと言うことだから。

余事はとにかく、私は道に迷って困惑しながら、当推量《あてずいりょう》で見当をつけ、家の方へ帰ろうとして道を急いだ。そして樹木の多い郊外の屋敷町を、幾度かぐるぐる廻ったあとで、ふとある賑《にぎ》やかな往来へ出た。それは全く、私の知らないどこかの美しい町であった。街路は清潔に掃除《そうじ》されて、鋪石《ほせき》がしっとりと露に濡《ぬ》れていた。どの商店も小綺麗《こぎれい》にさっぱりして、磨《みが》いた硝子の飾窓《かざりまど》には、様々の珍しい商品が並んでいた。珈琲店《カフェ》の軒には花樹が茂り、町に日蔭のある情趣を添えていた。四つ辻の赤いポストも美しく、煙草屋の店に居る娘さえも、杏《あんず》のように明るくて可憐《かれん》であった。かつて私は、こんな情趣の深い町を見たことが無かった。一体こんな町が、東京のどこにあったのだろう。私は地理を忘れてしまった。しかし時間の計算から、それが私の家の近所であること、徒歩で半時間くらいしか離れていないいつもの私の散歩区域、もしくはそのすぐ近い範囲にあることだけは、確実に疑いなく解っていた。しかもそんな近いところに、今まで少しも人に知れずに、どうしてこんな町が有ったのだろう？

私は夢を見ているような気がした。それが現実の町ではなくって、幻燈《げんとう》の幕に映った、影絵の町のように思われた。だがその瞬間に、私の記憶と常識が回復した。気が付いてみれば、それは私のよく知ってる、近所の詰らない、有りふれた郊外の町なのである。そしていつものように、四ツ辻にポストが立って、煙草屋には胃病の娘が坐《すわ》っている。そして店々の飾窓には、いつもの流行おくれの商品が、埃《ほこり》っぽく欠伸《あくび》をして並んでいるし、珈琲店の軒には、田舎らしく造花のアーチが飾られている。何もかも、すべて私が知ってる通りの、いつもの退屈な町にすぎない。一瞬間の中《うち》に、すっかり印象が変ってしまった。そしてこの魔法のような不思議の変化は、単に私が道に迷って、方位を錯覚したことにだけ原因している。いつも町の南はずれにあるポストが、反対の入口である北に見えた。いつもは左側にある街路の町家が、逆に右側の方へ移ってしまった。そしてただこの変化が、すべての町を珍しく新しい物に見せたのだった。

その時私は、未知の錯覚した町の中で、ある商店の看板を眺めていた。その全く同じ看板の絵を、かつてどこかで見たことがあると思った。そして記憶が回復された一瞬時に、すべての方角が逆転した。すぐ今まで、左側にあった往来が右側になり、北へ向って歩いた自分が、南に向って歩いていることを発見した。その瞬間、磁石の針がくるりと廻って、東西南北の空間地位が、すっかり逆に変ってしまった。同時に、すべての宇宙が変化し、現象する町の情趣が、全く別の物になってしまった。つまり前に見た不思議の町は、磁石を反対に裏返した、宇宙の逆空間に実在したのであった。

この偶然の発見から、私は故意に方位を錯覚させて、しばしばこのミステリイの空間を旅行し廻った。特にまたこの旅行は、前に述べたような欠陥によって、私の目的に都合がよかった。だが普通の健全な方角知覚を持ってる人でも、時にはやはり私と同じく、こうした特殊の空間を、経験によって見たであろう。たとえば諸君は、夜おそく家へ帰る汽車に乗ってる。始め停車場を出発した時、汽車はレールを真直《まっすぐ》に、東から西へ向って走っている。だがしばらくする中に、諸君はうたた寝の夢から醒《さ》める。そして汽車の進行する方角が、いつのまにか反対になり、西から東へと、逆に走ってることに気が付いてくる。諸君の理性は、決してそんなはずがないと思う。しかも知覚上の事実として、汽車はたしかに反対に、諸君の目的地から遠ざかって行く。そうした時、試みに窓から外を眺めて見たまえ。いつも見慣れた途中の駅や風景やが、すっかり珍しく変ってしまって、記憶の一片さえも浮ばないほど、全く別のちがった世界に見えるだろう。だが最後に到着し、いつものプラットホームに降りた時、始めて諸君は夢から醒め、現実の正しい方位を認識する。そしていったんそれが解れば、始めに見た異常の景色や事物やは、何でもない平常通りの、見慣れた詰らない物に変ってしまう。つまり一つの同じ景色を、始めに諸君は裏側から見、後には平常の習慣通り、再度正面から見たのである。このように一つの物が、視線の方角を換えることで、二つの別々の面を持ってること。同じ一つの現象が、その隠された「秘密の裏側」を持ってるということほど、メタフィジックの神秘を包んだ問題はない。私は昔子供の時、壁にかけた額の絵を見て、いつも熱心に考え続けた。いったいこの額の景色の裏側には、どんな世界が秘密に隠されているのだろうと。私は幾度か額をはずし、油絵の裏側を覗《のぞ》いたりした。そしてこの子供の疑問は、大人になった今日でも、長く私の解きがたい謎《なぞ》になってる。

次に語る一つの話も、こうした私の謎に対して、ある解答を暗示する鍵《かぎ》になってる。読者にしてもし、私の不思議な物語からして、事物と現象の背後に隠れているところの、ある第四次元の世界――景色の裏側の実在性――を仮想し得るとせば、この物語の一切は真実《レアール》である。だが諸君にして、もしそれを仮想し得ないとするならば、私の現実に経験した次の事実も、所詮《しょせん》はモルヒネ中毒に中枢を冒された一詩人の、取りとめもないデカダンスの幻覚にしか過ぎないだろう。とにかく私は、勇気を奮って書いてみよう。ただ小説家でない私は、脚色や趣向によって、読者を興がらせる術《すべ》を知らない。私のなし得ることは、ただ自分の経験した事実だけを、報告の記事に書くだけである。

2

その頃私は、北越《ほくえつ》地方のKという温泉に滞留していた。九月も末に近く、彼岸を過ぎた山の中では、もうすっかり秋の季節になっていた。都会から来た避暑客は、既に皆帰ってしまって、後には少しばかりの湯治客《とうじきゃく》が、静かに病を養っているのであった。秋の日影は次第に深く、旅館の侘《わび》しい中庭には、木々の落葉が散らばっていた。私はフランネルの着物をきて、ひとりで裏山などを散歩しながら、所在のない日々の日課をすごしていた。

私の居る温泉地から、少しばかり離れた所に、三つの小さな町があった。いずれも町というよりは、村というほどの小さな部落であったけれども、その中の一つは相当に小ぢんまりした田舎町で、一通りの日常品も売っているし、都会風の飲食店なども少しはあった。温泉地からそれらの町へは、いずれも直通の道路があって、毎日定期の乗合馬車が往復していた。特にその繁華なU町へは、小さな軽便《けいべん》鉄道が布設されていた。私はしばしばその鉄道で、町へ出かけて行って買物をしたり、時にはまた、女の居る店で酒を飲んだりした。だが私の実の楽しみは、軽便鉄道に乗ることの途中にあった。その玩《がん》具《ぐ》のような可愛い汽車は、落葉樹の林や、谷間の見える山峡《やまかい》やを、うねうねと曲りながら走って行った。

ある日私は、軽便鉄道を途中で下車し、徒歩でU町の方へ歩いて行った。それは見晴しの好《よ》い峠の山道を、ひとりでゆっくり歩きたかったからであった。道は軌道《レール》に沿いながら、林の中の不規則な小径を通った。所々に秋草の花が咲き、赫土《あかつち》の肌《はだ》が光り、伐《き》られた樹木が横たわっていた。私は空に浮んだ雲を見ながら、この地方の山中に伝説している、古い口碑《こうひ》のことを考えていた。概して文化の程度が低く、原始民族のタブーと迷信に包まれているこの地方には、実際色々な伝説や口碑があり、今でもなお多数の人々は、真面目《まじめ》に信じているのである。現に私の宿の女中や、近所の村から湯治に来ている人たちは、一種の恐怖と嫌悪《けんお》の感情とで、私に様々のことを話してくれた。彼等の語るところによれば、ある部落の住民は犬神に憑《つ》かれており、ある部落の住民は猫神に憑かれている。犬神に憑かれたものは肉ばかりを食い、猫神に憑かれたものは魚ばかり食って生活している。

そうした特異な部落を称して、この辺の人々は「憑き村」と呼び、一切の交際を避けて忌《い》み嫌《きら》った。「憑き村」の人々は、年に一度、月の無い闇夜《やみよ》を選んで祭礼をする。その祭の様子は、彼等以外の普通の人には全く見えない。稀《ま》れに見て来た人があっても、なぜか口をつぐんで話をしない。彼等は特殊の魔力を有し、所因の解らぬ莫大《ばくだい》の財産を隠している。等々。

こうした話を聞かせた後で、人々はまた追加して言った。現にこの種の部落の一つは、つい最近まで、この温泉場の附近にあった。今ではさすがに解消して、住民はどこかへ散ってしまったけれども、おそらくやはり、どこかで秘密の集団生活を続けているにちがいない。その疑いない証拠として、現に彼等のオクラ（魔神の正体）を見たという人があると。こうした人々の談話の中には、農民一流の頑迷《がんめい》さが主張づけられていた。否《いや》でも応でも、彼等は自己の迷信的恐怖と実在性とを、私に強制しようとするのであった。だが私は、別のちがった興味でもって、人々の話を面白く傾聴していた。日本の諸国にあるこの種の部落的タブーは、おそらく風俗習慣を異にした外国の移住民や帰化人やを、先祖の氏神にもつ者の子孫であろう。あるいは多分、もっと確実な推測として、切支丹《キリシタン》宗徒の隠れた集合的部落であったのだろう。しかし宇宙の間には、人間の知らない数々の秘密がある。ホレーシオが言うように、理智は何事をも知りはしない。理智はすべてを常識化し、神話に通俗の解説をする。しかも宇宙の隠れた意味は、常に通俗以上である。だからすべての哲学者は、彼等の窮理の最後に来て、いつも詩人の前に兜《かぶと》を脱いでる。詩人の直覚する超常識の宇宙だけが、真のメタフィジックの実在なのだ。

こうした思惟《しい》に耽《ふけ》りながら、私はひとり秋の山道を歩いていた。その細い山道は、径路に沿うて林の奥へ消えて行った。目的地への道標《みちしるべ》として、私が唯一のたよりにしていた汽車の軌道は、もはやどこにも見えなくなった。私は道を無くしたのだ。

「迷い子！」

瞑想から醒めた時に、私の心に浮んだのは、この心細い言葉であった。私は急に不安になり、道を探そうとしてあわて出した。私は後へ引返して、逆に最初の道へ戻《もど》ろうとした。そしていっそう地理を失い、多岐に別れた迷路の中へ、ぬきさしならず入ってしまった。山は次第に深くなり、小径は荊棘《いばら》の中に消えてしまった。空《むな》しい時間が経過して行き、一人の樵夫《きこり》にも逢《あ》わなかった。私はだんだん不安になり、犬のように焦燥しながら、道を嗅《か》ぎ出そうとして歩き廻った。そして最後に、ようやく人馬の足跡のはっきりついた、一つの細い山道を発見した。私はその足跡に注意しながら、次第に麓《ふもと》の方へ下って行った。どっちの麓へ降りようとも、人家のある所へ着きさえすれば、とにかく安心ができるのである。

幾時間かの後、私は麓へ到着した。そして全く、思いがけない意外の人間世界を発見した。そこには貧しい農家の代りに、繁華な美しい町があった。かつて私のある知人が、シベリヤ鉄道の旅行について話したことは、あの満目荒寥《こうりょう》たる無人の曠野《こうや》を、汽車で幾日も幾日も走った後、ようやく停車した沿線の一小駅が、世にも賑わしく繁華な都会に見えるということだった。私の場合の印象もまた、おそらくはそれに類した驚きだった。こんな麓の低い平地へかけて、無数の建築の家屋が並び、塔や高楼が日に輝やいていた。こんな辺鄙《へんぴ》な山の中に、こんな立派な大都会が存在しようとは、容易に信じられないほどであった。

私は幻燈を見るような思いをしながら、次第に町の方へ近付いて行った。そしてとうとう、自分でその幻燈の中へ這入《はい》って行った。私は町のある狭い横丁から、胎内めぐりのような路《みち》を通って、繁華な大通の中央へ出た。そこで目に映じた市街の印象は、非常に特殊な珍しいものであった。すべての軒並の商店や建築物は、美術的に変った風情《ふぜい》で意匠され、かつ町全体としての集合美を構成していた。しかもそれは意識的にしたのでなく、偶然の結果からして、年代の錆《さび》がついて出来てるのだった。それは古雅で奥床《おくゆか》しく、町の古い過去の歴史と、住民の長い記憶を物語っていた。町幅は概して狭く、大通でさえも、ようやく二、三間《げん》くらいであった。その他の小路は、軒と軒との間にはさまれていて、狭く入混んだ路地になってた。それは迷路のように曲折しながら、石畳のあ

りたり、暗く隧道《トンネル》になった路をくぐったりる坂を下に降りたり、二階の張り出した出窓の影で、暗く隧道になった路をくぐったり

した。南国の町のように、所々に茂った花樹が生え、その附近には井戸があった。至るところに日影が深く、街全体が青樹の蔭のようにしっとりしていた。娼家《しょうか》らしい家が並んで、中庭のある奥の方から、閑雅な音楽の音が聴《きこ》えて来た。

大通の街路の方には、硝子窓のある洋風の家が多かった。理髪店の軒先には、紅白の丸い棒が突き出してあり、ペンキの看板にBarbershopと書いてあった。旅館もあるし、洗濯屋《せんたくや》もあった。町の四辻に写真屋があり、その気象台のような硝子の家屋に、秋の日の青空が佗しげに映っていた。時計屋の店先には、眼鏡をかけた主人が坐って、黙って熱心に仕事をしていた。

街は人出で賑やかに雑鬧《ざっとう》していた。そのくせ少しも物音がなく、閑雅にひっそりと静まりかえって、深い眠りのような影を曳《ひ》いてた。それは歩行する人以外に、物音のする車馬の類が、一つも通行しないためであった。だがそればかりでなく、群集そのものがまた静かであった。男も女も、皆上品で慎み深く、典雅でおっとりとした様子をしていた。特に女は美しく、淑《しと》やかな上にコケチッシュであった。店で買物をしている人たちも、往来で立話をしている人たちも、皆が行儀よく、諧調《かいちょう》のとれた低い静かな声で話をしていた。それらの話や会話は、耳の聴覚で聞くよりは、何かのある柔らかい触覚で、手触《てざわ》りに意味を探るというような趣きだった。とりわけ女の人の声には、どこか皮膚の

表面を撫《な》でるような、甘美でうっとりとした魅力があった。すべての物象と人物とが、影のように往来していた。

私が始めて気付いたことは、こうした町全体のアトモスフィアが、非常に繊細な注意によって、人為的に構成されていることだった。単に建物ばかりでなく、町の気分を構成するところの全神経が、ある重要な美学的意匠にのみ集中されていた。空気のいささかな動揺にも、対比、均斉《きんせい》、調和、平衡等の美的方則を破らないよう、注意が隅々《すみずみ》まで行き渡っていた。しかもその美的方則の構成には、非常に複雑な微分数的計算を要するので、あらゆる町の神経が、異常に緊張して戦《おのの》いていた。例えばちょっとした調子はずれの高い言葉も、調和を破るために禁じられる。道を歩く時にも、手を一つ動かす時にも、物を飲食する時にも、考えごとをする時にも、着物の柄を選ぶ時にも、常に町の空気と調和し、周囲との対比や均斉を失わないよう、デリケートな注意をせねばならない。町全体が一つの薄い玻璃《はり》で構成されてる、危険な毀《こわ》れ易《やす》い建物みたいであった、ちょっとしたバランスを失っても、家全体が崩壊して、硝子が粉々に砕けてしまう。それの安定を保つためには、微妙な数理によって組み建てられた、支柱の一つ一つが必要であり、それの対比と均斉とで、辛《かろ》うじて支えているのであった。しかも恐ろしいことには、それがこの町の構造されてる、真の現実的な事実であった。一つの不注意な失策も、彼等の崩壊と死滅を意味する。町全体の神経は、そのことの危懼《きぐ》と恐怖で張りきっていた。

美学的に見えた町の意匠は、単なる趣味のための意匠でなく、もっと恐ろしい切実の問題を隠していたのだ。

始めてこのことに気が付いてから、私は急に不安になり、周囲の充電した空気の中で、神経の張りきってる苦痛を感じた。町の特殊な美しさも、静かな夢のような閑寂さも、かえってひっそりと気味が悪く、何かの恐ろしい秘密の中で、暗号を交しているように感じられた。何事かわからない、ある漠然《ばくぜん》とした一つの予感が、青ざめた恐怖の色で、忙がしく私の心の中を馳《か》け廻《めぐ》った。すべての感覚が解放され、物の微細な色、匂い、音、味、意味までが、すっかり確実に知覚された。あたりの空気には、死屍《しし》のような臭気が充満して、気圧が刻々に嵩《たか》まって行った。ここに現象しているものは、確かに何かの凶兆である。確かに今、何事かの非常が起る！　起るにちがいない！

町には何の変化もなかった。往来は相変らず雑鬧して、静かに音もなく、典雅な人々が歩いていた。どこかで遠く、胡弓《こきゅう》をこするような低い音が、悲しく連続して聴えていた。それは大地震の来る一瞬前に、平常と少しも変らない町の様子を、どこかで一人が、不思議に怪しみながら見ているような、おそろしい不安を内容した予感であった。今、ちょっとしたはずみで一人が倒れる。そして構成された調和が破れ、町全体が混乱の中に陥入《おちい》ってしまう。

私は悪夢の中で夢を意識し、目ざめようとして努力しながら、必死に踠《もが》いている人のように、おそろしい予感の中で焦燥した。空は透明に青く澄んで、充電した空気の密度は、いよいよ刻々に嵩まって来た。建物は不安に歪《ゆが》んで、病気のように瘠《や》せ細って来た。所々に塔のような物が見え出して来た。屋根も異様に細長く、瘠せた鶏の脚《あし》みたいに、へんに骨ばって畸形《きけい》に見えた。

「今だ！」

と恐怖に胸を動悸《どうき》しながら、思わず私が叫んだ時、ある小さな、黒い、鼠《ねずみ》のような動物が、街の真中を走って行った。私の眼には、それが実によくはっきりと映像された。何かしら、そこにはある異常な、唐突な、全体の調和を破るような印象が感じられた。

瞬間。万象が急に静止し、底の知れない沈黙が横たわった。何事かわからなかった。だが次の瞬間には、何人《なんぴと》にも想像されない、世にも奇怪な、恐ろしい異変事が現象した。見れば町の街路に充満して、猫の大集団がうようよと歩いているのだ。猫、猫、猫、猫、猫、猫、猫。どこを見ても猫ばかりだ。そして家々の窓口からは、髭《ひげ》の生えた猫の顔が、額縁の中の絵のようにして、大きく浮き出して現れていた。

戦慄《せんりつ》から、私はほとんど息が止まり、まさに昏倒《こんとう》するところであった。これは人間の住む世界でなくて、猫ばかり住んでる町ではないのか。一体どうしたと言うのだろう。こんな現象が信じられるものか。たしかに今、私の頭脳はどうかしている。自分は幻影を見ているのだ。さもなければ狂気したのだ。私自身の宇宙が、意識のバランスを失って崩壊したのだ。

　私は自分が怖《こわ》くなった。ある恐ろしい最後の破滅が、すぐ近い所まで、自分に迫って来るのを強く感じた。戦慄が闇を走った。だが次の瞬間、私は意識を回復した。静かに心を落付《おちつけ》ながら、私は今一度目をひらいて、事実の真相を眺め返した。その時もはや、あの不可解な猫の姿は、私の視覚から消えてしまった。町には何の異常もなく、窓はがらんとして口を開けていた。往来には何事もなく、退屈の道路が白っちゃけてた。猫のようなものの姿は、どこにも影さえ見えなかった。そしてすっかり情態が一変していた。町には平凡な商家が並び、どこの田舎にも見かけるような、疲れた埃っぽい人たちが、白昼の乾いた街を歩いていた。あの蠱惑的《こわくてき》な不思議な町はどこかへまるで消えてしまって、骨牌《カルタ》の裏を返したように、すっかり別の世界が現れていた。ここに現実している物は、普通の平凡な田舎町。しかも私のよく知っている、いつものU町の姿ではないか。そこにはいつもの理髪店が、客の来ない椅子《いす》を並べて、白昼の往来を眺めているし、さびれた町の左側には、売れない時計屋が欠伸をして、いつものように戸を閉めている。すべては私が知ってる通りの、いつもの通りに変化のない、田舎の単調な町である。

　意識がここまではっきりした時、私は一切のことを了解した。愚かにも私は、また例の知覚の疾病「三半規管の喪失」にかかったのである。山で道を迷った時から、私はもはや方位の観念を失喪していた。私は反対の方へ降りたつもりで、逆にまたU町へ戻って来たのだ。しかもいつも下車する停車場とは、全くちがった方角から、町の中心へ迷い込んだ。そこで私はすべての印象を反対に、磁石のあべこべの地位で眺め、上下四方前後左右の逆転した、第四次元の別の宇宙（景色の裏側）を見たのであった。つまり通俗の常識で解説すれば、私はいわゆる「狐に化かされた」のであった。

3

私の物語はここで終る。だが私の不思議な疑問は、ここから新しく始まって来る。支《し》那《な》の哲人荘子《そうし》は、かつて夢に胡蝶《こちょう》となり、醒めて自ら怪しみ言った。夢の胡蝶が自分であるか、今の自分が自分であるかと。この一つの古い謎は、千古に亘《わた》ってだれも解けない。錯覚された宇宙は、狐に化かされた人が見るのか。理智の常識する目が見るのか。そもそも形而上《けいじじょう》の実在世界は、景色の裏側にあるのか表にあるのか。だれもまた、おそらくこの謎を解答できない。だがしかし、今もなお私の記憶に残っているものは、あの不可思議な人外の町。窓にも、軒にも、往来にも、猫の姿がありありと映像していた、あの奇怪な猫町の光景である。私の生きた知覚は、既に十数年を経た今日でさえも、なおその恐ろしい印象を再現して、まざまざとすぐ眼の前に、はっきり見ることができるのである。

人は私の物語を冷笑して、詩人の病的な錯覚であり、愚にもつかない妄想《もうそう》の幻影だと言う。だが私は、たしかに猫ばかりの住んでる町、猫が人間の姿をして、街路に群集している町を見たのである。理窟《りくつ》や議論はどうにもあれ、宇宙のあるどこかで、私がそれを「見た」ということほど、私にとって絶対不惑の事実はない。あらゆる多くの人々の、あらゆる嘲笑《ちょうしょう》の前に立って、私は今もなお固く心に信じている。あの裏日本の伝説が口碑している特殊な部落。猫の精霊ばかりの住んでる町が、確かに宇宙のあるどこかに、必らず実在しているにちがいないということを。

解説

山前譲

旅は日常から非日常への移動と言えるだろう。そして普段の見慣れた世界とは違う世界に身を置いたら、なんだか妙な出来事を目にすることもある——本書は旅をキーワードに、文豪たちの探偵小説味のある短編をまとめたアンソロジーである。

房州、今の千葉県の館山へ東京から行く際は、一九一九年に現在の内房線が開通するまでは海路がメインだった。汽船がたくさん運航していたが、なかでもよく利用されていたのは房州航路というルートで、隅田川の中州である霊岸島と館山を結んでいた。徳田秋聲「夜航船」(「新潮」一九〇六・九)はその房州航路の夜航での泥棒騒ぎである。

金沢生まれの徳田秋聲が紆余曲折の末に尾崎紅葉の門下となったのは一八九五年で、その後結婚、「夜航船」が発表された年に終の棲家となる本郷区森川町に転居している。自然主義の代表的作家の特徴は、東京での買い出しの荷物を持って避暑に訪れていた房州へと戻る、主人公の視線にも現れている。もちろん実体験がベースとなっているはずだ。

女中の仕事を得て盛岡から上京したふたりの女性の、一種の冒険譚と言えるのが石川啄木「天鵞絨《びろうど》」（生前未発表）である。東京から東北方面への鉄路を展開したのは日本鉄道だが、上野・盛岡間が開通したのは一八九〇年だった。

盛岡で生まれ育った石川啄木が、旧制中学を中退して初めて上京したのは一九〇二年の秋である。学業をつづけようとしたが、経済的に難しかったようで、ほどなく盛岡へ戻っている。一九〇四年には詩集出版を目的に上京し、翌年五月、第一詩集の『あこがれ』を刊行した。一九〇八年四月には、親友の金田一京助の助けを得て本郷区菊坂町の下宿に居住しながら作品の売り込みをかけたが、なかなかうまくいかなかった。「天鵞絨」は一九〇八年の五月から六月にかけて執筆したものの、評価は芳しくなかったようである。しかし、若い女性の好奇心旺盛な視線や鉄道の旅は楽しめるに違いない。

林芙美子「温泉宿」（初出未詳　小説集『悪闘』一九四〇・四に収録）は伊豆の温泉地を舞台に、謎めいた夫婦客が探偵小説的な興味をそそっていく。年譜を見ると林芙美子は旅する作家だったことは明らかだ。自伝的小説『放浪記』を刊行した一九三〇年の台湾を皮切りに、中国大陸や欧州と旅をしている。日中戦争が勃発してからは最前線へと赴き、報道班員として南方にも長く滞在した。

もちろん国内旅行はまさに東奔西走、数知れずだが、伊豆の湯ヶ島温泉はよく訪れていたようだ。「温泉宿」のモデルとなった旅館は今も営業している。しかも林芙美子が滞在した部屋に泊まれるのだ。彼女だけではなく、数多くの名だたる文人が滞在したというその宿に泊まったら、傑作小説が書けるかもしれない。

田山花袋「島からの帰途」（「女性」一九二二・十）はやはり紀行文を多数手がけた自然主義派の作家による作品で、ふたりの大学生が伊勢湾の島々を訪れている。その旅のなかでしだいに確執のあることが明らかになり、サスペンスが高まっていく。そして皮肉な結末……。人名や島の多くはイニシャルだが、ふたりの島見物が描かれている神島は、三島由紀夫『潮騒』の舞台として知られる実在の島だ。田山花袋は一八九九年刊の『南船北馬』に三重県各地を訪れたことを記している。また親交のあった柳田國男がその頃に神島を訪れているようだから、舞台の選択にためらいはなかったのかもしれない。

そしてなにより、江戸川乱歩が作家デビューする前、一九一七年から翌年にかけて鳥羽の造船所で働いていたという事実を知れば、作中にイニシャルでしか登場していない島々にも興味が湧いてくるのではないだろうか。

江戸川乱歩といえば、室生犀星「幻影の都市」（「雄弁」一九二一・一）には乱歩の代表作「押絵と旅する男」の作品世界と共通するところがある。主人公は日ぐれ頃になると、ふらふらと東京の街を歩いている。そんな怠惰な時間に出会った不思議な女の実態を知りたくなっていく。彼の彷徨の一コマに浅草が、そしてあの十二階が登場しているのだ。十二階こと凌雲閣《りょううんかく》が竣工したのは一八九〇年で、日本初のエレベーターが設けられて話題となったが、どうやらあまりうまく稼働しなかったようである。「幻影の都市」

の十二階での不思議な体験も、階段があってのことである。

金沢に生まれ育った室生犀星は二十代前半の一九一〇年から、生活の糧を求めて、そして文学への道を求めて東京へ向かうのだが、上京と帰郷を繰り返す不安定な生活がつづいた。「幻影の都市」は地方から出てきたものの、東京に確固たるベースを作れないもどかしさが表れているようだ。

江戸川乱歩は『探偵小説四十年』のなかで、〝私は小説を書き出すずっと前から、谷崎潤一郎、佐藤春夫両氏の小説に魅了され、心酔していたが、団子坂の古本屋ごろから、新らしく現われた宇野浩二氏の小説に淫するが如く惹きつけられ、浩二の小説といえば、どんな小さなものでも一つ残らず読んでいた〟と書いている。宇野浩二「二人の青木愛三郎」（「中央公論」一九二二・一）から、創作活動のなかで探偵小説的な味わいを意識していたことが伝わってはこないだろうか。

近頃評判の作家の青木愛三郎とその竹馬の友の戸川介二。ふたりのなんとも微妙な関係が綴られ、そして舞台は静岡県の避寒地へと移る。できたばかりの旅館、臨海楼にひょっこりひとりの客がやってきた。宿帳には「青木愛三郎、三十四歳」と記したが、文学好きの宿のお上が有名な作家と気付いたものだから大変なことになる。旅先での悪戯心がもたらした騒動はユーモラスでもある。

長野県の軽井沢が避暑地として注目を集めるようになったのは、一八八六年、宣教師のアレキサンダー・クロフト・ショーが家族とともに訪れてからだった。二年後に別荘を建て、友人の宣教師にその素晴らしさを広めていったのだ。そんなルーツを知れば、堀辰雄「エトランジェ」（「婦人サロン」一九三二・十）で主人公が滞在するホテルの宿泊客に、日本人が彼ひとりだったとしても驚くことはない。

堀辰雄が初めて軽井沢を訪れたのは旧制一高在学中の一九二三年八月で、そのときは室生犀星が一緒だったという。しかし同じ年、肋膜炎を患い、軽井沢は病気療養の地のひとつとなっていくのだが、当然ながら執筆活動の場にもなっていたことは「エトランジェ」で明らかだ。やがて別荘を建て、晩年はそこで過ごした。今軽井沢には「堀辰雄文学記念館」がある。「エトランジェ」はホテルに出入りするさまざまな人たちを作家的好奇心から観察し、謎解き心を誘っていく。

中島敦「虎狩」（短編集『光と風と夢』一九四二・七）の舞台は朝鮮半島である。なんと主人公は旧制中学の友人に誘われて虎狩りに参加し、緊張の時間を過ごしている。朝鮮半島の虎と言えば戦国時代の武将、加藤清正をすぐ思い浮かべるだろうが、もちろん遊びではなく、皮や肉を有効活用していたのだ。

そして中島敦と言えば「山月記」や「李陵」のような中国を舞台にした作品が有名だが、朝鮮半島との縁は深い。教師だった父の転勤で小学校時代に京城、今のソウルに住むようになり、そのまま旧制京城中学に進学している。そして四年終了で旧制一高に進むのだが、多感な少年時代が「虎狩」に反映されているのだろう。そして謎めいた友人との再会……発表された時代も反映されている。

もはやどんな旅にも興味とロマンスをなくしてしまった主人公は、薬物の力を借りて不思議な旅にふけっていた。そして北越の温泉に滞留していたときのことである。山道で迷った末に、思いもよらない繁華な美しい町を発見するのだ。そこの住人はみんな人間の形をした猫！　萩原朔太郎「猫町」（「セルパン」一九三五・八）の幻想的な世界には圧倒される。

萩原朔太郎の詩にはミステリアスなものが多いが、実際、探偵小説のファンで評論も発表している。そこでは江戸川乱歩「人間椅子」を評価していたが、一九三一年からはふたりで浅草に遊びに行くような仲になった。そして木馬に乗ったり、昔の浅草を懐かしんだという。

今は簡単に旅行できる時代となってしまったが、やはりそこには非日常との接点が秘められている。どこかにミステリアスな体験を期待する気持ちはないだろうか。文豪たちのさまざまな旅のそこかしこで、それを味わうことができるに違いない。

出典一覧

「夜航船」　『徳田秋聲全集　第5巻』八木書店　一九九八年
「天鵞絨」　『改造社版復刻　石川啄木全集　第一巻』ノーベル書房　一九七八年
「温泉宿」　『林芙美子全集　第九巻　魚介・女優記』新潮社　一九五二年
「島からの帰途」　『定本　花袋全集　第二十二巻』臨川書店　一九九五年
「幻影の都市」　『室生犀星集　童子』ちくま文庫　二〇〇八年
「二人の青木愛三郎」　『宇野浩二全集　第三巻』中央公論社　一九六八年
「エトランジェ」　『堀辰雄作品集第四巻』筑摩書房　一九八二年
「虎狩」　『中島敦全集第一巻』筑摩書房　一九七六年
「猫町」　『萩原朔太郎　ちくま日本文学036』ちくま文庫　二〇〇九年

◎**中島敦**（なかじま・あつし）……一九〇九年生まれ。

著書に『山月記』『文字禍』他多数。一九四二年没。

◎**萩原朔太郎**（はぎわら・さくたろう）……一八八六年生まれ。

著書に『月に吠える』『青猫』他多数。一九四二年没。

著者略歴

◎**徳田秋聲**（とくだ・しゅうせい）……一八七二年生まれ。
著書に『あらくれ』『新世帯』他多数。一九四三年没。

◎**石川啄木**（いしかわ・たくぼく）……一八八六年生まれ。
著書に『一握の砂』『悲しき玩具』など。一九一二年没。

◎**林芙美子**（はやし・ふみこ）……一九〇三年生まれ。
著書に『放浪記』『浮雲』他多数。一九五一年没。

◎**田山花袋**（たやま・かたい）……一八七二年生まれ。
著書に『蒲団』『田舎教師』他多数。一九三〇年没。

◎**室生犀星**（むろう・さいせい）……一八八九年生まれ。
著書に『幼年時代』『蜜のあわれ』他多数。一九六二年没。

◎**宇野浩二**（うの・こうじ）……一八九一年生まれ。
著書に『蔵の中』『子を貸し屋』他多数。一九六一年没。

◎**堀辰雄**（ほり・たつお）……一九〇四年生まれ。
著書に『聖家族』『風立ちぬ』他多数。一九五三年没。

*本書は河出文庫オリジナルです。

*旧仮名遣いで書かれているものは現代仮名遣いに、旧字で書かれているものは新字に改めました。

*本文中、今日では差別表現につながりかねない表現がありますが、作品が書かれた時代背景と作品の価値をかんがみ、そのままとしました。

文豪《ぶんごう》たちの妙《みょう》な旅《たび》
ミステリーアンソロジー

二〇二三年 四 月一〇日 初版印刷
二〇二三年 四 月二〇日 初版発行

編 者 山前譲《やままえゆずる》
発行者 小野寺優
発行所 株式会社河出書房新社
〒一五一―〇〇五一
東京都渋谷区千駄ヶ谷二―三二―二
電話〇三―三四〇四―八六一一（編集）
〇三―三四〇四―一二〇一（営業）
https://www.kawade.co.jp/

ロゴ・表紙デザイン 粟津潔
本文フォーマット 佐々木暁
本文組版 株式会社創都
印刷・製本 凸版印刷株式会社

Printed in Japan ISBN978-4-309-41957-2

文豪たちの妙な話

山前譲〔編〕　41872-8

夏目漱石、森鷗外、芥川龍之介など日本文学史に名を残す10人の文豪が書いた「妙な話」を集めたアンソロジー。犯罪心理など「人間の心の不思議」にフォーカスした異色のミステリー10篇。

カチカチ山殺人事件

伴野朗／都筑道夫／戸川昌子／高木彬光／井沢元彦／佐野洋／斎藤栄　41790-5

カチカチ山、猿かに合戦、舌きり雀、かぐや姫……日本人なら誰もが知っている昔ばなしから生まれた傑作ミステリーアンソロジー。日本の昔ばなしの持つ「怖さ」をあぶり出す７篇を収録。

ハーメルンの笛吹きと完全犯罪

仁木悦子／角田喜久雄／石川喬司／鮎川哲也／赤川次郎／小泉喜美子／結城昌治 他　41789-9

白雪姫、ハーメルンの笛吹き、みにくいアヒルの子……誰もが知っている世界の童話や伝説から生まれた傑作ミステリーアンソロジー。昔ばなしが呼び覚ます残酷な罠！　８篇を収録。

サンタクロースの贈物

新保博久〔編〕　46748-1

クリスマスを舞台にした国内外のミステリー13篇を収めた傑作アンソロジー。ドイル、クリスティ、シムノン、Ｅ・クイーン……世界の名探偵を１冊で楽しめる最高のクリスマスプレゼント。

アリス殺人事件

有栖川有栖／宮部みゆき／篠田真由美／柄刀一／山口雅也／北原尚彦　41455-3

「不思議の国のアリス」「鏡の国のアリス」をテーマに、現代ミステリーの名手６人が紡ぎだした、あの名探偵も活躍する事件の数々……！　アリスへの愛がたっぷりつまった、珠玉の謎解きをあなたに。

『吾輩は猫である』殺人事件

奥泉光　41447-8

あの「猫」は生きていた?!　吾輩、ホームズ、ワトソン……苦沙弥先生殺害の謎を解くために猫たちの冒険が始まる。おなじみの迷亭、寒月、東風、さらには宿敵バスカビル家の狗も登場。超弩級ミステリー。

帰去来殺人事件

山田風太郎　日下三蔵〔編〕　41937-4

驚嘆のトリックでミステリ史上に輝く「帰去来殺人事件」をはじめ、「チンプン館の殺人」「西条家の通り魔」「怪盗七面相」など名探偵・荊木歓喜が活躍する傑作短篇8篇を収録。

十三角関係

山田風太郎　41902-2

娼館のマダムがバラバラ死体で発見された。夫、従業員、謎のマスクの男ら十二人の誰が彼女を十字架にかけたのか？　酔いどれ医者の名探偵・荊木歓喜が衝撃の真相に迫る、圧巻の長篇ミステリ！

赤い蠟人形

山田風太郎　日下三蔵〔編〕　41865-0

電車火災事故と人気作家の妹の焼身自殺。二つの事件を繋ぐ驚愕の秘密とは。表題作の他「30人の３時間」「新かぐや姫」等、人間の魂の闇が引き起こす地獄を描く傑作短篇集。

黒衣の聖母

山田風太郎　日下三蔵〔編〕　41857-5

「戦禍の凄惨、人間の悲喜劇　山風ミステリはこんなに凄い！」――阿津川辰海氏、脱帽。戦艦で、孤島で、焼け跡で、聖と俗が交錯する。2022年生誕100年、鬼才の原点！

横溝正史が選ぶ日本の名探偵　戦前ミステリー篇

横溝正史〔編〕　41895-7

ミステリー界の大家・横溝正史が選んだ、日本の名探偵が活躍する短篇９篇を収めたミステリー入門にも最適のアンソロジー【戦前篇】。探偵イラスト＆人物紹介つき。

横溝正史が選ぶ日本の名探偵　戦後ミステリー篇

横溝正史〔編〕　41896-4

ミステリー界の大家・横溝正史が選んだ、日本の名探偵が活躍する短篇10篇を収めたミステリー入門にも最適のアンソロジー【戦後篇】。探偵イラスト＆人物紹介つき。

復讐　三島由紀夫×ミステリ

三島由紀夫　41889-6

「サーカス」「復讐」「博覧会」「美神」「月澹荘綺譚」「孔雀」など、三島由紀夫の数ある短編の中から選び抜かれた、最もミステリアスな傑作12篇。『文豪ミステリ傑作選　三島由紀夫集』を改題復刊。

生きてしまった　太宰治×ミステリ

太宰治　41890-2

人間が生まれながらに持つ「原罪」とは何か？　生と死の狭間で揺れ動く人々を描いたミステリアスな傑作15篇。『文豪ミステリ傑作選　太宰治集』を改題復刊。

世界怪談名作集　信号手・貸家ほか五篇

岡本綺堂〔編訳〕　46769-6

綺堂の名訳で贈る、古今東西の名作怪談短篇集。ディッケンズ「信号手」、リットン「貸家」、ゴーチェ「クラリモンド」、ホーソーン「ラッパチーニの娘」他全七篇。『世界怪談名作集　上』の改題復刊。

世界怪談名作集　北極星号の船長ほか九篇

岡本綺堂〔編訳〕　46770-2

綺堂の名訳で贈る、古今東西の名作怪談短篇集。ホフマン「廃宅」、クラウフォード「上床」、モーパッサン「幽霊」、マクドナルド「鏡中の美女」他全十篇。『世界怪談名作集　下』の改題復刊。

見た人の怪談集

岡本綺堂 他　41450-8

もっとも怖い話を収集。綺堂「停車場の少女」、八雲「日本海に沿うて」、橘外男「蒲団」、池田彌三郎「異説田中河内介」など全十五話。

日本怪談集　奇妙な場所

種村季弘〔編〕　41674-8

妻子の体が半分になって死んでしまう家、尻子玉を奪いあう河童……、日本文学史に残る怪談の中から新旧の傑作だけを選りすぐった怪談アンソロジーが、新装版として復刊！

日本怪談集　取り憑く霊

種村季弘〔編〕　41675-5

江戸川乱歩、芥川龍之介、三島由紀夫、藤沢周平、小松左京など、錚々たる作家たちの傑作短篇を収録。科学では説明のつかない、掛け値なしに怖い究極の怪談アンソロジーが、新装版として復刊！

先生と僕　夏目漱石を囲む人々　青春篇

香日ゆら　41649-6

夏目漱石の生涯と、正岡子規・中村是公・高浜虚子・寺田寅彦ら友人・門下・家族との交流を描く傑作四コママンガ！「青春篇」には漱石の学生時代から教師時代、ロンドン留学、作家デビューまでを収録。

先生と僕　夏目漱石を囲む人々　作家篇

香日ゆら　41657-1

漱石を慕う人々で今日も夏目家はにぎやか。木曜会誕生から修善寺の大患、内田百閒・中勘助・芥川龍之介ら若き才能の登場、そして最期の日へ——。友人門下との交遊を通して描く珠玉の四コマ漱石伝完結篇。

夏目漱石、読んじゃえば？

奥泉光　41606-9

『吾輩は猫である』は全部読まなくていい！『坊っちゃん』はコミュ障主人公⁉『それから』に仕掛けられた謎を解こう！　漱石を愛してやまない作家・奥泉光が、名作を面白く読む方法、伝授します。

漱石入門

石原千秋　41477-5

６つの重要テーマ（次男坊、長男、主婦、自我、神経衰弱、セクシュアリティー）から、漱石文学の豊潤な読みへと読者をいざなう。漱石をこれから読む人にも、かなり読み込んでいる人にも。

太宰よ！　45人の追悼文集

河出書房新社編集部〔編〕　41614-4

井伏鱒二の弔辞をはじめ、坂口安吾、檀一雄、石川淳、田中英光ら同時代の作家や評論家、編集者、友人、家族など四十五人の追悼文を厳選収録。太宰の死を悼み、人となりに想いを馳せる一冊。

太宰治の手紙

太宰治　小山清〔編〕　41616-8

太宰治が、戦前に師、友人、縁者などに送った百通の手紙。井伏鱒二、亀井勝一郎、木山捷平らへの書簡を収録。赤裸々な、本音と優しさとダメさかげんが如実に伝わる、心温まる一級資料。

英霊の聲

三島由紀夫　40771-5

繁栄の底に隠された日本人の精神の腐敗を二・二六事件の青年将校と特攻隊の兵士の霊を通して浮き彫りにした表題作と、青年将校夫妻の自決を題材とした「憂国」、傑作戯曲「十日の菊」を収めたオリジナル版。

第七官界彷徨

尾崎翠　40971-9

「人間の第七官にひびくような詩」を書きたいと願う少女・町子。分裂心理や蘚の恋愛を研究する一風変わった兄弟と従兄、そして町子が陥る恋の行方は？　忘れられた作家・尾崎翠再発見の契機となった傑作。

鷗外の恋　舞姫エリスの真実

六草いちか　41740-0

予期せぬことが切っ掛けでスタートした「舞姫」エリスのモデル探し。文豪・森鷗外がデビュー小説に秘めた、日本文学最大の謎がいま、明かされる！　謎解き「舞姫」、待望の文庫化。

にごりえ　現代語訳・樋口一葉

伊藤比呂美 他〔訳〕　41886-5

豪華作家陣による現代語訳で、一葉の名作を味わいつくす。「にごりえ・この子・裏紫」＝伊藤比呂美、「大つごもり・われから」＝島田雅彦、「ゆく雲」＝多和田葉子、「うつせみ」＝角田光代。新装復刊。

たけくらべ　現代語訳・樋口一葉

松浦理英子 他〔訳〕　41885-8

夭折の天才作家・樋口一葉の名作が、現代語訳で甦る！　「たけくらべ」＝松浦理英子、「やみ夜」＝藤沢周、「うもれ木」=井辻朱美、「わかれ道」＝阿部和重。現代文学を代表する作家たちによる決定版。